CB071894

hamartia

ESPERANZA PRADO

LETRAMENTO

Copyright © 2021 by Editora Letramento
Copyright © 2021 by Esperanza Prado

Diretor Editorial | **Gustavo Abreu**
Diretor Administrativo | **Júnior Gaudereto**
Diretor Financeiro | **Cláudio Macedo**
Logística | **Vinícius Santiago**
Comunicação e Marketing | **Giulia Staar**
Editora | **Laura Brand**
Assistente Editorial | **Matteos Moreno e Sarah Júlia Guerra**
Designer Editorial | **Gustavo Zeferino e Luís Otávio Ferreira**
Preparação e Revisão | **Lorena Camilo**
Ilustração da Capa | **Fernanda Marques**
Ilustração | **Ana Paula da Costa**

Todos os direitos reservados.
Não é permitida a reprodução desta obra sem
aprovação do Grupo Editorial Letramento.

Dados Internacionais de Catalogação na Publicação (CIP) de acordo com ISBD

P896h	Prado, Esperanza	
	Hamartia / Esperanza Prado. - Belo Horizonte: Letramento, 2021. 286 p. ; 15,5cm x 22,5cm. (1 ed. rev.)	
	ISBN: 978-65-5932-014-1	
	1. Literatura brasileira. I. Título.	
2021-1258		CDD 869.8992 CDU 821.134.3(81)

Elaborado por Vagner Rodolfo da Silva - CRB-8/9410

Índice para catálogo sistemático:
1. Literatura brasileira 869.8992
2. Literatura brasileira 821.134.3(81)

Belo Horizonte - MG
Rua Magnólia, 1086
Bairro Caiçara
CEP 30770-020
Fone 31 3327-5771
contato@editoraletramento.com.br
editoraletramento.com.br
casadodireito.com

Grupo Editorial
LETRAMENTO

Para todas as pessoas que já assistiram a
As Panteras e *sonharam em ser espiãs,
mesmo sem a menor qualificação.*

PLAYLIST

Hamartia tem uma *playlist* com as músicas que me inspiraram na hora de escrever o livro. Muitas delas, inclusive, fazem parte de algumas das cenas mais marcantes da história.

Para escutar, basta apontar a câmera do seu celular para o QR Code abaixo ou pesquisar por "Hamartia" na busca do Spotify ou Apple Music.

sumário

11	PREFÁCIO
13	CAPÍTULO 1 PESSOAS NÃO SÃO SEQUESTRADAS NA VIDA REAL, CERTO?
22	CAPÍTULO 2 INFORMAÇÕES CURIOSAS
29	CAPÍTULO 3 VOCÊS ESTÃO MEXENDO COM O QUÊ, TRÁFICO DE DROGAS?
34	CAPÍTULO 4 NÃO QUERO CONFUNDIR AS COISAS
44	CAPÍTULO 5 ALGUÉM ESTÁ TE SEGUINDO

49	**CAPÍTULO 6** ACABEI OPTANDO PELA LOUCURA
57	**CAPÍTULO 7** PRECISAMOS ENCONTRAR UM CERTO HÓSPEDE
63	**CAPÍTULO 8** O DOCE SENTIMENTO DE ESPERANÇA
71	**CAPÍTULO 9** VOCÊ ESTÁ TESTANDO A MINHA PACIÊNCIA
78	**CAPÍTULO 10** NÃO É VOCÊ QUEM ACREDITA EM DESTINO?
84	**CAPÍTULO 11** SE TIVER ALGO ERRADO ACONTECENDO NESTA CIDADE, VOCÊ DEFINITIVAMENTE ESTARÁ NO MEIO
92	**CAPÍTULO 12** TENHO GRANDES EXPECTATIVAS QUANDO SE TRATA DE VOCÊ
100	**CAPÍTULO 13** TARDE DEMAIS PARA DESISTIR
106	**CAPÍTULO 14** ACHO QUE PODERIA USAR UM POUCO DA SUA OUSADIA
112	**CAPÍTULO 15** VOCÊ NÃO PODE SAIR SE ENCONTRANDO COM POSSÍVEIS CRIMINOSOS
123	**CAPÍTULO 16** UMA CELEBRAÇÃO EXTRAVAGANTE
134	**CAPÍTULO 17** DANÇANDO EM UM QUARTO EM CHAMAS
140	**CAPÍTULO 18** O ABSURDO DA SITUAÇÃO
151	**CAPÍTULO 19** O PIOR JÁ PASSOU, CERTO?
158	**CAPÍTULO 20** UMA MERCADORIA COM DEFEITO
165	**CAPÍTULO 21** VOCÊ NÃO É UMA CRIMINOSA

171	**CAPÍTULO 22** ELE AGIU COMO UM VILÃO DO *SCOOBY-DOO*
178	**CAPÍTULO 23** EU SEI O QUE VOCÊ ESTÁ FAZENDO
186	**CAPÍTULO 24** VOCÊ VAI SOBREVIVER SEM MIM
194	**CAPÍTULO 25** TENTANDO ENTENDER O QUE ACONTECEU
200	**CAPÍTULO 26** EU VOU TE CONTAR TUDO
206	**CAPÍTULO 27** A COISA MAIS ESTÚPIDA QUE EU JÁ HAVIA ESCUTADO
214	**CAPÍTULO 28** QUE DIABOS EU ESTAVA FAZENDO ALI?
221	**CAPÍTULO 29** EM QUE MERDA VOCÊ SE METEU?
228	**CAPÍTULO 30** DESPEDIDA NUM MOMENTO DE DESESPERO
238	**CAPÍTULO 31** ACHEI QUE FOSSE MAIS ESPERTA QUE ISSO
244	**CAPÍTULO 32** ELE ESTAVA POR TODOS OS LADOS
252	**CAPÍTULO 33** SABIA QUE ENCONTRARIA O QUE EU PRECISAVA
260	**CAPÍTULO 34** VIVA FELIZ E COMPLETAMENTE FORA DE PERIGO
267	**EPÍLOGO**

PREFÁCIO

Já passava de duas da manhã quando Seamus Murray finalmente saiu da biblioteca. Ele acenou para o segurança responsável pelo local, que murmurou um *"boa noite"* mal-humorado enquanto ligava a lanterna para fazer uma última vistoria preventiva antes de trancar as portas. Os dois sabiam, contudo, que não havia mais nenhuma alma por lá. Seamus era a única pessoa que frequentava a biblioteca até aquele horário, vez ou outra acompanhado por algum aluno, mas que quase sempre ia embora antes do professor.

As escadas de madeira rangiam sempre que seus pés pisavam em um novo degrau. O barulho causaria arrepios em alguém que não estivesse acostumado. Para Seamus, entretanto, o som funcionava como uma canção alegre, pois significava que estava na hora de ir para sua casa e abraçar a esposa, que sempre o esperava acordada e com uma bela xícara de chá, quente e aconchegante. Era verdade que ficava até tarde no trabalho por opção, perdendo-se nos livros e histórias sem se dar ao trabalho de olhar o relógio, mas a hora de ir embora era igualmente bem-vinda.

— Indo tão tarde, professor? — uma voz conhecida perguntou, surpreendendo Seamus quando ele chegou à saída do prédio.

— Sempre — riu sem muito humor. — E você, o que ainda faz aqui?

A pessoa deu de ombros, os olhos faiscando em direção ao professor, que observava com curiosidade. Não era típico encontrar outros funcionários naquele horário.

— Bom, minha esposa já deve estar preocupada. Preciso seguir meu caminho.

— Encontrou algo interessante hoje?

Murray franziu a testa quando a figura entrou em sua frente, impedindo sua saída.

— Depende do que você considera interessante — o professor respondeu cauteloso. — Mas acredito que seja óbvio. Eu não ficaria tantas horas na biblioteca caso não estivesse estudando algo minimamente curioso.

A resposta gerou um sorriso seco.

— É claro.

— Eu realmente preciso ir embora.

— Desculpe, não tinha intenção de atrasá-lo — falou enquanto dava alguns passos para o lado, deixando o corredor até a porta livre. — Boa noite, professor.

— Até amanhã — Seamus respondeu.

O professor finalmente conseguiu sair do prédio em passos apressados e um pouco confuso com a conversa que acabara de acontecer. Enquanto procurava pelas chaves do carro no largo bolso do casaco, sua cabeça montava um quebra-cabeça imaginário. Muitas peças ainda não se encaixavam, mas ele sentia que havia finalmente encontrado um padrão. Era loucura, no entanto. Essa pessoa não poderia estar envolvida... Ou poderia?

A luz da lua e alguns postes espalhados pelo caminho não eram suficientes para espantar a escuridão da noite e o caminho até o seu carro se mostrava longo e demorado. Seamus avistou o veículo e um suspiro de alívio escapou de seus lábios. Ele destravou as portas ao se aproximar, mas as mãos nunca tocaram a maçaneta. Uma figura preta e encapuzada o agarrou e cobriu sua boca antes que pudesse gritar. O coração batia desesperado em seu peito enquanto tentava se desvencilhar dos braços que o apertavam. Mas a tentativa acabou sendo inútil: em poucos segundos, foi atingido por um duro soco que o nocauteou imediatamente.

CAPÍTULO 1
PESSOAS NÃO SÃO SEQUESTRADAS NA VIDA REAL, CERTO?

Cruzei os portões da universidade em tempo recorde.

Eu havia descoberto que quanto mais tempo eu tinha para me arrumar, mais atrasada ficava. A matemática era simples: não posso ter tempo livre se quiser chegar na hora para os compromissos. Desde que me conheço por gente, sempre tive problemas com horários, era inevitável. Acho que estava relacionado com a minha distração com coisas banais ou a preocupação exagerada em outras áreas da minha vida. Algo sempre tinha a minha atenção, dificilmente a coisa certa.

Durante os anos de faculdade, meus constantes atrasos foram desculpados por meio de boas notas e projetos mirabolantes. Agora, nos primeiros meses como mestranda, havia melhorado um pouco e nunca entrei na aula após a chamada, mas também nunca antes. Acho que eu poderia ser considerada um projeto em andamento.

O vento gelado, úmido e um pouco desconfortável, ainda refletindo a temperatura do final do inverno, cortava meu rosto enquanto andava apressada até a minha sala, do outro lado do *campus* — muito conveniente, claro. Contudo, quando cheguei perto o suficiente, vi que não havia motivo para me preocupar com o atraso: todos os alunos estavam do lado de fora, amontoados no estreito corredor de madeira.

Aproximei do grupo com curiosidade, tentando escutar alguma fofoca que fosse capaz de explicar a confusão, mas os sussurros eram silenciosos demais para fazerem sentido.

Rendida, perguntei ao meu colega que estava mais próximo:

— O que está acontecendo?

— O professor Murray — sussurrou como se estivesse contando um segredo. — Foi sequestrado.

Eu não estava nem um pouco preparada para a sua resposta. Minha boca abriu em choque e meus olhos se arregalaram, mas não consegui formular nenhuma palavra ou som por alguns bons segundos.

— Ele foi o quê? — finalmente falei, a voz refletindo a surpresa.

Meu colega bufou impaciente, e eu tive a impressão de que não era a primeira vez que ele respondia a essa pergunta.

— Se-ques-tra-do — soletrou como se estivesse falando com uma criança. — Ontem à noite, aqui no estacionamento. A polícia está dentro da sala agora, questionando alguns alunos. Ninguém sabe como isso aconteceu.

Balancei a cabeça em sinal de descrença. Não pode ser, simplesmente não pode. Pessoas não são sequestradas na vida real, certo? Isso é aquele tipo de notícia que você lê em um jornal, assiste em um documentário, mas é tão distante da sua realidade que, na sua cabeça, a probabilidade de algo assim acontecer é basicamente igual a zero.

— Questionando alunos? — perguntei preocupada. — E sequestrado como?

— Meu Deus, Amanda! — exclamou após bufar. — Acabei de falar que não sabem como! E sim, querem conversar com aqueles mais próximos do professor ou que o viram ontem. Para falar a verdade, você deveria ir até lá. Afinal, o professor Murray não é *seu* orientador? Se tem alguém que deve saber como isso aconteceu, *é você*.

Meu corpo gelou e meus olhos se arregalaram um pouquinho.

Sim, ele é meu orientador. E eu também havia mesmo encontrado com ele na última noite. E talvez eu tivesse uma pequena, *quase minúscula*, ideia do porquê alguém pensaria em sequestrá-lo. Não que pretendesse compartilhar essa informação com alguma pessoa, de qualquer forma.

— Claro, claro. Vou falar sim — concordei dando um sorriso murcho antes de me enfiar no meio da multidão, procurando uma maneira de sair daquele corredor o mais rápido possível, porque a última coisa que eu iria fazer seria falar com a polícia.

Conheci Murray no meu último ano de graduação. Ele foi um dos meus professores favoritos ao longo do curso de História da Arte, e a pessoa que me incentivou a continuar pesquisando. Pouco antes da minha formatura, ele me convidou para um estágio como assistente dele e, como já estava ali na universidade, por que não emendar um mestrado também, não é mesmo?

Eu ainda estava um pouco indecisa sobre a minha carreira e o futuro, então pensei que mais alguns anos estudando talvez fossem a oportunidade perfeita para abrir meus olhos e finalmente ter aquela grande revelação que me mostrasse qual caminho seguir. Até agora, entretanto, eu continuava, absolutamente, sem nenhuma ideia.

Durante os últimos meses, Murray acabou me contando algo que fez com que nossa pesquisa tomasse uma proporção com a qual eu ainda não havia me acostumado e nem sabia bem como explicar, *principalmente para a polícia*.

Lembro que, na última semana, nós chegamos a discutir a possibilidade de falar com as autoridades, bom, eu discuti. Ele, por outro lado, apenas rejeitou a ideia instantaneamente, sem muita explicação, mas me fazendo jurar de dedinho — sim, isso mesmo — que eu nunca falaria nada sem a permissão dele.

Na época, não parecia uma promessa tão difícil assim. Afinal, eu nunca realmente achei que a polícia acabaria envolvida, muito menos que *ele* acabasse envolvido.

Ontem à noite, nós estávamos lendo alguns documentos na biblioteca, mas fui embora relativamente cedo, o que não era incomum. Eu nunca ficava tão tarde, enquanto Murray resolveu continuar na universidade por sabe-se lá quanto mais tempo. Era um comportamento típico dele, e eu conseguia imaginar como essa informação soaria nos ouvidos da polícia e o número de perguntas que precisaria responder logo em seguida. A ideia não me agradava nem um pouco.

Enquanto andava apressada pelo *campus*, mandei uma mensagem de texto para a minha melhor amiga, Claire. Nada muito alarmante, apenas um "PRECISAMOS CONVERSAR, VC NÃO ACREDITA O QUE ACONTECEU!!!!!!!!!", rezando para que ela já tivesse acordado e que não demorasse para responder. Esperava que as letras em caixa alta e os inúmeros pontos de exclamação fossem suficientes para chamar a atenção dela.

Claire não estudava comigo desde o ensino médio, então, não estava muito por dentro das minhas atividades extracurriculares, mas tinha *alguma ideia*. Sempre compartilhei com ela o pouco que podia, e agora eu precisava desabafar ainda mais.

A informação do sequestro simplesmente não parecia entrar em minha cabeça. Era como se, de repente, eu tivesse entrado em um sonho, daquele que começa de maneira despretensiosa e acaba se tornando um pesadelo traumatizante que faz com que você acorde com o coração disparado e os lençóis grudados no corpo.

No meio da minha caminhada distraída em direção à saída, com os olhos grudados no celular enquanto eu lia o grupo de WhatsApp da turma, que comentava freneticamente sobre o sequestro, senti uma forte pancada em meu ombro esquerdo. Meu corpo balançou para trás, sem equilíbrio algum, mas uma mão forte me segurou antes que pudesse cair.

Meus olhos focaram na pessoa em que eu havia esbarrado e se *karma* realmente existisse, essa seria a prova concreta. Como se meu dia já não estivesse muito complicado.

Max me lançou o olhar mais intimidador de todos, fazendo com que um arrepio corresse minha espinha. Ele era bem mais alto que o meu metro e sessenta e dois, tinha o corpo esguio e algumas tatuagens nos braços — que eu raramente via, já que aqui estava sempre frio. Eu sempre acabava ficando um pouco sem ar quando encontrava com ele, mas, honestamente, não acho que possam me culpar por isso. Apesar de não ser a pessoa mais agradável desse mundo, Max conseguia ser absolutamente hipnotizante.

E desconfortavelmente bonito.

— Amanda, eu estava mesmo te procurando — falou com a voz séria.

Ele estava com a expressão fechada e eu sabia que isso não poderia ser um bom sinal.

Antes que ele pudesse me perguntar qualquer coisa, me adiantei, jogando as palavras de maneira afobada.

— Eu não sei o que aconteceu, não sei mesmo!

Max sacudiu a cabeça, a mão ainda segurando meu braço. Ele não fazia força e eu imediatamente soube que estava tentando me impedir de fugir.

Não que eu estivesse pensando em sair correndo ou qualquer coisa do tipo... Certo?

— Meu pai nunca chegou em casa ontem — falou. — Minha mãe insistiu que eu viesse até o *campus* para procurá-lo, mas você já sabe o fim dessa história, não sabe?

Cheguei a comentar que o professor Murray tinha um filho?

Não? Pois bem...

— Max, eu juro que não sei de nada — repeti. — Eu fui embora antes dele, lá pelas seis, estava tudo normal. Estou tão surpresa quanto você, *sério*.

Ele estreitou os olhos em minha direção, como se estivesse tentando confirmar a veracidade das minhas palavras, e finalmente me soltou, deixando um suspiro cansado escapar de seus lábios.

Seu rosto estava pálido, com olheiras escuras e profundas abaixo dos olhos esverdeados. A preocupação era nítida e a parte não racional do meu cérebro queria abraçá-lo. Ou talvez fosse eu quem precisasse de um abraço.

— Olha, eu preciso ir — murmurei, sentindo-me um pouco incomodada. — Não posso falar com a polícia, você sabe. Palavras de seu pai.

Ele franziu a testa e bufou.

— Eu não dou a mínima *pro* que meu pai falou antes, ok?! — Max exclamou com raiva. — Amanda, você *precisa*. Essa pesquisa estúpida é o único motivo pelo qual levariam ele!

— Eu sinto muito que isso tenha acontecido — falei com sinceridade e com a culpa esmagando meu peito, mas, ao mesmo tempo, me sentindo extremamente protetora do nosso trabalho. — Mas a pesquisa não é estúpida. O fato de terem levado o seu pai só comprova a importância do que estamos fazendo.

Ele passou a mão pelo cabelo, impaciente.

— Eu não entendo por que vocês dois precisam complicar tanto, caramba! Você vai falar com a polícia e ponto final. Eu não me importo com o que você e meu pai combinaram, a situação é outra, você consegue entender isso?

A ameaça em sua voz foi o suficiente para me assustar.

Abri a boca para protestar, mas o esforço foi inútil. Vi um esboço de sorriso surgir em seu rosto e logo escutei uma voz grave e áspera perguntar atrás de mim.

— Falar o quê?

Não precisei me virar para saber que o dono da pergunta era um policial.

A satisfação estampada na cara de Max já dizia tudo, e eu precisei respirar fundo antes de tomar coragem para finalmente encarar a pessoa.

Ele era baixinho e não poderia ter mais que 30 anos. O rosto estampado por sardas e as bochechas coradas pelo frio. Um óculos fino e redondo estava apoiado em seu nariz. Não consegui me sentir muito intimidada pela sua aparência, mas bastou que ele abrisse a boca para me irritar.

— Esta garota tem alguma coisa para compartilhar? — o policial tornou a perguntar e eu franzi a testa com o tom de voz que ele usou.

"Esta garota".

Era agressivo e de uma forma nada educada. Ele queria me diminuir.

— Não, nada realmente importante — respondi dando de ombros, numa tentativa de parecer relaxada, mas escondendo a vontade de chutar sua canela.

— Ela trabalha com o meu pai, Seamus Murray — Max respondeu por mim e eu revirei os olhos. Será que ele não entendia que isso era exatamente o que o pai dele estava querendo evitar? — E o viu ontem à noite.

Pelo jeito não.

Ele parecia ter esquecido absolutamente tudo o que o pai havia pedido. O que até era aceitável, devido à situação, mas ainda assim... Fiquei com vontade de sacudi-lo pelos ombros e gritar para ele calar a boca.

— E você não pensou em falar com a polícia?

Respirei fundo antes de responder.

— Claro que pensei, estava indo fazer isso agora — menti sem conseguir esconder o sarcasmo na voz. — A verdade é que acabei de chegar aqui e Max estava me contando o que aconteceu, inclusive, estávamos indo para a delegacia nesse exato momento. Temos que prestar um depoimento oficial, certo?

Honestamente, eu não tinha ideia se precisava mesmo prestar um depoimento, ainda mais na delegacia, mas meu conhecimento, baseado puramente em séries policiais e filmes com uma bilheteria e público duvidáveis, dizia que sim.

E os minutos no carro até chegar lá bastariam para decidir o que eu poderia contar e aquilo que nunca deveria chegar aos ouvidos da polícia.

— Eu vou ligar para a delegacia e avisar o detetive que vocês estão a caminho — o policial avisou já pegando o rádio que estava preso em seu cinto. — Procurem por Cormac, ele irá os atender.

Dei um sorriso falso e puxei Max pela mão, o levando na direção oposta do policial, mas ele logo se desvencilhou.

— O que você acha que está fazendo? — perguntou.

— O que parece, Max? Indo para a delegacia, claro, não era isso que você queria? — Ergui a sobrancelha, impaciente.

Ele sacudiu a cabeça, exasperado.

Era engraçado, apesar de nos conhecermos há poucos meses, eu havia passado um bom tempo o observando para saber que ele estava bem perto de explodir. No meio do caos e do desespero, eu tive vontade de rir. Mas apenas porque não sabia bem o que fazer para acalmá-lo, e a mim também.

Alguns estudantes que passavam ao nosso lado lançaram uns olhares estranhos, tentando decidir se deviam interromper a discussão ou não, mas eu duvidava muito que alguém teria coragem de se aproximar.

— A gente vai encontrar seu pai, ok? — garanti tentando usar o tom de voz mais determinado possível. — Eu vou falar tudo o que posso, a polícia vai dar um jeito e logo ele vai estar de volta, tenho certeza.

Max me encarou com dúvida, massageando as têmporas logo em seguida.

— Amanda — suspirou em um tom sério e um pouco cético —, eu sei em que merda nós estamos envolvidos. E o único motivo pelo qual eu quero que você fale com a polícia é porque estou desesperado, ok? Não sei como chegar em casa sabendo que a minha mãe vai estar lá chorando e esperando que eu a conforte, quando eu não posso dizer que tudo vai ficar bem.

Abri a boca, mas nenhum som saiu. Max tinha razão.

E a situação dele era infinitamente pior que a minha.

Murray havia comentado sobre o filho inúmeras vezes desde que o conheci. O garoto prodígio tinha 26 anos e morava na França, onde trabalhava em um escritório de advocacia. Escutar meu professor falar sobre ele era como escutar um romance antigo, em que o protagonista era descrito como um herói perfeito: inteligente, bonito, educado e engenhoso. Ver esse mesmo homem parado na minha frente, sem nenhuma gotinha de esperança, era um tanto desconcertante, principalmente porque eu tinha uma dificuldade enorme em desassociá-lo da imagem de protagonista perfeito que meu professor pintou.

Quatro meses atrás, ele veio visitar o pai e nós fomos formalmente apresentados. Murray organizou um jantar em sua casa e me convidou. Todavia, o ato bondoso tinha um pretexto: apresentar o filho e explicar que ele iria nos ajudar a distância, então deveríamos estar bem familiarizados para trabalharmos juntos e em harmonia.

Em minha opinião, Murray sabia desde o início que não seria uma tarefa fácil lidar com o filho dele. Max e eu éramos completos opostos de personalidade. A seriedade e praticidade dele não combinavam nem um pouco com a minha distração descomunal ou a falta de juízo.

Andamos até o estacionamento em um silêncio desconfortável e Max me guiou até o seu carro, escuro e alto, tão intimidador quanto ele. Ele abriu a porta para que eu entrasse, numa gentileza completamente perdida no meio de tanta coisa mais importante.

Nós íamos nos encontrar hoje. Ele veio passar o feriado da Páscoa aqui e ficou uns dias a mais, para que pudéssemos trabalhar pessoalmente, já que estávamos tendo uma dificuldade enorme em nos comunicar por telefone ou *e-mail*.

Agora, tudo parecia distante e supérfluo.

Durante o percurso, que durou uns vinte minutos, não trocamos nenhuma palavra. Em outra situação, eu teria ficado entediada e começaria a falar sobre qualquer coisa, mas, dessa vez, o silêncio acabou sendo meu aliado. Consegui organizar minhas ideias e criar uma lista mental de coisas que poderia falar para a polícia e que talvez fossem relevantes o suficiente para ajudar a encontrar Murray. Ninguém nunca precisaria saber a verdade completa.

Nos últimos meses, Murray fez um apanhado de obras em exposição nos maiores museus e galerias da Europa, mas as informações não estavam batendo. Foi quando ele me convidou para ajudar em sua "pesquisa". Juntos, reparamos que alguns quadros haviam sido retirados para "conservação", mas sem maiores registros, ou simplesmente sumiram sem mais nem menos. Isso não era particularmente estranho, já que nomes grandes não estavam entre as obras perdidas e o controle não era tão exagerado, mas a quantidade de sumiços sem explicação só parecia aumentar.

Foi nessa mesma época que Murray ligou para o filho e questionou a legalidade do sumiço. Max não soube responder. Apesar de ser extremamente bem conectado na França, ele também não conseguiu informações concretas sobre o assunto, alguém que pudesse explicar para onde ou quem era responsável pelo processo de retirada das obras. Elas apenas eram levadas.

Então, nós decidimos descobrir sozinhos.

Os últimos três meses foram caóticos, não vejo outra forma de descrever. Tinha aulas duas vezes na semana, trabalhava em uma galeria aos sábados e aos domingos e, todos os dias, encontrava Murray para ler documentos, muitos deles enviados por Max, e fazer inúmeras e cansativas ligações que, na maioria das vezes, não resultavam em nada relevante.

Até que um dia, em meio aos livros, às páginas impressas e aos jornais de três países diferentes, encontramos um nome. E essa informação poderia ser tudo o que precisávamos para sair do ponto zero.

Nossa primeira pista.

Foi também por isso que Max estendeu sua estadia. Essa informação era importante demais para discutirmos por *e-mail*, que estava sempre recheado de farpas e de provocações mal resolvidas.

— Vou entrar com você — Max avisou quando estacionou o carro na frente da delegacia.

O estacionamento estava lotado de carros de polícia. Eu queria muito saber o motivo deles estarem aqui e não nas ruas, dando conta dos assaltos que estavam cada dia mais frequentes, principalmente no centro da cidade.

Se eu já não estivesse em uma saia justa, iria aproveitar a visita para perguntar o motivo da falta de patrulha.

— Vai mesmo — concordei sentindo meu estômago se revirar de nervoso. — Não vou falar nada sem um advogado.

Ele balançou a cabeça, tentando esconder o sorriso que quase deu as caras, e destravou as portas.

Uau, eu realmente tinha arrancado um *quase* sorriso dele?

Quando fui soltar o cinto de segurança, Max segurou minha mão. Sua pele era quente e agradável, muito mais do que poderia imaginar. E olha que eu tinha uma imaginação especialmente fértil...

— Eu sei que isso vai ser delicado — disse ele. — Mas meu pai confia em você, então, eu também. Não precisa falar os detalhes, nós podemos lidar com eles sozinhos, mas o resto... O resto eles precisam saber.

Assenti em silêncio, ansiosa com a responsabilidade que carregava, e saí do carro.

CAPÍTULO 2
INFORMAÇÕES CURIOSAS

A delegacia não era bem como eu imaginava.

O ambiente era surpreendentemente iluminado, limpo e arrumado. O que não me deixou mais confortável, pelo contrário, nunca me senti tão exposta.

Enquanto aguardava na recepção para ser atendida, não pude deixar de encarar um jovem algemado na sala ao lado. Uma grande janela me deixava acompanhar com inexplicável interesse os movimentos que ele fazia com a mão. Estava batucando alguma música, sem dúvida, já que os olhos estavam fechados e sua boca abria minimamente no mesmo ritmo. *Qual música?* – perguntei a mim mesma. Algo animado, definitivamente. Ele parecia curiosamente relaxado para alguém com algemas.

"If you like piña coladas and getting caught in the rain..."[1]

Bingo!

— Amanda!

— O quê? — respondi assustada ao encontrar Max me encarando como se eu fosse um alienígena. Ao lado dele, estava um homem na faixa dos 40 anos com um crachá no peito: *Cormac Keane, detetive*. Ele era alto e magro, o cabelo, já grisalho e um pouco comprido, estava arrumado com mais gel que o necessário. Seus olhos eram castanhos, quase cinzentos, e não muito simpáticos.

— Bom dia, Amanda — cumprimentou, ignorando a minha distração. — Estava aguardando você. Podemos conversar na minha sala?

Queria responder "não, não podemos", mas sabe como é... Seria imprudente nesta situação.

— Claro — respondi sem muito ânimo.

— Tudo bem se eu acompanhar? — Max perguntou, lembrando-se do combinado que fizemos no carro.

Cormac franziu a testa.

---

[1] "Se você gosta de piña coladas e de ser surpreendido pela chuva".

— Acho que já falamos o suficiente mais cedo — respondeu ele.

Max ignorou o tom de voz impassível e insistiu.

— Amanda e eu trabalhamos juntos. Talvez, escutando o que ela falar, eu possa me lembrar de alguma outra informação importante.

Cormac arqueou a sobrancelha e eu pude dizer que ele não acreditou em uma palavra que Max falou. Ainda assim, concordou com o pedido.

— Está bem.

Ele nos guiou por um corredor estreito até chegarmos a sua sala. Ela não era muito diferente do resto do prédio e minha vontade de falar qualquer coisa beirava o negativo, mas respirei fundo, tentando manter a paciência.

Cormac apontou duas cadeiras pretas acolchoadas, posicionadas em frente a sua mesa, e começou o interrogatório sem grandes delongas.

Respondi as primeiras perguntas automaticamente, soando quase como um robô.

— Amanda Moretti, 23 anos, filha única, estudante, trabalho numa galeria aos fins de semana, não, eu nunca me envolvi com nada ilegal.

Aos poucos, porém, precisei prestar mais atenção, selecionando minhas palavras cuidadosamente antes de responder. Cormac passou a perguntar sobre as pessoas que conversamos, funcionários, alunos e amigos, até finalmente chegar ao tópico imprescindível.

— Sobre o que é a pesquisa que vocês estão fazendo?

Cruzei os braços, tentando não demonstrar nenhuma emoção.

Pelo o que eu sabia, detetives tinham uma capacidade impressionante de leitura corporal, então eu precisava tomar cuidado.

— Nós estudamos a conservação de peças de arte. Pinturas, principalmente. Nada muito interessante — desconversei, dando de ombros.

Ele arqueou a sobrancelha.

— Alguém achou interessante — rebateu. — O professor não foi atacado por uma coincidência. A pessoa que o levou sabia seus horários, seu carro e, possivelmente, muitas outras coisas. Inclusive, sobre *você*.

Cormac aguardou uma reação, mas permaneci em silêncio, ignorando o medo que senti com a afirmação dele. Então, ele continuou com suas perguntas:

— Que horas você saiu da faculdade ontem à noite, Amanda?

— Às 18h.

— O que você e o professor Murray estavam fazendo antes de você ir embora?

— Lendo.

— Pode ser um pouco mais específica? — insistiu.

— Estávamos lendo a última edição da *Blouin Art,* fazemos isso todo mês.

A resposta não pareceu agradá-lo, e ele fez uma careta. O que esperava? Que estivéssemos investigando uma quadrilha clandestina? Ah!

— Você notou algo fora do comum no comportamento do professor?

— Não. Ele estava calmo como sempre, não acho que suspeitava de nada – respondi com honestidade.

— E no estacionamento?

— Eu voltei para casa de ônibus, não passei pelo estacionamento.

— Vocês já conseguiram identificar de quem era o carro que o levou? — Max interrompeu.

Cormac pareceu surpreso ao escutar a voz de Max, como se tivesse esquecido que tínhamos companhia, e se virou para ele ao responder.

— Sim, um veículo roubado. Estamos analisando as imagens de câmeras de trânsito da região. Apesar de não achar que será o caso, vamos precisar montar uma estação na sua casa. Talvez liguem pedindo resgate.

— Por que não acha que é o caso? — perguntei curiosa.

Cormac entrelaçou seus dedos em cima da mesa e sorriu ironicamente.

— Porque os documentos que recuperamos na sala do professor contêm algumas informações curiosas, Amanda, e você sabe bem disso. O que possivelmente significa que não é um sequestro, cujo objetivo seja conseguir dinheiro em retorno, fazendo com que uma ligação desse cunho não seja esperada. Teremos que seguir por outro caminho.

— Murray é um ótimo pesquisador — falei. — Muitos professores são.

Ele estreitou os olhos, um pouco surpreso com a minha audácia em respondê-lo.

— De fato, mas a maioria prefere limitar sua pesquisa ao conteúdo acadêmico.

— Você não acha a pesquisa dele acadêmica? — perguntei sem conseguir evitar o tom irônico.

— Acho a "pesquisa" dele um trabalho bem jornalístico, e não do bom tipo, escrevendo sobre coisas que não são para o bico dele, e *isso* pode acarretar problemas. Na verdade, já acarretou, né?

Senti o sangue ferver e abri a boca para protestar, mas Max foi mais rápido.

— Você tem mais alguma pergunta, Keane? Acho que a Amanda já te deu algumas informações valiosas que podem ajudar na investigação.

Os olhos cinzentos de Cormac brilharam com raiva na direção dele.

Eu tinha falado muito, mas duvidava que tivesse alguma "informação valiosa" perdida em minhas respostas evasivas.

— Só quero saber mais uma coisa — avisou. — Você tem alguma ideia de quem possa ter feito isso? Alguém que possa ter se incomodado com o trabalho de vocês?

Sim, eu tinha uma ideia. Mas isso era algo que não podia compartilhar.

— Não — menti.

Cormac assentiu, com o semblante impassível, e nos levou até a porta da sua sala.

— Continuaremos em contato — garantiu antes de se despedir.

A promessa em sua voz era inevitável e meu estômago se embrulhou pensando nesse próximo encontro, e me questionando por quanto tempo conseguiria omitir a verdade sobre a pesquisa.

Enquanto caminhávamos de volta para a recepção, senti um par de olhos me acompanhando pelo longo corredor. Olhei para trás e encarei a pessoa de volta, em desafio. Um calafrio percorreu minha espinha quando ela não desviou o olhar. Tropecei em meus pés e Max me segurou antes que pudesse cair.

— O que foi? — perguntou ele, depois de me estabilizar.

— Nada — murmurei ignorando o frio que começava a sentir. — Vamos embora.

Ao invés de me escutar, Max se virou também e seu rosto mudou de expressão em segundos. Ele franziu a testa como se estivesse tentando decifrar uma charada, mas a pessoa que nos encarava entrou na sala de Cormac ligeiramente ao perceber que ainda estávamos olhando.

— Você sabe quem é? — questionei reparando no olhar confuso dele.

— Ninguém importante — Max respondeu balançando a cabeça antes de continuar seu caminho até a saída.

— Você acha que esse é o tipo de resposta que vai sanar minha curiosidade? — perguntei um pouco exasperada.

Ele me encarou por alguns segundos e um sorriso quase invisível estampou seus lábios.

— Não consigo imaginar nada que seja capaz de acabar com a sua curiosidade, Amanda. É um poço sem fundo — respondeu com a voz seca.

Ignorei o comentário sarcástico, frustrada ao perceber que ele não responderia a minha pergunta.

Estava chovendo quando chegamos ao estacionamento. Não era exatamente uma surpresa, já que a chuva era constante aqui, mas não pude deixar de soltar um suspiro desanimado ao sentir os pingos insistentes molhando meu suéter verde.

Em alguns segundos, a mistura da água e ar frio acabou funcionando como um choque de realidade e um pânico repentino tomou conta do meu corpo. Murray tinha sido sequestrado. *Ele tinha realmente sido sequestrado.* Quero dizer, alguém o agrediu, o levou embora e agora ele, provavelmente, estava sendo mantido num galpão qualquer, jogado no canto mais frio e sujo do lugar, tendo que responder perguntas sobre uma coisinha que descobrimos por acaso, mas que, aparentemente, era mais importante do que poderíamos imaginar.

E eu não tinha ideia de como ajudá-lo.

— Precisa que eu te deixe em algum lugar? — Max perguntou, interrompendo meus pensamentos desesperados.

Pisquei algumas vezes, tentando decidir o que fazer pelo resto do dia. Então, acabei escolhendo o óbvio.

— Pode me levar de volta à faculdade?

— Claro.

Passamos a maior parte do caminho sem conversar, Yoke Lore tocava no rádio, embalando a nossa tristeza compartilhada. Não sabia como falar com ele mais do que ele deveria saber como falar comigo, mas, ainda assim, foi Max quem quebrou o silêncio.

— Você parece uma pessoa que toma atitudes imprudentes.

Franzi a testa.

— Essa é uma suposição um tanto ofensiva — retruquei brava. — Você parece uma pessoa que não toma atitude nenhuma.

Um quase imperceptível sorriso surgiu em sua boca.

— E o que você considera melhor? — perguntou ele.

— Depende — respondi, sem saber onde ele queria chegar. — Mas não costumo me arrepender de muita coisa.

— Claro que não.

— Por que você começou com essa conversa? — resmunguei defensiva.

— Porque eu vi a sua expressão quando saímos da delegacia e eu acho que você está indo para a faculdade procurar alguma informação que possa te levar até certa pessoa. E eu quero ajudar.

Cruzei os braços.

— Agora você quer ajudar? Você podia ter ajudado hoje cedo, se controlando para não dar aquele chilique e me obrigando a ir falar com a polícia.

Max mordeu o lábio e apertou o volante com força.

— Justo — murmurou parecendo um pouco incomodado. Ou talvez fosse a minha imaginação. — Mas você precisava falar com eles. Já tinham me perguntado sobre você. Só ficaria suspeito, caso você não fosse.

Sacudi a cabeça.

— Vou pensar no seu caso.

Ele abriu a boca para reclamar, mas meu celular tocou ao mesmo tempo. Max fez um gesto para que eu atendesse e murmurou um *"tá tudo bem"*.

— Oi, Claire — cumprimentei, após ver o nome da minha melhor amiga na tela.

— Nossa, só acordei agora, mil desculpas — falou do outro lado da linha. Sua voz estava um pouco rouca. — Estava trabalhando até tarde no evento de um cliente.

— Sem problemas — garanti sentindo um pouquinho de pena. Claire ficava exausta sempre que precisava organizar esses eventos. — Você já sabe?

— Meu Deus, sim! Meu celular estava explodindo de mensagens, sem brincadeira. Não acredito que levaram o seu professor! — exclamou parecendo um pouco desesperada. — Como você está?

Essa era uma pergunta difícil.

— Não sei — respondi com sinceridade. — Preocupada. Podemos nos encontrar mais tarde?

— Claro! No lugar de sempre?

— Sim, umas 17h?

— Combinado. Até logo!

Desliguei o telefone, reparando que já estávamos no estacionamento da faculdade. A chuva forte tinha dado uma trégua, dando lugar a um chuvisco chato. Era apenas meio-dia, mas eu já me sentia exausta.

Olhei para Max uma última vez antes de abrir a porta e falei vagamente:

— Bom, eu te aviso qualquer coisa.

Ele assentiu.

— Eu também.

CAPÍTULO 3
VOCÊS ESTÃO MEXENDO COM O QUÊ, TRÁFICO DE DROGAS?

A biblioteca já poderia facilmente ser considerada minha segunda casa.

Passei meu cartão de estudante na catraca a dei um sorriso murcho para o segurança da tarde, que já estava de saco cheio de me ver passando por ali, tenho certeza. Meus pés não hesitaram em fazer o caminho conhecido até a estante de jornais e revistas, espremida em um canto entre o corredor de autoajuda e filósofos irlandeses do século XVIII, e logo eu já estava procurando por uma edição específica de um jornal. Eu sabia que, de tempos em tempos, as edições antigas eram descartadas, mas essa ainda era relativamente recente, de apenas uma semana atrás.

Lembro direitinho do dia que li a notinha, quase invisível, perto de inúmeras reportagens sobre a corrida de cavalos que aconteceria dali uns dias. Demorei alguns segundos para fazer a conexão e já estava lendo a matéria seguinte quando uma luz se acendeu em minha cabeça. Virei a página correndo e reli o texto algumas vezes, em seguida, pesquisei um nome no Google: Hector Gonzáles.

O sujeito era um colecionador de pinturas espanhol, herdeiro de uma fortuna inimaginável, e estava na Irlanda para acompanhar a abertura de uma exposição na Galeria Nacional, que ele havia contribuído generosamente com o acervo. Mas a exposição nunca chegou a acontecer.

Um dia antes da abertura, Hector deu falta de alguns quadros e resolveu cancelar tudo até que encontrassem as peças perdidas. Eu e Murray pensamos em falar com ele, mas acabamos nos esquecendo no meio de tantos outros afazeres.

Suspirei aliviada e abri um sorriso ao encontrar o jornal que eu procurava. Folheei tão rápido que algumas páginas rasgaram, mas logo encontrei o que queria. A bendita notinha estava ali, e embaixo, quase sorrindo para mim, uma foto de Hector em uma conferência de imprensa. Na legenda, o nome do hotel em que o evento foi realizado e, possivelmente, também onde ele estava hospedado. Sei lá se era sorte, destino ou apenas uma gigante coincidência, mas eu tinha um amigo que trabalhava nesse mesmo hotel como recepcionista. Tinha um tempo que não falava com ele, mas se eu queria alguma informação sobre a estadia do Hector, e tinha certeza de que James poderia me ajudar.

Peguei o jornal e saí da biblioteca, procurando algum lugar mais afastado em que pudesse falar com tranquilidade. Avistei um banco vazio, no canto de um corredor, e me acomodei ali enquanto procurava o contato em meu celular.

James atendeu no quinto toque, quando eu já estava quase desligando.

— Amanda? Nossa, quanto tempo! — cumprimentou parecendo um pouco surpreso com a ligação.

— Pois é, precisamos marcar um café com a turma *pra* botar a conversa em dia. Tudo bem com você? — perguntei já me sentindo culpada por ligar só para pedir um favor.

— Sim, estou bem. E você, o que anda fazendo da vida?

— Tudo certo comigo... Eu estou fazendo um mestrado, com o professor Murray. Ele é meu orientador. Lembra-se dele? — Escutei James concordar. — Então... E você, continua no hotel?

Apesar de ter cursado História da Arte, James nunca atuou na área. Nossa turma da graduação era repleta de alunos que não necessariamente queriam trabalhar como pesquisadores, consultores ou curadores. Eles só tinham muita curiosidade e vontade de aprender mais sobre esse universo — o que, para mim, era muito compreensível. Até hoje eu sentia uma satisfação enorme em saber a história por trás de um quadro ou escultura, entender o que os movimentos artísticos significaram em seus tempos, ou as picuinhas que rolavam nos bastidores da produção de peças icônicas.

— Ah, lembro sim. Ótimo professor, um cara engraçado também. Sim, ainda estou no hotel. Meu turno começa daqui a pouco, na verdade.

— Hum. Bom, a verdade é que te liguei *pra* saber se você pode me ajudar com uma coisa importante. O Murray foi sequestrado. — O escutei exclamando um "*o quê?!*" do outro lado da linha. — Sim, pois é. Aconteceu hoje de madrugada. E eu acho que tem a ver com a nossa pesquisa.

— Caramba! Eu não acredito nisso, Amanda. Vocês estão mexendo com o quê, tráfico de drogas?

Quase me engasguei com o comentário dele.

— Nossa, James, até parece — respondi verdadeiramente ofendida. Era isso que as pessoas pensavam de mim? — São coisas inofensivas, eu prometo. Você pode me ajudar?

Ele hesitou por alguns segundos, mas concordou.

— O que você *tá* precisando?

— Eu tenho que entrar em contato com um colecionador, ele chama Hector Gonzáles, e acho que está hospedado aí no seu hotel.

— Amanda... — James suspirou, já imaginando o rumo da conversa.

— Eu sei que você não pode passar informação dos hóspedes, mas é que isso é realmente importante. Quero dizer, é para ajudar a encontrar o professor. Você não quer ajudá-lo?

— A polícia sabe disso? — questionou ele com um tom de voz suspeito.

— Bom, não — admiti. — Mas se fosse a polícia pedindo, você poderia passar a informação? Acho que se eles realmente forem inteligentes, vão ligar os pontos rapidinho...

— Então, por que você não espera eles lidarem com isso?

Boa pergunta.

— É que não dá — respondi num gemido. — Eu tenho que falar com esse cara *pra* ontem!

— O Hector está hospedado aqui, mas isso é informação pública. Ele deu uma conferência de imprensa semana passada. O que mais você precisa? — James finalmente cedeu. Acho que foi o princípio de choro em minha voz que o convenceu.

— Até quando ele fica na cidade? E será que tem como me passar o telefone dele? Não vou dizer que consegui com você.

— Claro que não vai — resmungou. — Olha, eu preciso olhar no sistema. Hoje à noite te mando uma mensagem.

— Poxa, muito obrigada, James! Você é demais!

— Amanda, toma cuidado, viu? — pediu ele, parecendo genuinamente preocupado.

— Sempre.

Feliz com o resultado da conversa, voltei para a biblioteca e guardei o jornal. Por enquanto, não havia mais nada que eu pudesse fazer, então resolvi ir até meu restaurante favorito e, bem, comer.

Não preciso falar que consegui me atrasar para encontrar a Claire. Quando cheguei, ela já estava sentada na nossa mesa habitual, uma cerveja na sua frente, e as pernas balançando ansiosamente.

Ela acenou exageradamente assim que me viu e eu sorri de volta. Antes de seguir até o nosso cantinho, parei no bar para pegar uma cerveja também, afinal, ninguém é de ferro, não é mesmo? E, honestamente, depois do dia que tive, acho que era uma atitude facilmente justificável.

Ela era mais alta que eu, tinha a pele negra e pernas longas, que eu invejava secretamente. Seu cabelo castanho escuro era encaracolado e ela sempre usava um batom vermelho, não importava a hora do dia. Seus olhos eram grandes e expressivos, sempre refletindo tudo o que ela estava pensando. Éramos opostos em questão de aparências, mas muito parecidas em todo o resto — e esse era o fator de sucesso para nossa amizade.

Atualizar minha melhor amiga dos acontecimentos de hoje levou uns bons quarenta minutos. Claire me interrompia o tempo todo para fazer infinitas perguntas e eu as respondia com paciência. Para falar a verdade, estava aliviada de colocar tudo para fora.

Claire tinha sido minha melhor amiga desde os anos de escola e só nos separamos na faculdade, porque os cursos que escolhemos tinham notas distintas nas universidades em que aplicamos. Por isso, ela foi parar em uma, e eu em outra. Apesar de ter feito novos amigos, Claire nunca deixou de ser *a melhor*.

— É surreal que isso esteja acontecendo, sem brincadeira — disse.
— E você tem certeza de que essa pessoa que levou o professor está metida nessa história das pinturas roubadas?

— Certeza, não tenho, mas quem mais iria fazer isso? — perguntei.
— Não é pouco dinheiro envolvido, Claire. É dinheiro *pra* caramba. Milhões, até. Sem falar no valor histórico.

— Eu sei que tem coisas que você não pode me falar, mas é estupidamente perigoso você ficar por aí guardando todos esses segredos sozinha, Amanda.

Encarei o copo vazio ao responder.

— O Max também sabe. Mais fácil levarem ele do que eu — dei de ombros.

Apesar do tema tenso, minha amiga abriu um *sorriso* malicioso ao escutar o nome dele.

— Esqueci que o *deus grego* sabe. — Ela frisou o apelido e eu revirei os olhos. Não estava com a mínima vontade de ter a conversa que eu já imaginava que ela ia começar. — Inclusive, quando você vai finalmente me contar o que rolou entre vocês?

Eu sabia.

— Nunca. Porque não rolou nada — respondi.

Ela arqueou a sobrancelha e botou as mãos na cintura.

— Pode parar, vai. E aquele jantar maluco e o professor tentando dar uma de cupido e juntar vocês? Não é possível! A gente tinha concordado que ele era maravilhoso, que eu bem lembro e depois… nadinha. Você matou o assunto numa rapidez suspeita demais *pra* não ter acontecido nada.

Max matou primeiro, pensei com um pouquinho de rancor.

— O Murray não estava querendo ser cupido, ele queria apenas que a gente se conhecesse. Eu que fui com as intenções erradas justamente por ficar tendo umas conversas mirabolantes com você antes.

Ela riu.

— E estávamos erradas? O cara é um gato! Era natural criar expectativa, Amanda.

— Natural e inconveniente — resmunguei.

— Vai, conta o que aconteceu? — Ela me ignorou puxando minhas mãos na mesa. — Conta, conta, conta!

Pode ter sido o álcool fazendo efeito ou apenas a minha falta de paciência para aguentar uma amiga pidona. De qualquer forma, decidi compartilhar a belíssima história constrangedora de como eu e Max nos conhecemos e tudo o que aconteceu – ou não aconteceu – desde então.

— Bom, tudo começou naquele jantar idiota…

CAPÍTULO 4
NÃO QUERO CONFUNDIR AS COISAS

QUATRO MESES ATRÁS

Depois de trocar de roupa umas três vezes, eu finalmente saí de casa, surpreendentemente no horário certo. Acho que a minha ansiedade para conhecer o Max estava tão vergonhosamente fora de controle que me adiantei por engano, e aí o tempo extra que levei procurando uma roupa que eu gostasse minimamente acabou não me atrasando, apenas fez com que eu ficasse pronta na exata hora em que eu precisava sair de casa.

É curioso como sempre quando temos que sair para qualquer compromisso importante nenhuma peça dentro do nosso armário é bonita, principalmente se levarmos em conta que, em algum momento da nossa vida, nós já experimentamos todas as roupas que estão ali e tudo mais. Teoricamente, era para *gostarmos* delas. No fim, acabei escolhendo uma saia midi preta, estampada com algumas flores amarelas, e um suéter bege por cima. As cores combinavam com o meu cabelo e estavam presentes em peso no meu guarda-roupa.

Meus pais tinham saído para ir até o supermercado alguns minutos antes, o que era muito conveniente, assim eu consegui evitar uma conversa vergonhosa sobre sair para jantar na casa do meu professor. Eu não estava com vontade nenhuma de explicar que, na verdade estava indo conhecer o filho dele, o qual eu nunca tinha visto antes, mas que, após uma pesquisa básica na internet, já podia ser considerado o amor da minha vida. Sério, eu não estou brincando. Max era a personificação do meu tipo e, pelo o que o Murray falava dele, sua personalidade ia bater direitinho comigo.

Então, não sei se posso me culpar por estar um pouquinho ansiosa e ter criado expectativas além do recomendado. Afinal, em uma situação como essa, era a única coisa possível a se fazer. Sabem como é, nutrir expectativas irreais.

Peguei o carro na garagem, coisa que não costumo fazer com muita frequência, apenas porque odeio procurar lugar para estacionar, e saí de casa. Murray não morava muito longe, mas não queria correr o risco de voltar na chuva. O clima irlandês é o mais imprevisível e instável possível, e arrisco dizer que, se tivesse um signo, definitivamente, seria canceriano.

Foram uns dez minutos dirigindo até estacionar na porta de uma casa de dois andares, toda de tijolos e coberta por trepadeiras. O jardim da frente era bem cuidado, cheio de roseiras e papoulas vermelhas e um caminho de pedras até a porta de entrada. Era fácil ver o professor Murray morando aqui com a esposa, em uma casa aconchegante, provavelmente, tomando chá no jardim de inverno todas as noites.

— Amanda, seja bem-vinda! — Katie me abraçou assim que abriu a porta. Conheci a esposa de Murray na minha formatura e, naquele dia, descobri que ela é uma mulher muito querida e calorosa. — Foi fácil achar a casa?

— Sim, supertranquilo — sorri educadamente.

— Vamos, entre. — Ela indicou o corredor e eu segui o caminho.

A casa por dentro era exatamente aquilo que você esperaria vendo apenas o exterior. Muitos tapetes, um sofá marrom que parecia ser o mais confortável do mundo e quadros por todos os lados — sem brincadeira, eles estavam em todas as paredes, ocupando cada cantinho livre. Na sala de jantar, porém, não houve mobília alguma que me fizesse sentir acolhida. Max estava ajudando o Murray a colocar a mesa e, apesar do meu professor sorrir ao me ver, o filho não poderia ter ficado com o semblante mais sério.

— Oi — cumprimentei envergonhada e sentindo o sangue esquentar minha face.

Max me olhou de cima a baixo e meu corpo gelou quando seus olhos verdes finalmente encontraram os meus.

— Então, você é a aluna preferida? — Seu tom era irônico e eu franzi a testa.

Uau. Que recepção calorosa.

Max poderia realmente ser estupidamente bonito pessoalmente, exatamente como nas fotos, mas não há beleza nesse mundo que me faça ficar calada ao escutar um comentário cheio de sarcasmo como esse.

— Eu estou bem sim, obrigada por perguntar. Também é um prazer te conhecer. Murray só falou coisas boas sobre o *filho preferido* — respondi séria.

Para minha surpresa, Max arqueou a sobrancelha e sorriu, enquanto Katie e Murray se entreolharam, os olhos arregalados — pela falta de modos do filho e também pela minha resposta atravessada.

— Bom, a comida está quase pronta. Vou terminar de buscar as travessas. Você me ajuda, querido? — Katie chamou o marido e eu escutei os dois cochichando a caminho da cozinha.

Max não falou mais nada, então deixei meus olhos observarem, sem muita atenção, os quadros que decoravam as paredes. Eram tantos que eu mal conseguia distinguir as imagens. Enquanto fingia analisar as pinturas, me vi pensando que aquela história de "bom demais para ser verdade" realmente não era mentira.

— Achei esse quadro num mercado de usados qualquer, numa viagem pela França. — Max contou, me assustando com o som da sua voz. Seus olhos estavam presos em uma pintura que ocupava a posição de maior prestígio na sala. — O vendedor não tinha ideia do valor. Paguei menos de 50 euros.

Observei o quadro com curiosidade.

— Você encontrou um Renoir perdido por aí? — perguntei, arqueando a sobrancelha. — E comprou por uma mixaria?

Ele deu de ombros e cruzou os braços.

— Acredite se quiser — respondeu em tom de desafio.

— *Tá* bom — murmurei, revirando os olhos.

Ele riu com a minha descrença e eu sorri involuntariamente.

O que tinha acabado de acontecer aqui?

Nosso momento durou pouco, porque, no segundo seguinte, o professor Murray e Katie voltaram da cozinha, colocando as travessas que faltavam na mesa.

O jantar passou rápido, com Murray explicando detalhadamente nosso trabalho para o filho e esclarecendo como ele poderia ajudar. Fiz alguns poucos comentários, Max também e, quando vi, já estava na cozinha, me oferecendo para ajudar com a louça.

— Não se preocupe, a máquina de lavar louças é para isso — Katie falou com um sorriso. — Por que você não vai conversar com o Max e eu e Seamus terminarmos de organizar tudo aqui? Eu tenho certeza de que meu filho pode ser mais agradável.

Para não ser mal-educada, eu apenas concordei e voltei para a sala a contragosto. *Tá*, ele era lindo, mas depois da nossa curta interação, eu estava certa de que Max não tinha o mínimo interesse em conversar comigo.

— Seu pai me disse que você trabalha em Paris? Deve ser legal, sempre gostei de lá — comentei ao voltar para a sala de jantar.

Max estava terminando de limpar a mesa, reunindo as taças de vinho sujas. Apoiei minhas mãos nas costas da cadeira.

— É lotado, cheio de turistas e o aluguel é superfaturado. Não sei se legal seria a melhor palavra para descrever.

Eu amava Paris e escutar o desprezo na voz dele me deixou um pouquinho frustrada.

— Bom, essas são as características mais básicas de toda e qualquer cidade grande — argumentei. — Se está tão insatisfeito, por que não volta para Dublin? Apesar de que aqui também temos aluguel excessivamente caro e turistas além da conta, sem falar nos alunos de intercâmbio. A cidade é tão lotada quanto qualquer outra capital europeia... Não deve ser fácil te agradar.

Ele me fitou com os olhos brilhando, como se minha pergunta fosse algo divertido, uma piada particular.

— Eu gosto do meu trabalho — falou simplesmente, dando de ombros. — E você, Amanda, é fácil de agradar?

Eu podia sentir o desafio na voz dele.

— Sou sim, para falar a verdade. Não tenho muitas exigências.

Max pegou duas taças limpas no aparador e as encheu com vinho branco, me entregando a bebida logo em seguida. Então, perguntou:

— E as que tem?

Pensei por alguns segundos enquanto dava um gole do vinho, mas pouca coisa me veio à mente.

— Bom, gosto de natureza. Preciso morar num lugar que tenha parques e lugares para andar, sabe? E arte, claro. Gosto de estar em um lugar que tenha história, que me faça imaginar tudo o que já aconteceu ali.

— Justo.

— É.

Um silêncio preencheu o ambiente e eu me senti um pouco deslocada, sem intimidade suficiente para fazer alguma outra pergunta. Então, Max voltou a falar.

— Eu costumava desenhar, aposto que meu pai te contou.

Sim, ele tinha comentado. Murray havia me mostrado alguns desenhos de Max, como qualquer pai orgulhoso faria. Eram incríveis. Mas eu não queria admitir que sabia disso, com medo de que a conversa morresse ou que ele achasse ruim o fato de que o pai andou fofocando por aí.

— Não — menti.

Ele tombou a cabeça e estreitou os olhos, como se duvidasse da minha palavra ou da capacidade de Murray de manter a boca fechada sobre esse assunto.

— Pois é. Quase cursei História da Arte também, claro, por influência dele. — Ele bebeu um pouco de vinho enquanto me observava com uma expressão distante. — Mas, no fundo, não me via fazendo nada na área.

— Engraçado como a vida é sempre feita de *quases*. Estamos aqui hoje porque tomamos uma decisão, mas e se tivéssemos escolhido outro caminho, o que poderia ter acontecido?

Max deu uma risada amarga.

— Bom, acho que, no fim das contas, minha decisão não me levou muito longe. Estou aqui ajudando vocês dois com essa pesquisa, não estou?

Uma risada fraca escapou de meus lábios.

— Talvez esse seja o seu destino — opinei.

Ele passou os dedos pela borda da taça, parecendo pensativo.

— Talvez — concordou, erguendo os olhos na minha direção. — E o seu destino, Amanda? Acha que está no caminho certo?

Ninguém nunca tinha me feito essa pergunta e precisei de alguns segundos para conseguir responder.

— Eu não sei — falei com sinceridade, após perceber que realmente não tinha ideia.

— Você sabe sobre o meu destino, mas não sobre o seu? — indagou, uma sombra de sarcasmo escondida em sua voz.

Alisei meu suéter sentindo-me um pouco agitada. Não gostava muito de pensar sobre essas coisas ou ficar questionando a minha vida. Eu já criava paranoias suficientes sozinha e não precisava de mais esse assunto me assombrando.

— Acho que eu preciso de mais sinais divinos para descobrir o que o universo quer comigo. O seu caminho, por outro lado, está parecendo bem claro.

Ele sacudiu a cabeça e riu, dando a volta na mesa, até ficar na minha frente. A proximidade fez com que eu ficasse um pouco tonta. Ele cheirava bem. Bem demais, para falar a verdade.

— E o que mais o destino preparou para mim, Amanda? — Max perguntou em desafio.

Encarei seus olhos verdes e senti uma corrente de calor passar pelo meu corpo.

— Posso te contar lá fora — sugeri, tentando soar despretensiosa e... sei lá, interessante? Eu queria mesmo esconder minha cabeça dentro de um buraco.

Ele piscou, surpreso com a minha resposta e então um barulho de louça quebrando chamou nossa atenção. Nós dois olhamos em direção à cozinha e Max franziu a testa antes de dar um passo para trás.

Eu não tenho muitos problemas de autoestima, sou uma pessoa bem resolvida comigo mesma, mas dizer que eu não fiquei chateada com a reação dele, seria uma grande e deslavada mentira. Talvez porque eu tivesse expectativas demais e nunca é legal levar aquele balde de água fria na cabeça. E ele estava flertando comigo antes, não estava?

— Amanda... — Max disse meu nome com um tom de voz cuidadoso, ainda distante. — Eu não acho que seja uma boa ideia. — E ele podia ter parado por aí. Quero dizer, parado no *"Amanda, não acho que é uma boa ideia ir até o jardim com você e ponto final"*, mas é claro que a rejeição foi prolongada. — *Confundir* as coisas.

Pisquei algumas vezes e minha face ruborizou imediatamente.

Certo, eu tinha achado ele lindo e posso sim ter pensando sobre como sua boca deve ser macia, mas não era para tanto. Acho que "não" teria sido suficiente, ainda mais depois *dele* ter começado com essa palhaçada.

— Nossa, calma aí. Só te chamei para ir ao jardim, sabe? Não estou te pedindo em casamento ou nada do tipo — ergui as mãos como se estivesse ofendida com a ideia dele. E, francamente, eu estava um pouquinho. — E você fala como se não estivesse flertando comigo desde que cheguei, por favor. *"Eu encontrei esse Renoir na feirinha*, blábláblá!" — imitei a voz dele em deboche.

Para minha surpresa, ele riu. Ou melhor, gargalhou. E eu fiquei com a maior cara de tacho.

— Você tem razão — concordou, arrumando a postura. — Não encontrei o quadro na feira. Eu comprei num leilão e dei para os meus pais como presente de aniversário de casamento.

Abri a boca com raiva e em choque pela a resposta debochada dele.

— Eu que não quero ter relação nenhuma fora do trabalho com você.

Max assentiu, os olhos faiscando com diversão.

— Ótimo.

— Ótimo — repeti teimosa, apenas para ter a última palavra.

Depois disso, nossa relação, nos meses seguintes, foi a mais esquisita possível.

Tentei não levar a rejeição para o trabalho, mas foi uma tarefa difícil, principalmente porque eu não costumo conseguir separar todos os departamentos da minha vida assim com muita facilidade. Pelo contrário, eu tenho um talento excepcional em misturar absolutamente tudo.

Max, por outro lado, parecia estar lidando perfeitamente bem com a situação, até mesmo achando-a divertida. Nos correspondemos por mensagens e *e-mails* mais vezes do que gostaria, mas o contato pessoalmente foi quase nulo. Apesar de notar Max me observar de forma curiosa sempre que pousava os olhos em mim quando eventualmente nos encontrávamos – ele costumava vir para Dublin uma vez por mês – nós nunca mais trocamos mais de duas palavras que não estivessem relacionadas ao trabalho.

— Oi, estranha — disse ele, certa vez, ao entrar no escritório de Murray na Universidade. O professor não estava, então poupei minha educação e apenas acenei a cabeça, fingindo que não me importava que ele estivesse ali. — Você precisa começar a responder meus *e-mails*, se vamos trabalhar juntos.

Max estava encostado na porta, os braços cruzados, e um sorriso sarcástico no rosto, os olhos verdes brilhando na minha direção. Ele vestia uma jaqueta de couro preta, bem ajustada e, caramba, eu só queria que ele não fosse tão bonito. Sabe como é, para tornar as coisas mais fáceis.

— Vou responder — resmunguei, desviando meu olhar. Sabia que ele tinha razão e eu não podia mais continuar ignorando suas mensagens, afinal, era o meu trabalho.

O problema é que nossas trocas de *e-mail* eram *muito* mais expressivas que nossas interações no "mundo real". Os textos, geralmente, refletiam muito bem meus sentimentos de ressentimento e o quanto Max parecia gostar do cenário em que nos encontrávamos. Descobri que ele tinha um talento nato para me provocar e cada dia eu pensava mais no significado de *"não quero confundir as coisas"*. O que será que ele entendia com isso? Porque, ultimamente, Max parecia se superar nas indiscrições.

E eu não sabia se odiava ou se amava. Provavelmente os dois.

A De: Amanda Moretti (a_moretti@outlook.com)
Para: Max Murray (m.murray@outlook.com)
Re: Planilha atualizada

Max,

segue a planilha atualizada em anexo.

Espero que não encontre problemas para decifrá-la dessa vez.

Mas, caso ainda seja incapaz de ler um documento de Excel, você sabe meu número.

Atenciosamente (mas com nem *tanta* atenção assim),

Amanda

De: Max Murray (m.murray@outlook.com)

Para: Amanda Moretti (a_moretti@outlook.com)

Re: Planilha atualizada

Amanda,

depois do último tutorial por telefone — muito bem explicado, devo acrescentar — não encontrei nenhum problema para analisar os dados.

Suas planilhas são realmente excepcionais, verdadeiramente superiores a quaisquer outras planilhas que eu já vi. É um trabalho primoroso. Estou pensando em imprimi-las para que possam morar em um quadro exposto na minha sala.

Parabéns.

Atenciosamente (com *toda* a minha atenção),

Max Murray

De: Amanda Moretti (a_moretti@outlook.com)

Para: Max Murray (m.murray@outlook.com)

Re: Planilha atualizada

Max,

fico feliz que você não encontrou nenhuma dificuldade. Estou direcionando *todos* os meus esforços na produção de planilhas para que *você* consiga entender.

O que achou sobre as peças que acrescentei por último? Encontrou algo novo?

P.S.: Pare de flertar comigo por e-mail!

Atenciosamente (agora sem atenção nenhuma!!!),

Amanda

M **De:** Max Murray (m.murray@outlook.com)

Para: Amanda Moretti (a_moretti@outlook.com)

Re: Planilha atualizada

Amanda,

sobre as últimas adições: duas galerias entraram com o pedido de reembolso do seguro, mas não tive acesso aos documentos da apólice — um colega de trabalho foi quem me contou. Vou tentar descobrir mais alguma coisa.

P.S.: Você prefere que eu faça pessoalmente?

Atenciosamente (*ainda* com *toda* a atenção),

Max Murray

A **De:** Amanda Moretti (a_moretti@outlook.com)

Para: Max Murray (m.murray@outlook.com)

Re: Planilha atualizada

Não.

—

Seus *e-mails* me faziam encarar a tela do computador com descrença e um formigamento estranho nas palmas da mão.

Max já havia flertado comigo pessoalmente e me dado um fora, tudo num período de três horas. Queria conseguir ler seus pensamentos para conseguir entender qual era a dele. Será que tinha se arrependido? Bom, agora não importava. Eu só tinha uma única preocupação: os quadros que sumiram e quem estava por trás do roubo deles.

Ele podia esperar.

CAPÍTULO 5
ALGUÉM ESTÁ TE SEGUINDO

Quando terminei de contar minha humilhante história, Claire estava rindo tanto que precisou secar algumas lágrimas. Aparentemente, aquilo que era uma tragédia para mim, era uma comédia para ela e eu não sabia como.

— Você é muito dramática, Amanda — falou após finalmente parar de rir.

Coloquei as mãos na cintura.

— Você *tá* brincando, né?

— Nossa, do jeito que você reclamou do Max nos últimos meses, parecia que tinha rolado algo realmente grave e, na verdade, vocês dois só ficaram se alfinetando como duas crianças e acumulando um bocado de tensão sexual. Quantos anos você tem mesmo?

Abri a boca, ofendida.

— Sabia que não dava *pra* te contar, você não leva nada a sério — reclamei.

— *Tá*, ele te deu um fora. Bola *pra* frente, ele é quem está perdendo — falou, como se fosse simples. — E, pelo visto, Max já percebeu o tamanho da besteira que fez. Como foi que ele disse mesmo? *"Você prefere que eu faça pessoalmente?"* — Claire riu.

— Eu não estou nem aí — bufei. — Não sei por que você quis desenterrar essa história.

Ela encarou meus olhos, provavelmente enxergando a mentira dentro deles, mas ergueu as mãos.

— Não está mais aqui quem perguntou... Mas, sério, ainda não consigo acreditar que seu professor foi sequestrado.

Passei a mão pelo meu cabelo, ansiosa.

— Nem eu, Claire, nem eu. Não parece real, é como se esse dia inteiro tivesse sido um sonho.

— Amanda, você disse que aquele policial falou sobre os envolvidos terem informações sobre você também... Será que precisamos nos preocupar?

Meu corpo gelou. Eu ainda não tinha pensado nessa possibilidade, mas sabia que ela existia.

— Não sei — murmurei. — Mas eu não posso me preocupar com isso, tenho que pensar em alguma forma de ajudar Murray.

Ela bateu as unhas na mesa de madeira e franziu a testa.

— E como você vai fazer isso?

— Também não sei — encolhi os ombros. — Primeiro preciso que o James me responda com as informações sobre o tal colecionador, talvez ele possa nos ajudar.

— Espero que sim — disse com um sorriso fraco.

Nós terminamos a cerveja e decidimos voltar para casa. Estava ficando tarde e os ônibus logo encerrariam os serviços. Como moramos em lados opostos da cidade, nos despedimos ali na porta do *pub* mesmo e fiz meu caminho até o ponto de ônibus sozinha.

O trajeto até a minha casa era demorado, então aproveitei o tempo livre para dar uma olhada nos meus *e-mails*. Precisei responder várias pessoas que perguntavam sobre a situação do professor, mas a verdade é que as respostas foram tão rasas quanto o meu próprio conhecimento do assunto.

Acabei decidindo enviar uma mensagem para Max, perguntando se tinha alguma novidade. Não queria precisar falar com ele, mas também não sabia a quem mais recorrer. Ele visualizou, mas não respondeu imediatamente. Foi apenas quando saí do ônibus e comecei a andar até a minha casa que meu celular começou a vibrar.

— Oi. — Max falou do outro lado da linha assim que atendi a ligação.

— Tudo bem? — perguntei. — Aconteceu mais alguma coisa?

Ele suspirou.

— Não. A polícia passou aqui durante a tarde, mas ninguém entrou em contato ainda — respondeu. Escutei o barulho de uma porta se fechando ao fundo. — Você achou o que procurava na biblioteca?

— Sim, achei. — Mas quando ia começar a dividir os detalhes sobre Hector, escutei alguns passos atrás de mim. Minha casa ficava no próximo quarteirão e meu bairro era somente residencial, então não pude deixar de ficar um pouco paranoica com a companhia. — Você está me esperando na porta?

— O quê? Que porta? — Max indagou confuso.

Virei a cabeça para trás, do jeito mais natural que consegui, e vi uma figura vestida de preto há uns vinte passos de distância. Como não tinham luzes na rua e eu estava sem minhas lentes de contato, não consegui identificar o rosto da pessoa, muito menos perceber se era um homem ou mulher. Mas estava andando na minha direção.

— Amanda, você está aí?

— Oi, sim, já estou chegando — menti novamente falando com a voz mais alta que consegui, na esperança de que a informação de que alguém estava me esperando há poucos metros dali fosse suficiente para amedrontar a sombra que me seguia.

Decidi atravessar a rua, só para ver se estava mesmo sendo perseguida, e quando a figura não hesitou em cruzar o asfalto também, em passos rápidos e precisos, meu coração acelerou em puro desespero.

Caramba, eu vou morrer.

— *Tá* acontecendo alguma coisa? Responde com sim ou não — pediu soando tão agitado quanto eu.

— Sim.

— Onde você está? Sua casa?

— Chegando lá, uns dois minutos.

Escutei os passos atrás de mim mais rápidos e vou ser honesta, eu estava quase vomitando de nervoso. Não sabia se a melhor opção era correr, se tinha alguém me esperando mais a frente ou se armas estavam envolvidas. Eu tinha feito uma aula experimental de Muay Thai uma vez, mas não estava muito confiante que seria o bastante para incapacitar um possível criminoso. Pelo contrário, eu duvidava que minhas técnicas seriam capazes de machucar uma mosca, muito menos um possível sequestrador.

— Alguém está te seguindo. — Ele adivinhou, com uma voz relativamente calma e que só me deixou mais nervosa. — Você consegue ver alguma arma?

Eu não consigo ver nem se é homem ou mulher, quem dirá se o infeliz está carregando alguma coisa.

— Não — respondi com a voz trêmula.

Após mais uns passos, finalmente avistei minha casa e meu coração deu um pulo de alívio. Estava com as luzes da varanda acesas, hábito que meus pais cultivavam desde que eu era pequena. A iluminação, supostamente, impedia os bandidos de entrarem.

Supostamente.

— Você acha que consegue correr até a sua casa? — perguntou ele. Dessa vez, senti um vestígio de preocupação em sua voz.

— Talvez — sussurrei enquanto virava a cabeça para espiar e calcular a distância entre o *stalker* e eu. Era curta demais. Uns dez passos talvez. Agora, consegui ver que a figura estava encapuzada e tinha as mãos dentro do bolso, o que não descartava a possibilidade de estar armado. Seu rosto estava coberto por uma máscara de tecido preta.

— Amanda, você vai ficar bem. — Max tentou me acalmar. — Eu estou chegando aí.

— O quê?

A verdade é que não importava mais se Max ou o exército nacional estavam a caminho, escutei o barulho dos passos acelerarem e se eu não corresse agora, seria tarde demais. Então, eu corri. Corri até passar mal, porque a adrenalina fez com que meus pés voassem no asfalto. Quando eu finalmente subi na varanda, tomei coragem para olhar para trás.

Não havia ninguém.

— Eu já falei mil vezes que não consegui ver o rosto da pessoa — suspirei cansada. — Eu sou míope.

Max havia chegado há poucos minutos depois do meu quase sequestro e já faz quase meia hora que eu estava dentro do carro dele, revivendo a história de novo e de novo. Vou falar a verdade, eu fiquei aliviada por ele ter realmente aparecido aqui e tudo mais, só que eu estava absolutamente exausta, e ficar repetindo que não vi a cara de quem me perseguia ou que não me lembro de ter visto nenhum carro por perto não estava me fazendo sentir melhor.

— *Tá* bom, Amanda. — Ele se rendeu. — Vai dormir então.

Murmurei um *"obrigada, Deus"* irônico e Max revirou os olhos.

Apesar do sarcasmo, eu estava feliz que ele veio. Quero dizer, não havia nenhuma chance de contar o que tinha acabado de acontecer para os meus pais sem que eles surtassem, então era bom que eu tivesse outra pessoa para dividir meu pânico.

Senti meu celular vibrar e vi uma mensagem piscando na tela. James tinha me enviado os dados da reserva de Hector e, para a minha sorte, ele estaria em Dublin por mais alguns dias. Eu poderia ir ao hotel amanhã e tentar conversar com ele para ver se descubro alguma coisa.

— O que foi? Por que você está sorrindo? — Max perguntou sem conseguir conter a curiosidade.

— Nada — menti, dando de ombros.

Ele estreitou os olhos.

— Seria muito mais fácil se você apenas aceitasse a minha ajuda.

— Ajuda com quê? — Me fiz de desentendida.

— Com essa sua investigação.

— *Pra* você me levar na polícia depois? — ironizei. — Não, obrigada. Além do mais, quem disse que essa mensagem tem qualquer cunho investigativo? Posso muito bem ter recebido outra coisa, tipo uma declaração de amor, ou um *sticker* engraçadinho.

Ele riu, jogando a cabeça para trás.

E, caramba, como ele ficava bonito quando ria.

— Eu duvido.

— Posso saber por quê?

— Porque a expressão na sua cara é óbvia. Alguém te falou alguma coisa importante, não foi uma mensagem amorosa e muito menos cômica.

— Isso é ridículo — neguei. — Você não tem ideia de como é a minha expressão nas outras duas situações para chegar nessa conclusão.

— Ah, tenho sim. É aquela mesma carinha de quando eu te falei que comprei um quadro que vale milhões em uma feira de rua. Você achou engraçado e também achou que estava flertando com você.

Meu rosto queimou de vergonha, enquanto os olhos dele brilhavam de diversão.

— Tchau, Max.

Consegui escutar a risada dele mesmo após bater a porta do carro com uma força desnecessária e tentei controlar a raiva enquanto subia os degraus da varanda. Era incrível que ele conseguisse me irritar tanto ou que eu um dia tivesse pensado que nós dois juntos faríamos um bom par.

CAPÍTULO 6
ACABEI OPTANDO PELA LOUCURA

MAX MURRAY

Eu não consegui dormir naquela noite.

Depois de sair da casa da Amanda, dirigi até o *pub* mais próximo e pedi a maior *pint* que eles serviam, sentando-me ali mesmo no balcão para tomar a cerveja. Minha cabeça parecia estar prestes a explodir.

Os últimos dias tinham sido os piores da minha vida e eu só estava inteiro pela minha mãe. Se eu perdesse o controle agora, tinha medo do que poderia acontecer com ela e eu estava farto de tragédias, muito obrigado.

Quando Amanda me ligou e começou a falar aquelas coisas estranhas sobre estar chegando em casa, quando ela normalmente mal troca duas palavras comigo no telefone, eu tive certeza de que algo estava errado. Não precisei de muitos segundos para entender o quê: ela estava sendo seguida. E, esperta do jeito que era, tentou enganar a pessoa, fazendo parecer com que alguém estivesse a esperando. Porra, antes eu estivesse lá.

A sorte é que eu já estava na garagem de casa a caminho do *pub*, então economizei alguns minutos preciosos no trajeto. Mas, de qualquer forma, acho que nunca dirigi tão rápido em toda a minha vida. Enquanto pisava no acelerador e passava por mais sinais amarelos e vermelhos que o recomendado — ou melhor, *nada* recomendados —, só conseguia pensar em como eu nunca iria me perdoar se algo acontecesse com ela também. Eu já havia sido incapaz de proteger meu pai e isso apenas não poderia acontecer de novo. Eu não iria deixar.

Tentei manter a voz calma enquanto falava com ela pelo telefone, pensando que isso pudesse, de alguma forma, ajudá-la a não surtar e, sei lá, resolver enfrentar quem quer que estivesse correndo atrás dela. Do jeito que Amanda era sem noção, eu não tinha dúvidas de que isso era algo que ela poderia fazer. Inventar que conseguia brigar com um bandido qualquer.

Eu tinha deixado alguns livros na sua casa alguns meses atrás, então ainda me lembrava do endereço. Quando me aproximei da rua da sua casa, meu coração acelerou suas batidas com medo do que iria encontrar. Eu poderia atropelar um possível sequestrador, certo? Acho que essa seria a forma mais fácil de incapacitá-lo sem uma arma, ou talvez eu pudesse apenas chutar suas bolas, mas então eu teria um problema se ele estivesse armado...

— Eu estou em casa — escutei Amanda sussurrar sem fôlego, fazendo com que eu me distraísse dos meus pensamentos perturbados. — Não vejo mais ninguém.

— O quê? — perguntei confuso, ao mesmo tempo em que via as luzes da sua varanda se aproximando. — Deixa *pra* lá, eu já cheguei.

Estacionei o carro do jeito mais desleixado possível e saí com pressa, batendo a porta com força.

Amanda estava sentada nos degraus de madeira, o rosto corado e os olhos brilhando. Seu cabelo estava um pouco bagunçado, as mechas douradas caindo do rabo de cavalo. Eu queria não pensar no quanto ela era linda, mas foi inevitável, e eu precisei conter a vontade de puxá-la em meus braços e abraçá-la até que ficasse sem fôlego, aliviado por encontrá-la viva.

Obviamente não fiz nada disso, porque ela pensaria que eu era louco.

Depois de ter dado um fora colossal nela, sabia que Amanda não estava nada feliz em perceber que eu já tinha me arrependido. Ainda assim, eu parecia incapaz de me controlar.

Ela franziu a testa ao me ver, claramente surpresa, como se não estivesse esperando que eu realmente aparecesse aqui. E, falando a verdade, era um pouco frustrante que ela ainda guardasse tanto rancor de mim. Mesmo que talvez eu merecesse o sentimento.

— Você está bem? — perguntei ao me aproximar. Amanda assentiu em silêncio, ainda um pouco em choque.

— Não tem mais ninguém aqui — falou, a voz transparecendo sua confusão.

Dei uma olhada ao redor e, realmente, não parecíamos ter companhia. Mas eu não queria testar a nossa sorte.

— Vem, vamos conversar dentro do carro, é mais seguro — sugeri, esticando minhas mãos em sua direção para ajudá-la a se levantar.

Ela estreitou os olhos, relutante em aceitar minha ajuda, mas então segurou minha mão e eu a puxei para cima. Sua pele era macia e um pouco gelada, talvez por ter ficado tanto tempo aqui no frio, e eu não queria soltá-la tão cedo, até ter certeza de que ela estava a salvo. — o que estava começando se mostrar uma tarefa difícil.

Entramos no carro e ela encarou a chave na ignição com curiosidade.

— Como você chegou aqui tão rápido? — perguntou.

— Eu já estava na garagem — respondi, falando a verdade.

— Por quê?

— Você sempre faz tantas perguntas assim?

Ela franziu a testa, parecendo pensar por alguns segundos, mas eu já sabia a resposta. Amanda sempre queria saber tudo e eu descobri isso rapidamente após nos conhecermos. Ela era insaciável.

— Sim.

Apertei os lábios numa tentativa de esconder o sorriso que queria aparecer com a sua resposta.

— Eu estou indo para um bar, já que você precisa tanto saber da minha vida. Seu interesse é lisonjeiro.

Ela bufou.

— Não estou interessada, só queria saber.

— Sei — murmurei após soltar uma risada fraca. — Mas, sério, Amanda, precisamos conversar sobre o que aconteceu. Você não conseguiu ver quem era?

— Não. Estava escuro e eu fiquei nervosa, não consegui enxergar nada além da figura preta.

— Não é possível — disse inconformado. Ela precisava se lembrar de *alguma* coisa. — Fecha os olhos, sei lá, tenta focar no rosto da pessoa.

Ela ergueu as mãos claramente ofendida com a minha sugestão.

— Eu já falei mil vezes que não consegui ver o rosto da pessoa. Eu sou míope.

Ela falou duas vezes, não mil. Também duvidava que ela realmente tivesse algum problema de visão, já que nunca a vi de óculos e não sei se usava lentes de contato, mas não quis chateá-la ainda mais.

— *Tá* bom, Amanda — falei tentando esconder a decepção em minha voz. — Vai dormir então.

Escutei ela murmurar *"obrigada, Deus"* e não pude evitar revirar meus olhos. Ela era mesmo impossível. Vi que ela recebeu uma mensagem, pois pegou o celular antes de sair do carro e um sorriso discreto estampou seus lábios avermelhados.

Era um sorriso satisfeito e que atiçou minha curiosidade, então tive que perguntar.

— O que foi? Por que você está sorrindo?

— Nada — mentiu descaradamente, como se a verdade não estivesse estampada em sua cara.

Estreitei os olhos e cruzei os braços.

— Seria muito mais fácil se você apenas aceitasse a minha ajuda — recomendei.

— Ajuda com quê? — O tom de voz que ela usava era inocente, mas não o suficiente para esconder o deboche.

— Com essa sua investigação — respondi um tanto impaciente.

— *Pra* você me levar na polícia depois? — Ela arqueou a sobrancelha. — Não, obrigada. Além do mais, quem disse que essa mensagem tem qualquer cunho investigativo? Posso muito bem ter recebido outra coisa, tipo uma declaração de amor ou um *sticker* engraçadinho.

Certo, dessa vez eu precisei rir. Ou melhor, gargalhar.

Era bonitinho que ela pensasse que eu realmente acreditaria nisso. Como se eu fosse idiota.

— Eu duvido.

— Posso saber o motivo? — Ela botou as mãos na cintura.

— Porque a expressão na sua cara é óbvia — respondi com confiança. — Alguém te falou alguma coisa importante, não foi uma mensagem amorosa e muito menos cômica.

— Isso é ridículo — resmungou. — Você não tem ideia de como é a minha expressão nas outras duas situações para chegar nessa conclusão.

Precisei sorrir ao escutar a resposta.

— Ah, tenho sim — lembrei, sentindo-me estranhamente satisfeito. — É aquela mesma carinha de quando eu te falei que comprei um quadro que vale milhões em uma feira de rua. Você achou engraçado e também achou que estava flertando com você.

Vi sua face ruborizar de um jeito estranhamente adorável, e eu quase a beijei. Não sei o que aconteceu comigo, mas sua reação envergonhada e proporcionalmente irritada fez com que eu percebesse como gostava de estar com ela nesse carro. E flertar com ela pessoalmente era *infinitamente melhor* do que por *e-mail*.

Até hoje eu me perguntava o motivo de ter evitado que as coisas avançassem no dia em que nos conhecemos. Porque agora não me parecia uma ideia tão ruim assim.

— Tchau, Max — falou cheia de raiva, antes de sair do carro e bater a porta com força. A gargalhada que eu dei com certeza a deixou ainda mais brava, mas eu não pude evitar.

Então, enquanto esperava que ela entrasse em casa, lembrei o porquê de não termos dado certo: meu pai. Eu não queria que minha falta de autocontrole atrapalhasse seu trabalho, mas talvez se eu tivesse atrapalhado antes, agora ele não estaria sumido. Eram tantos "se's" que vinham me assombrando desde que os seguranças da universidade me avisaram o que havia acontecido que uma única *pint* não bastaria para afastar os pensamentos que me atormentavam.

Até pensei em chamar algum amigo antigo para compartilhar as minhas preocupações, mas, no fim, decidi que não precisava dos discursos de consolação ou olhares de pena. Eu queria mesmo era estar sozinho, ou com alguém que entendesse o que eu estava passando.

Eu não era a pessoa mais otimista desse mundo e estava sendo difícil não pensar no pior, mas, ao mesmo tempo, também não queria ninguém tentando me animar além da minha própria consciência fodida.

Depois de alguns minutos de lamúria, sentindo pena de mim mesmo, percebi que tinha duas escolhas: podia continuar sentado naquela porra de bar, bebendo até esquecer dos problemas, ou podia descobrir o que Amanda estava tramando e fazer algo útil, que ocupasse minha cabeça de um jeito mais proveitoso.

No fim, acabei optando pela loucura. Porque achar que eu poderia encontrar o meu pai com a ajuda da Amanda e não da polícia só poderia ser isso mesmo, uma loucura colossal. Mas eu estava disposto a seguir por esse caminho. Por algum motivo estranho, ela parecia saber o que estava fazendo. Não, isso é mentira. Mas ela parecia saber o que queria fazer e sua confiança, de certa forma, também me fazia confiar.

Não demorei para descobrir o que imaginei que ela mesma havia descoberto poucas horas antes. Hector Gonzáles, um conhecido de anos atrás e colecionador muito famoso em seu meio, estava aqui em Dublin. Meu pai chegou a comentar alguma coisa em nossas últimas conversas, mas não dei muita atenção. Particularmente, achava Hector um tanto insuportável. Ele tinha um jeito de quem se achava muito superior e todas as vezes que nos encontramos trocamos as interações mais supérfluas e entediantes.

Ao mesmo tempo, não conseguia imaginar outra pista que Amanda poderia ter encontrado além dessa. Se meu pai comentou comigo sobre Hector, ele definitivamente também tinha falado algo para ela. Então, engolindo meu orgulho, peguei o celular do bolso e mandei uma mensagem para ele, perguntando se podíamos nos encontrar no outro dia de manhã. Apesar do horário, Hector não demorou em responder, solícito além da conta, como sempre, enviando o nome do hotel em que estava hospedado.

Eu esperava chegar lá antes da Amanda, em parte porque queria ver seu semblante surpreso quando percebesse que eu descobri seu plano secreto por eu adorar provocá-la, mas também porque seria uma ótima oportunidade para mostrar que eu poderia, sim, ajudar na investigação.

Sabia que não havia me comportado muito bem hoje de manhã, mas eu estava em choque. Eu não consegui pensar direito, e, na hora, falar com a polícia me pareceu a única opção para ajudar meu pai.

Foi somente quando escutei Cormac interrogando a Amanda que percebi que talvez as intenções dele não fossem as mais legítimas. Seu tom de voz era quase acusatório ao falar com ela; diferentemente daquele que usou quando conversou comigo algumas horas antes. Era quase como se Cormac estivesse desconfiado dela. O que era a maior besteira do mundo.

Eu precisava que ela confiasse em mim. Se eu queria fazer algo útil para ajudar meu pai, ela era minha única saída. E isso me preocupava imensamente.

Quando voltei para casa algumas horas depois, minha mãe ainda estava acordada, sentada no sofá da sala, ao lado do telefone. Suspirei ao encontrá-la ali, frustrado que ela realmente estivesse esperando a ligação do resgate. Alguns policiais estavam na nossa porta, preparados para qualquer coisa, mas decidimos não deixar que ficassem dentro de casa. Se Cormac tinha razão em alguma coisa, era isso. Ninguém iria ligar.

— Mãe... — chamei, tocando seu ombro com cuidado. — É melhor você descansar um pouco. Eu fico aqui.

Ela ergueu os olhos, eles estavam vermelhos e brilhantes — resultado das lágrimas — e concordou. Sem falar uma palavra, levantou-se do sofá e caminhou até as escadas em passos lentos, quase doloridos. Vê-la daquela forma fez com que meu peito se apertasse.

Fiquei no sofá a noite inteira, sem conseguir pregar os olhos, levantando somente quando minha mãe desceu as escadas na manhã seguinte, pronta para trocar de turno comigo.

— Você vai sair? — perguntou ela, confusa, quando cheguei à sala uma hora depois, de banho tomado e pronto para ir ao hotel encontrar Hector.

Mordi o lábio e peguei meu casaco no cabideiro ao lado da porta.

— Eu preciso conversar com um colega, talvez ele saiba algo sobre meu pai.

Ela estreitou os olhos.

— Max, a polícia sabe disso? — Passei a mão no cabelo, bagunçando-o um pouco. — Você precisa avisar o detetive, qualquer coisa pode ajudar, você sabe disso.

Suspirei frustrado por não poder explicar a ela que Cormac não queria ajudar. Ela não precisava perder ainda mais a esperança.

— Eles, definitivamente, sabem — murmurei enquanto caminhava até o sofá para depositar um beijo em sua testa.

Minha mãe não pareceu muito convencida, mas não falou nada. Eu esperava que ela não comentasse isso com o guarda de plantão em nosso jardim, muito menos com o detetive.

Enquanto dirigia até o hotel, liguei a rádio num programa de notícias, procurando escutar alguma informação sobre o sequestro que estivesse sendo divulgada pela imprensa, mas nada foi falado. Era um tanto estranho que a notícia ainda não tivesse se tornado viral e eu me perguntava se Cormac seria o responsável por isso.

Não sei se foi uma coincidência ou o universo respondendo meu pedido silencioso da última noite, mas assim que estacionei o carro e andei até a porta do hotel, Amanda apareceu na esquina.

Ela andava distraída, a face rosada e os cabelos soltos, voando no ritmo do vento. Mordi o lábio e sacudi a cabeça, um pouco atormentado com a visão dela. Novamente, a vontade de beijar sua boca consumiu cada centímetro do meu corpo e foi difícil afastar o desejo, mesmo quando ela estreitou os olhos ao me ver, claramente irritada.

— Se eu não te conhecesse, diria que você está me seguindo — provocou quando finalmente estava perto o bastante para que eu sentisse seu perfume de baunilha.

Amanda tinha razão. Eu estava.

CAPÍTULO 7
PRECISAMOS ENCONTRAR UM CERTO HÓSPEDE

Apesar de ter acordado dolorosamente cedo, não consegui despistar meus pais. Os dois estavam tomando café na cozinha quando eu desci, já arrumada e pronta para dar início ao meu trabalho de detetive.

Levei quase uma hora para responder todas as inúmeras perguntas que eles fizeram sobre o professor – que hoje estampava uma matéria no jornal –, sobre a polícia, sobre as investigações e sobre a minha segurança, ou melhor, a *falta* dela. Fiz questão de não mencionar o incidente da última noite, pois sabia que os dois teriam uma reação completamente exagerada e tentei ser o mais sucinta possível nos outros tópicos.

Meu pai e minha mãe são o casal mais incrível que eu conheço. Chega a ser um pouco insuportável para falar a verdade. Os dois se conheceram em Paris e se apaixonaram na cidade do amor. E não, essa história não é brincadeira. Minha mãe, brasileira, tinha acabado de se formar na faculdade e não sabia muito bem o que queria da vida, então resolveu tirar um ano para estudar francês. Meu pai, irlandês, estava lá de férias com a família. O resto dá para imaginar.

Eu acho engraçado como algumas pessoas tinham tanta sorte de simplesmente se esbarrarem tão cedo na vida e de terem maturidade para enxergar o potencial num relacionamento ainda recente. De qualquer forma, meus pais foram essas pessoas e aqui estão, 30 anos depois, ainda muito felizes, obrigada.

— Amanda, não faça nada imprudente, está ouvindo? — Minha mãe, Carolina, pediu, enquanto eu lavava minha caneca suja de café na pia.

Ela era o motivo pelo qual eu falava mais línguas que todos os meus colegas, e também pela minha facilidade em demonstração de afeição em público.

— Mãe, quando é que eu já fiz algo imprudente na vida? — perguntei com um tom inocente.

Meu pai não conseguiu segurar o riso debochado e eu o fuzilei com os olhos.

Minha mãe fingiu pensar por alguns segundos, fazendo uma conta nos dedos, e então respondeu:

— Bom, apenas todas as vezes que você saiu dessa casa.

Franzi a testa.

— Até parece...

Talvez eu realmente fosse um pouquinho imprudente, mas não era para tanto. Acho que, na verdade, se formos culpar alguém pelas minhas ideias mirabolantes, os dois eram os responsáveis.

Meus pais sempre me incentivaram a fazer tudo o que queria, chegando a um nível que eu já nem sabia muito bem o que eu queria ser depois de adulta. Alguém que sempre teve a liberdade de experimentar tudo, só poderia terminar confusa e um pouco perdida. Então, se hoje eu estava pronta para dar vida ao meu lado investigativo, era apenas porque eu sabia que ele existia ao lado de todos os meus outros pseudotalentos.

Quando era mais nova, nós sempre íamos ao Brasil visitar meus avós maternos e, francamente, posso dizer que a influência dos dois também contribuiu na construção da minha personalidade. Eles adoravam ler livros de investigação para mim, numa tentativa de me ensinar a falar português. O gênero era o favorito deles e, no fim, o plano deu certo: em pouco tempo, meu português foi melhorando e, eventualmente, passei a conhecer mais histórias de detetive do que qualquer outra criança da minha idade.

Depois de mais alguns minutos de conversa, meus pais finalmente me deixaram ir. Decidi que, pelo meu próprio bem, e também das pessoas que me amavam, seria melhor não pegar o ônibus hoje ou andar por nenhuma rua escura sozinha. Só por garantia, claro. Então, fui até a garagem pegar o carro.

O hotel ficava a uns vinte minutos de casa, mas, com o trânsito matinal, o trajeto acabou sendo um pouco mais demorado. Aproveitei o tempo livre para preparar uma lista de perguntas que poderia fazer para Hector, e também um discurso muito convincente para recitar, caso ele não quisesse falar comigo. Ele começava com uma versão minha chorando de forma desesperada, porque, sem a ajuda dele, a vida do meu professor corria ainda mais perigo. Acho que ninguém é capaz de resistir a essa responsabilidade.

Então, meus pensamentos vagaram até Murray e no que poderiam estar fazendo com ele. Era difícil imaginar uma pessoa como meu professor, tão sereno e genuinamente bom, sendo mantido em cativeiro. Senti os olhos marejando quando as imagens se tornaram um pouco mais macabras ao perceber que também não havia garantia nenhuma de que ele sequer estivesse vivo. E eu poderia estar correndo atrás de uma pessoa morta.

Uma buzina alta e estridente fez com que eu saísse de meus devaneios e voltasse a prestar atenção no trânsito, mas felizmente o hotel já estava próximo e não demorei mais que dois minutos para encontrar uma vaga e estacionar.

Para minha surpresa, no entanto, encontrei uma figura familiar parada na porta do hotel.

— Se eu não te conhecesse, diria que você está me seguindo — comentei em tom de provocação.

Max esboçou um sorriso que não chegou aos seus olhos. Ele estava particularmente bonito esta manhã e eu queria ser capaz de não deixar esse detalhe me afetar todas as vezes que eu o encontrava, mas confesso que isso estava se provando uma tarefa difícil. *Muito* difícil.

— Ou o contrário — sugeriu, cheio de presunção na voz. — Já que cheguei aqui antes de você.

— Engraçado — resmunguei, tentando ignorar a provocação.

Passei reto por ele e entrei no hotel sem mais delongas.

O prédio era antigo e imponente, era um dos hotéis mais caros da cidade e apenas pessoas muito importantes se hospedavam ali. Quando era criança, eu e meus pais viemos jantar aqui após o casamento de uns primos distantes. O luxo do salão principal nunca escapou da minha memória.

Ao andar até a escadaria principal senti a presença de Max atrás de mim, seguindo-me sem se importar se havia sido convidado ou não. Em um ápice de curiosidade, me virei para conseguir encarar seus olhos antes de perguntar como ele sabia que eu estaria ali, ou melhor, como ele sabia *quem mais* estaria ali. O ato brusco fez com que nossos corpos ficassem perigosamente próximos. Eu podia sentir o calor da sua pele quase encostando a minha, e o cheiro de banho. O seu perfume invadiu meu espaço como uma tempestade inevitável, e eu temia que a proximidade pudesse cegar meu bom julgamento.

Max retribuiu meu olhar com surpresa e abriu um sorriso irônico nos lábios quando percebeu o efeito da sua presença.

— Quero saber, o que você está fazendo aqui? — perguntei, sem rodeios, tentando me concentrar.

Ele deu de ombros.

— O mesmo que você, Amanda. Não sei se você sabe, mas não é a única pessoa com um cérebro no mundo. Quando você abriu aquele sorrisinho ontem, eu sabia que tinha alguma coisa planejada.

— Uau! — Abri a boca em choque antes de protestar como uma criança mimada. — Isso foi um tanto arrogante da sua parte.

Ele colocou a mão no bolso do sobretudo cinza, sem parecer abalado.

— Arrogante é você achar que pode fazer tudo sozinha quando é a vida do *meu* pai que está em jogo.

Tá, nisso ele tinha razão. E apesar de me sentir pessoalmente atacada com a sua resposta, eu não podia proibi-lo de tentar encontrar seu pai.

— Nossa, eu estava tentando ajudar — murmurei, ofendida. — Não sei qual seria a vantagem em envolver mais uma pessoa nessa merda de situação, *tá* bem? — Max segurou meus ombros e me puxou para o lado, nos afastando da porta de entrada, para dar passagem a pequena fila de hóspedes que tentava sair do hotel. O toque dos seus dedos, mesmo por cima do grosso sobretudo caramelo que eu vestia, bastou para me causar arrepios, mas ele não parecia estar minimamente afetado. Nem pelo discurso, ou por encostar em mim. — Desculpa se você ficou se sentindo excluído, mas acho que nós já estamos bem crescidos *pra* esse tipo de comportamento.

— Concordo — respondeu. — Estamos bem crescidos, principalmente para tomarmos nossas próprias decisões. *Não preciso e não quero* que você coloque a sua vida em risco numa tentativa inocente de me proteger. Eu estou envolvido nessa situação tanto quanto você e seria uma covardia enorme jogar essa responsabilidade nas suas costas.

— Max...

— Não, Amanda. — Ele me interrompeu. — Eu sei que ontem agi feito um babaca com toda aquela história da polícia, mas não posso me desculpar pelo desespero que senti e que venho sentindo desde que fiquei sabendo do meu pai. Só posso pedir desculpas por ter descontado em você, pois isso sim foi injusto. Eu estava perdido, ainda estou, mas você parece estar com a cabeça no lugar, bom, mais ou menos no lugar — ponderou com um sorriso. — Eu preciso me sentir útil, e acho que te ajudar nessa investigação irracional é a melhor maneira de conseguir isso. Além do mais, depois de ontem à noite, acho que não é bom você andar sozinha por aí.

Eu não estava preparada para esse discurso dele, então demorei alguns segundos para conseguir formular uma resposta. Max nunca havia sido tão sincero comigo e eu apreciei sua honestidade imensamente.

Infelizmente, eu não era tão boa com as palavras quanto ele.

— Está desculpado — falei simplesmente.

Max balançou a cabeça e sorriu.

— Eu abro meu coração para você e recebo duas palavras em troca?

— Bom, não sei o que você queria que eu falasse. Obrigada por ser tão franco comigo, estou muito satisfeita. Você pode participar da minha *investigação irracional*. — Fiz duas aspas com os dedos para citar sua própria fala.

Dessa vez, ele riu e eu não pude deixar de abrir um sorriso também.

— Agora que estamos resolvidos, acho que precisamos encontrar um certo hóspede — Max lembrou, já adotando sua usual postura séria.

Concordei e fiz meu caminho até a bancada da recepção. James não estava lá, o que poderia se tornar um problema, mas talvez fosse realmente melhor. Não queria que ele se encrencasse por minha culpa e, levando em conta os acontecimentos recentes, tinha grandes chances de isso acontecer.

A funcionária que nos atendeu parecia sobrecarregada de trabalho e pediu que aguardássemos enquanto ela terminava uma ligação. Confesso que senti um pouco de pena quando ela soltou um suspiro cansado ao desligar o telefone e finalmente abriu um sorriso murcho para nós dois.

— Bom dia, como posso ajudar? Estão aqui para fazer o *check in*?

— Vamos encontrar com um hóspede — Max falou antes que eu pudesse responder. — Quarto 127, ele está nos esperando.

Lancei um olhar confuso para Max, mas ele apenas me ignorou e sorriu educadamente para a recepcionista, que assentiu e pegou o telefone novamente.

— Qual o seu nome? — perguntou.

— Max Murray.

Ela discou algo no telefone e eu arqueei a sobrancelha em direção a Max, que continuou me ignorando.

— Senhor Gonzáles, bom dia. Estou aqui com Max Murray, ele disse que você iria recebê-lo. Posso autorizar a entrada? — A recepcionista falou no telefone. Meus dedos tamborilavam no balcão, num sinal óbvio de ansiedade. — Certo, obrigada. Podem subir, ele está aguardando.

Max sorriu em agradecimento e respirei aliviada por não precisar usar minhas desculpas mentirosas com a funcionária.

— Como você fez isso? — perguntei assim que entramos no elevador. O espaço era pequeno, mas extremamente luxuoso, assim como o resto do hotel. — Ele realmente está te esperando?

— Claro. Não sou louco de tentar invadir o quarto de uma pessoa que não conheço.

Sua voz estava cheia de julgamento e eu sabia que ele estava se referindo ao meu plano. Mas, em minha defesa, eu não ia invadir o quarto. Ia bater na porta antes e usar meu charme para conseguir entrar depois.

— E como você conhece ele, Max, posso saber? — Sacudi as mãos, inconformada.

Ele pareceu se divertir com a minha reação.

— Não — respondeu simplesmente.

Eu gostaria muito de saber como Max conseguia despejar um pedido de desculpa estupidamente elaborado em cima de mim em um momento, e no outro era incapaz de compartilhar mais que uma palavra.

Antes que pudesse implorar por mais respostas, as portas do elevador se abriram e eu senti meu coração acelerar. Algo me dizia que Hector seria essencial para nossa investigação, eu só não sabia como.

CAPÍTULO 8
O DOCE SENTIMENTO DE ESPERANÇA

Sabe aquela história sobre como as fotos não fazem justiça à beleza de uma pessoa? Pois bem. Hector parecia um galã de Hollywood e sua pequena foto estampada de maneira descuidada no jornal não me preparou minimamente para esse momento.

Enquanto ele cumprimentava Max, tomei a liberdade de encará-lo da forma mais indiscreta possível. Errado, eu sei, mas foi inevitável. Ele devia ter a mesma idade de Max, talvez um ou dois anos mais velho, e seu cabelo escuro parecia tão macio que eu precisei me controlar para não esticar a mão e encostar nos cachos escuros e brilhantes.

— Amanda? — Max chamou minha atenção e eu fui obrigada a voltar para o planeta terra.

— Sim?

Ele franziu a testa e me encarou com olhos suspeitos, como se pudesse ler meus pensamentos. Ou talvez eles só estivessem estampados descaradamente em meu rosto.

— Esse é Hector Gonzáles. Nós nos conhecemos em Paris, numa exposição. — Ele apresentou, finalmente revelando como conhecia o colecionador. — Hector, essa é Amanda, uma aluna do meu pai.

— Eu trabalho com ele — corrigi com um sorriso, enquanto esticava a mão para Hector. Por algum motivo, parecia um rebaixamento me chamar apenas de "aluna".

Ele retribuiu meu cumprimento calorosamente, depositando um beijo em minha mão, com uma intensidade no olhar que me deixou um tanto envergonhada. Não pude deixar de notar que Max revirou os olhos ao meu lado. Uma vozinha teimosa no fundo de minha mente gritou a palavra *ciúmes*, mas logo ela foi calada pela verdadeira matriarca de meus pensamentos: a importuna e desagradável voz da razão.

Max não poderia estar com ciúmes se não gostava de mim. Simples assim.

— É um prazer conhecê-la — disse Hector. — Mesmo nas circunstâncias atuais. Sinto muito pelo seu pai, Max — finalizou educadamente, com um forte sotaque espanhol.

Já comentei que amo um sotaque espanhol?

Max permaneceu implacável e senti um pouco de pena, afinal, era impossível sequer imaginar o que ele estava passando. E a personalidade reservada dele deveria tornar tudo ainda mais difícil, impedindo que compartilhasse sua preocupação e tristeza.

— Bom, por isso que estamos aqui — falei em uma tentativa de quebrar a atmosfera pesada que tomou conta do ambiente. — Esperamos que você possa nos ajudar a encontrar Murray.

Hector franziu a testa.

— Não posso imaginar como — respondeu cético ao mesmo tempo em que apontava casualmente para um enorme sofá, que ocupada a maior parte da sala.

Eu e Max nos sentamos e Hector puxou uma poltrona para ele. A decoração da suíte parecia muito com a da recepção. Velha e extravagante, cheia de veludos vermelhos e madeiras escuras, que deixavam o ambiente dramático e pouco aconchegante. Quadros estampavam absolutamente todas as paredes, sem ornarem entre si ou com o próprio quarto, de forma exagerada e de óbvio mau gosto. Era como estar em um quarto assombrado, que serve de inspiração para livros e filmes. Eu não podia imaginar o apelo de um hotel como esse.

— Meu pai e Amanda estavam realizando um trabalho sobre gestão de acervos de pinturas. Há alguns meses acabei me envolvendo nas pesquisas também — Max começou a contar —, e recentemente percebemos algumas discrepâncias preocupantes entre os acervos de certas galerias e as obras expostas.

Eu percebi que Max estava sendo cuidadoso ao explicar o que havia acontecido. Como se ainda não tivesse certeza de quanto seria prudente compartilhar sem expor nosso trabalho. Suas palavras eram meticulosamente escolhidas e eu achei melhor ficar em silêncio, com medo de que pudesse falar alguma besteira. A situação na delegacia já tinha sido muito difícil e eu não tinha a menor intenção de repeti-la tão cedo.

— Suponho que vocês leram sobre os meus quadros terem desaparecido, estou correto? — Hector adivinhou, sem demonstrar emoção.

— Sim. — Dei um sorriso amarelo. — Pensamos que talvez você pudesse ter alguma informação útil, que possa nos ajudar.

— Esse não seria o trabalho da polícia? — questionou ele, com a sobrancelha erguida.

Max se mexeu desconfortavelmente ao meu lado, evidentemente surpreso com o tom acusatório de Gonzáles.

— Sim, seria — respondeu de maneira formal. — Mas creio que possa entender o meu desespero, Hector. E a nossa falta de confiança na polícia. De fato, presumo que você mesmo também deve ter recorrido a outros métodos de investigação para encontrar seus quadros. Afinal, nós sabemos o quão corrupta e incompetente é a força policial irlandesa.

Hector concordou, fazendo uma careta. Ele não perecia feliz com o rumo que a conversa havia tomado e eu fiquei curiosa com o porquê. Seus olhos negros não transpareciam nenhum sentimento e era difícil ler sua expressão.

— Eu entendo. — Ele se rendeu. — Infelizmente, por ora, não tenho nenhuma informação relevante, Max. Os quadros continuam desaparecidos e, assim como você, sigo em busca de justiça.

Meu rosto murchou em decepção e Max apertou meu joelho, acho que em uma tentativa instintiva de compartilhar a frustração. O gesto, apesar de definitivamente ser inocente, causou arrepios em meu corpo inteiro e a corrente elétrica fez com que eu congelasse, esquecendo de respirar por alguns segundos.

Minha reação não passou despercebida, e Hector me encarou com brilho nos olhos, quase de maneira desafiadora. Max também pareceu finalmente reparar em sua mão, que continuava em minha perna, e a tirou dali rapidamente, como se estivesse queimando.

E, caramba, como queimava.

— Tenho um contato que pode ser útil para vocês — Hector falou, quebrando o clima constrangedor. — Ele vem me ajudando com as investigações e acho que pode fazer o mesmo por vocês.

— Seria ótimo — falei rapidamente.

Ele sorriu.

— Qual o seu número, Amanda? Assim já te envio agora.

— Você pode mandar para mim e eu compartilho com ela, Hector — Max sugeriu.

Hector olhou para mim como se estivesse me perguntando se era isso que eu queria. E a resposta era óbvia.

— 481 5162 342 — respondi prontamente. — Max não é muito bom com tecnologias, melhor mandar *pra* mim mesmo.

Escutei o suspiro irritado dele ao meu lado e sorri em satisfação. Hector digitou o número em seu telefone e logo eu senti meu celular vibrar no bolso do meu casaco, alertando uma nova mensagem.

— Pronto. Espero que ele possa ajudar. — Ele desejou ao se levantar. Max e eu entendemos o recado educado. Era hora de ir embora. — Entrarei em contato caso eu fique sabendo de alguma informação útil.

— Obrigado, Hector. — Max agradeceu.

— Sim, obrigada mesmo. Foi um prazer te conhecer.

Ele retribuiu meu sorriso de forma calorosa e depositou um beijo em meu rosto. Minhas bochechas coraram imediatamente. Enquanto andava até a porta, tropecei no pé da poltrona em que Hector estava sentado e ela se arrastou alguns centímetros com o choque bruto. Max rapidamente me amparou, murmurando um *"cuidado por onde anda"* meio mal-humorado, mas surpreendentemente cuidadoso, e eu quis morrer de vergonha. Hector perguntou se eu estava bem e eu balancei a cabeça positivamente e dei um último aceno bobo antes de sair do quarto.

O clima no elevador era o mais desconfortável possível. Meu rosto ainda estava um pouco vermelho, como eu costumo ficar ao correr no frio, e eu mordi a boca para evitar um sorriso debochado que, pelo jeito, definitivamente irritaria Max.

— Bom, isso foi um desperdício. — Ele quebrou o silêncio.

— Você é tão positivo, Max.

Ele pareceu não gostar do tom sarcástico, mas não conseguiu esconder o brilho em seus olhos. Max me achava divertida, bem no fundo, mas achava.

— Além de um número de telefone, o que mais nós descobrimos? — perguntou, de maneira pessimista.

— Dois números para mim — corrigi com um sorriso e ele bufou. — Bom, não sei se você notou, mas havia um quadro no quarto dele.

— Tinham vários quadros naquele quarto, Amanda.

— Sim. Mas um não fazia parte da decoração do hotel — esclareci. Max pareceu confuso. — Estava logo atrás da poltrona em que ele se sentou, embrulhado em plástico filme como se fosse um pedaço qualquer de papel e não um Paul Cézanne que vale milhões. Se eu não tivesse tropeçado, nunca teria visto.

— O que você está insinuando? — questionou apenas por desencargo de consciência. Seus olhos já refletiam o entendimento.

— Acho que Hector não teve seus quadros roubados. Acho que estão todos naquele quarto, ou pelo menos a maioria.

— Nunca achei que fosse dizer isso, mas fico feliz que seja tão desastrada.

Fiz uma careta.

— Não é bem o elogio que eu gostaria, mas vou aceitar.

Max riu, uma risada gostosa e genuína, e infelizmente rara, que fez com que meu coração batesse mais rápido.

As portas do elevador se abriram e nós dois saímos do hotel em harmonia, compartilhando, pela primeira vez nos últimos dois dias, o doce sentimento de esperança.

Max e eu estávamos dentro do carro dele, repassando todas as informações que havíamos reunido até agora.

A tarefa não estava sendo fácil porque, ao mesmo tempo em que tentava lembrar de todos os detalhes das pesquisas que eu e Murray fizemos, eu sentia uma vontade impulsiva de sair gritando para o mundo que Hector estava mentindo. Pela primeira vez, queria ir correndo para a polícia e contar tudo o que sabia ao detetive de plantão. E eu tinha plena consciência de que não podia fazer isso, mas era o que queria.

Por outro lado, Max estava trazendo toda a razão para a mesa, sendo responsável por acalmar meus nervos. Chegava a ser um tanto cômico como nós estávamos constantemente invertendo os papéis. Quero dizer, eu acalmando-o e vice-versa. Era quase como encontrar o equilíbrio perfeito entre duas pessoas que, lamentavelmente, não tem nada a ver uma com a outra.

— Como você conseguiu ficar tão contida dentro do quarto? — perguntou ele ao travar minha porta com impaciência quando ameacei sair do carro pela milésima vez.

— Bom, a verdade é que consigo ser muito ajuizada quando quero — ponderei. — Mas agora a adrenalina está finalmente fazendo efeito e acho que estou ficando louca. Nós temos que fazer alguma coisa. Sentar dentro de um carro não vai nos levar a lugar algum!

— Vai, se ligarmos o motor.

Pisquei algumas vezes. Ele realmente fez uma piada?

— Ha-ha! Que engraçado, Max! — respondi séria, cheia de ironia. — Como você pode estar tão tranquilo?

Max sorriu.

— Bom, nós chegamos aqui sem nenhuma informação útil e saímos sabendo que Hector está mentindo sobre as suas pinturas — falou. — Aos meus olhos, isso é algo a ser celebrado. Se formos pensar, as chances de que ele esteja envolvido nos outros roubos que aconteceram é imensa. E nós temos certeza de que meu pai foi levado por esse motivo, não temos?

— Temos — murmurei.

— Então, Amanda, sossega e vamos pensar em algo que realmente possa nos ajudar.

Cruzei os braços como uma criança fazendo birra, porque eu sabia muito bem que ele estava certo, mas eu não gostava de não ser a voz da razão.

— Como você conhece o Hector? — perguntei, mudando de assunto.

— Fomos apresentados num evento em Paris, há alguns anos.

— Evento de quê?

— O que isso tem a ver com bolar um plano *pra* ajudar meu pai? — Max questionou inconformado. — Abertura de uma galeria? Não me lembro direito, Amanda.

— Fiquei curiosa. — Dei de ombros.

Max massageou as têmporas, claramente impaciente.

— Você é impossível.

Eu abri um sorriso.

— Ora, muito obrigada — agradeci.

— Não foi um elogio — disse sério, mas acho que chegamos a um ponto que seus olhos já não mentiam mais. Não era um elogio, mas poderia ser, se eu quisesse.

— Vou fingir que foi — avisei com um sorriso inocente.

O telefone de Max começou a tocar e interrompeu minhas tentativas de continuar enchendo a paciência dele. Observei sua expressão mudar sutilmente quando viu o número na tela. Era como se o "fingir estar irritadinho" estivesse mudado para o "definitivamente muito irritado" e eu estava morrendo de curiosidade. Cheguei mais perto dele com a intenção de espionar o número, mas Max me olhou com a sobrancelha erguida e logo colocou o telefone na orelha, fazendo com que eu bufasse em descontentamento.

— Olá, Cormac — disse, fazendo questão de frisar o nome do detetive que eu tivera o desprazer de conhecer recentemente. — Claro, sem problemas. Estarei aí o mais rápido possível.

A ligação rápida me deixou confusa e quando ameacei abrir a boca para perguntar o que havia acontecido, foi a vez do meu telefone tocar. Peguei o celular na bolsa e pude sentir o olhar de Max acompanhando o movimento e a careta que ele fez quando viu o número desconhecido. Bom, desconhecido para mim, porque ele, obviamente, sabia quem era e, pela sua cara, eu diria que não era coisa boa. Diria que era a mesma pessoa que acabou de falar com ele.

— Melhor você atender — Max falou.

E foi o que fiz.

Não me surpreendi quando o detetive Cormac falou *"oi"*, mas fiquei sim um pouco surpresa quando ele disse que gostaria de me interrogar novamente. Não queria falar com ele de novo, mas sua voz era intimidante e eu não consegui negar o seu pedido, nem acho também que seria uma atitude prudente. Sabemos que, para se tornar um suspeito, basta não colaborar com a polícia e isso era a última coisa que eu queria nesse momento.

— O que tá acontecendo? — perguntei para Max assim que desliguei o telefone.

Ele sacudiu a cabeça, talvez tão confuso quanto eu, e me encarou com ansiedade.

— Ele não me disse nada, só pediu que eu fosse à delegacia o quanto antes. O que ele te disse?

— Que *"contava com a minha colaboração"* — falei imitando a voz do detetive. — E que precisava me interrogar novamente ainda hoje.

Max franziu a testa como se estivesse tentando juntar as peças de um quebra-cabeça, mas não de uma maneira confiante. E a falta de certeza dele me apavorava um pouco.

— Você acha que ele sabe sobre o Hector? — perguntei.

— Ele deveria — falou. — Qualquer bom detetive já teria juntado as peças, quero dizer, nós dois juntamos e o seu conhecimento de investigações veio de quê? *Castle* e *CSI*? — Max debochou.

Rolei os olhos.

— Olha só, mais respeito. *As Panteras* também me ensinaram muito, sem falar nos livros do *Sherlock Holmes*. Além do mais, estamos no mesmo barco, ok?

— Eu sei. — Ele suspirou. — Você deveria voltar para o seu carro. Não sei se seria bom chegarmos juntos.

— Claro — respondi como se fosse óbvio e já colocando a mão na maçaneta. Sei que não precisava ser tão dramática, mas o que é a vida sem drama, não é mesmo?

— Amanda — Max chamou antes que eu batesse a porta e eu me virei para encará-lo. — Eu te vejo mais tarde, ok?

A promessa na voz dele fez com que algumas borboletas dançassem dentro do meu estômago, fazendo uma festa antecipada e, para evitar alguma reação vergonhosa, apenas bati a porta com força e andei até o meu carro, sem olhar para trás.

O carro de Max já estava no estacionamento da delegacia quando cheguei. Durante a curta caminhada até o prédio, imaginei o que Cormac estaria falando com ele e depois deixei que meus pensamentos vagassem nas perguntas que ele poderia fazer para mim. Fiquei arrependida de não ter combinado com Max o que eu deveria dizer caso o assunto "Hector Gonzáles" surgisse na conversa, porque, honestamente, eu não saberia bem o que falar. Contudo, assim como omiti algumas descobertas da minha pesquisa no meu primeiro depoimento, minha intuição dizia que hoje deveria fazer o mesmo.

Mas se a minha intuição estava sendo sensata ou não, já era outra conversa.

CAPÍTULO 9
VOCÊ ESTÁ TESTANDO A MINHA PACIÊNCIA

Entrei na recepção com passos relutantes e me dirigi até o balcão principal. Da última vez em que estive aqui, Cormac veio nos recepcionar, mas agora ele não estava por perto, então precisei anunciar minha chegada para o recepcionista rabugento.

— Oi, eu vim falar com o detetive Cormac.

— Eu sei. Ele está te esperando — respondeu ele, seco. — Vou chamar um guarda para te acompanhar.

— Ele está na sala dele? Eu sei qual é, posso ir sozinha.

O recepcionista arregalou os olhos e fez um sinal para um guarda que estava parado próximo da porta.

— Você está louca? Não pode sair andando pela delegacia assim.

O guarda parou ao meu lado e segurou meu braço, fazendo com que meu sangue fervesse. Que diabos?

— Ei, ei, ei! — exclamei me desvencilhando do aperto dele, e ele apenas usou mais força. — Calma aí que eu não sou criminosa, não sabia que eu era obrigada a ir com alguém. Foi um erro honesto — ergui as duas mãos em sinal de inocência.

— O que está acontecendo aqui? — escutei uma voz atrás de mim perguntar com autoridade e imediatamente os dois babacas que implicaram comigo melhoraram suas posturas. Virei a cabeça para ver quem causou tal reação nos funcionários e Cormac arqueou a sobrancelha ao me reconhecer. — Por que a senhorita Moretti está sendo retida?

— Ela tentou ir até sua sala sozinha — ralhou o recepcionista, tentando se justificar.

— Eu só falei que sabia qual era a sua sala, não explodi nenhuma bomba — retruquei com raiva, aproveitando para me afastar do guarda que finalmente havia soltado meu braço. Fiz questão de acariciar o local, como se estivesse realmente machucado.

Cormac suspirou.

— Por favor, Amanda, desculpe os funcionários. Você deve entender que aqui nós tomamos todas as precauções — resmunguei um *"ok"* mal-humorado. — Se quiser me acompanhar, vamos conversar em algum lugar mais reservado.

Sem opção, segui o detetive pela delegacia e fiquei um tanto perdida quando passamos reto na sua sala e seguimos pelo longo corredor. Eu consegui enxergar Max sentando lá dentro e ele me lançou um olhar confuso ao me reconhecer.

Alguns metros à frente, ele abriu uma porta azul escura.

— Por favor, entre.

Eu nunca havia estado em uma sala de interrogatório antes. Senti um arrepio na nuca quando Cormac indicou a cadeira de metal, posicionada no centro do cômodo. Percebi rapidamente que os filmes e séries policiais que já havia assistido faziam uma reprodução assustadoramente precisa do lugar. A mesa de metal, as paredes escuras e um grande vidro ocupando um grande pedaço da sala. Infelizmente, estava tudo ali.

Sentei-me com um pouco de relutância e um olhar desconfiado. Isso não parecia ser nada bom...

— Bom, obrigada por vir, Amanda.

— Aconteceu alguma coisa? — perguntei sem ladainhas enquanto dava uma olhada sugestiva para a sala.

Cormac balançou a cabeça.

— Não. Só queria conversar com você com um pouco mais de privacidade, minha sala está ocupada.

Pelo Max.

— Entendi.

— Encontramos um carro hoje compatível com o modelo usado no dia que Murray foi levado. Minha equipe está fazendo testes neste momento para vermos se conseguimos encontrar algum DNA.

— Isso é bom, não é?

— É alguma coisa — respondeu, sacudindo os ombros. — Mas não é por isso que te chamei aqui. Esse documento estava na sala de Murray. Você sabe alguma coisa sobre?

Ele colocou um papel sobre a mesa e analisei calmamente o que estava escrito. Era uma tabela com as informações sobre galerias e museus que estavam com o acervo afetado. Títulos das obras, valores estimados, datas e nome dos funcionários trabalhando no dia em que desapareceram, tudo descrito em detalhes.

Eu sabia bem o que era aquilo, porque era eu quem havia feito a planilha.

Passei uns bons segundos olhando o papel, tentando pensar em alguma maneira de explicar o que era aquilo sem que fosse implicado.

Quando não respondi, Cormac bateu a mão na mesa, chamando minha atenção.

— Você e Murray estavam investigando o desaparecimento dessas obras, Amanda? — perguntou ele, impaciente após o meu silêncio ensurdecedor.

— Bom, acho que durante a trajetória acadêmica, nós, pesquisadores, acabamos por investigar muitas coisas em diversos âmbitos. Faz parte do trabalho, sabe como é…

Cormac fechou os olhos e massageou a têmpora, provavelmente controlando a vontade de gritar comigo, e eu não o julgava. A minha resposta havia sido a mais evasiva possível e até eu ficaria puta da vida em escutar algo do tipo.

— Amanda, você está testando a minha paciência — reclamou com a voz exasperada. — Na primeira vez que veio aqui, eu perguntei se alguém teria algum motivo para sequestrar o Murray e você me disse que não. Aos meus olhos, essa tabela encontrada no computador do seu professor é um tremendo motivo. E todas as vezes em que você mente para mim, eu fico mais tentado em acreditar que você está envolvida nisso de alguma forma.

— Isso é absurdo! — protestei, cruzando os braços. — Por que eu teria alguma ligação com o sequestro dele? Murray é como um pai, eu nunca faria nada para machucá-lo.

— Pare de mentir e talvez eu acredite em você.

Encarei Cormac com fúria nos olhos, porque seu tom era o mais cínico que eu já havia escutado, mas quando estava prestes a dar uma resposta atravessada, alguém bateu na porta e interrompeu nossa pequena discussão.

— O que foi agora, Dougal? — Cormac perguntou ranzinza ao abrir a porta e encarar o mesmo policial que havia me impedido de entrar sozinha na delegacia.

O homem me olhou com hesitação e tentou responder o detetive em voz baixa, mas que, felizmente, ainda era muito alta para que eu escutasse o recado:

— Recebemos o resultado do DNA. É de Murray.

Meus olhos arregalaram e me levantei da cadeira instintivamente, fazendo com que Cormac me encarasse com a sobrancelha erguida. Ele pareceu pensar por alguns segundos e, então, bufou, possivelmente frustrado com a decisão que precisou tomar.

— Nós vamos terminar essa conversa em outro momento, Amanda — disse por fim e eu mordi os lábios em uma tentativa de esconder o sorriso de alívio que queria dar as caras. — Não pense que vou me esquecer de você.

A ameaça em sua voz causou arrepios na minha espinha, mas não era algo que eu deveria me preocupar agora, afinal, coisas mais importantes estavam acontecendo. Se o DNA no carro era realmente de Murray, eles estavam um passo mais próximos de encontrá-lo. E isso era maravilhoso.

— Não tenho dúvidas — respondi séria. — Então, se me dão licença, todos temos trabalho a fazer.

Passei pelos dois funcionários e saí pelo longo corredor sem ousar olhar para trás, com medo dos olhares de ódio que poderia encontrar me fuzilando de volta.

Achei que teria alguns minutos de paz, mas, no momento em que minha mão tocou a maçaneta do carro, escutei Max chamando meu nome. Ele andava em minha direção quase que em câmera lenta, parecendo um modelo numa passarela, devo acrescentar. Fazia um pouco de sol esta tarde, então seus olhos estavam mais verdes que o de costume, hipnotizando-me. Sacudi a cabeça em uma tentativa de me livrar dos pensamentos inapropriados antes que fosse tarde demais.

Ele esboçou um sorriso, chegou mais perto e meu coração não conseguiu evitar os pulinhos de felicidade, provando que essa situação estava ficando cada dia mais constrangedora e que talvez fosse a hora de dar um basta.

— O que foi? — perguntei sem muita educação enquanto abria porta.

Ele franziu a testa, mas continuou sorrindo.

— Que recepção calorosa, Amanda. Só queria saber o que Cormac te perguntou.

Fiz uma careta ao lembrar do detetive.

— Ele encontrou uma tabela que eu fiz com as informações dos sumiços. Perguntou se eu sabia o que era. O que ele *te* perguntou?

— Nada demais, só queria perguntar coisas da rotina do meu pai. Calma, ele estava falando *daquela planilha de Excel*? — Ele apoiou a mão no carro, ficando perigosamente perto.

A curiosidade em sua voz, misturada com outro sentimento que eu não soube identificar, fez com que eu estreitasse os olhos.

— Aquele que você não parecia entender, mesmo sendo claro como a luz do dia? — Max sorriu e minha face ruborizou, lembrando do *e-mail* que ele me mandou falando que queria imprimir a planilha e colocar na sua sala. — Sim, esse mesmo.

— E o que você disse?

— Não cheguei a responder — contei, dando de ombros. — Outro policial interrompeu para falar sobre o carro... Espere um pouco, você já sabe sobre o carro?

Max sorriu.

— Sim, Cormac acabou de contar. Vou para casa falar com a minha mãe.

— Boa ideia — concordei. — Como ela está?

Seu rosto fechou com a pergunta e eu senti meu coração apertar. Ninguém merecia passar pelo o que Katie e Max estavam passando. Quero dizer, eu não conseguia nem imaginar como minha mãe teria reagido se fosse meu pai. Do jeito que os dois são conectados, acho que ela morreria de tristeza, literalmente. A mera ideia me embrulhou o estômago.

— Melhor do que eu imaginei — respondeu com a voz triste. — Minha mãe é uma pessoa muito positiva. Não se dá por vencida nunca... Acho que ela está esperando meu pai aparecer na porta de casa, como se nada tivesse acontecido.

— Ela é otimista mesmo — concordei com um sorriso murcho. — Mas isso é uma coisa boa, Max. Vai dar tudo certo, você vai ver.

Ele desviou o olhar e não respondeu.

— Bom, melhor eu ir embora — falou finalmente.

— Eu também.

Apesar da despedida, nenhum de nós se moveu. Max ainda estava perto o suficiente para que eu sentisse seu perfume e o calor da sua pele. Era impossível decifrar seus pensamentos, então fiz o que achei que seria apropriado naquele momento: o abracei. Passei meus braços pela sua cintura e colei minha cabeça em seu peito.

Demorou alguns segundos para que ele correspondesse o gesto, talvez estivesse surpreso demais, mas logo fui abraçada de volta. Max me apertou com força e eu escutei um suspiro escapar de seus lábios.

Seu cheiro era inebriante e, por um momento, desejei que o abraço não acabasse nunca. Queria estar ali, nos seus braços, para sempre. Porque, por algum motivo que não sei explicar, naquele momento eu me senti em casa.

— Vai ficar tudo bem — murmurei tentando consolá-lo.

Acho que finalmente compreendi o peso que Max estava carregando e como ele deveria estar se sentindo exausto e vulnerável. Ficamos daquele jeito por algum tempo, até que finalmente ele afrouxou o aperto e eu me desvencilhei de seus braços, afastando-me do calor de seu corpo.

— Obrigado — disse.

Dei de ombros, fingindo que não tinha amado estar tão perto dele.

— Não há de quê.

Max deu uma risada fraca, como se estivesse lendo meus pensamentos.

— Muito bem. Até mais, Amanda.

— Até…

Já era quase cinco da tarde quando finalmente cheguei em casa. Eu estava absolutamente faminta e me lembrei de que não havia comido nada o dia todo. Fui direto até a cozinha e procurei algo na geladeira que pudesse comer, mas não tinha nada. Então, só me sobrava uma única opção: cozinhar. Sem paciência nenhuma, coloquei um episódio qualquer de *Law & Order* para passar no celular enquanto preparava um macarrão.

Ao mesmo tempo que comia, aproveitei para ver as minhas mensagens e meus *e-mails*. Claire havia perguntado se eu estava bem, já que tinha sumido o dia todo. Respondi que sim e aproveitei para contar sobre minha pequena investigação com Max, sobre a delegacia e o abraço.

A conversa me deu uma enorme vontade de chorar. Fez com que eu percebesse como eu também estava cansada e aflita, e, confesso, um tanto assustada. Lidar com tantos sentimentos sozinha pode deixar uma pessoa louca e eu fiquei feliz por ter uma amiga para confidenciar a confusão que se passava na minha vida.

Então, mais uma vez no mesmo dia, fiquei triste pelo Max. Apesar de estar um pouco brava comigo mesma por pensar nele constantemente nos últimos dias, não pude deixar de me perguntar se ele ainda tinha amigos aqui em Dublin, ou se toda a vida dele agora se encontrava na França, tirando os pais, claro. Ele não parecia ser uma pessoa com um círculo social muito grande, mas, honestamente, como eu iria saber? Nós nunca fomos muitos próximos até agora, e aquele fatídico jantar não fez grandes maravilhas para incentivar uma amizade ou qualquer outra coisa entre nós dois.

Meus devaneios me distraíram pelo resto da noite e nem um banho quente foi capaz de calar minha mente. Na cama, deixei que meus pensamentos vagassem até a delegacia. Repassei a conversa com Cormac na minha cabeça algumas vezes, remoendo tudo aquilo que eu poderia ter dito de outra forma, ou questionando se eu realmente poderia confiar nele. Por fim, pensei na expressão do detetive quando o guarda o avisou sobre o DNA no carro. Era difícil decifrar seus pensamentos, mas eu podia jurar que a sua reação tinha sido um tanto positiva.

Agora a única coisa que eu poderia fazer era rezar para que aquele carro mostrasse um caminho e, com sorte, nos levasse até o professor.

CAPÍTULO 10
NÃO É VOCÊ QUEM ACREDITA EM DESTINO?

Malahide era um dos meus parques favoritos desde criança.

O local, cercado por uma floresta verde e úmida, perfeita para caminhadas e passeios inspiradores, também abrigava um dos castelos mais lindos que eu já havia visto — e eu morava na Irlanda, então isso é dizer muita coisa. Desde que me lembro por gente, era lá que eu e meus pais passávamos os dias de sol, correndo pelos caminhos de terra molhada ou visitando a trilha das fadas.

Foi em Malahide que aprendi a andar de bicicleta tantos anos atrás, e onde também levei meu primeiro grande tombo. Até hoje carrego uma fina e branca cicatriz no joelho, uma lembrança vívida do profundo corte que sofri naquele dia. Apesar de a dor ter sido traumatizante para uma garotinha de sete anos, a memória era feliz.

Por isso, quando acordei pouco antes das 6 da manhã, agitada e sem sono, pulei no chuveiro para um banho rápido e coloquei minhas roupas de caminhada. Eu precisava espairecer e não conseguia imaginar um lugar melhor para colocar a cabeça em ordem do que o meu parque favorito.

Da minha casa até lá, era uma curta caminhada. Em dez minutos já tinha cruzado os portões do jardim e havia começado a correr pela trilha principal. O dia ainda não havia clareado completamente e as árvores aglomeradas nas laterais da pista escureciam o caminho, mas a falta de luz quase não fazia diferença para mim. Eu conhecia aquele lugar como a palma da minha mão e meus pés deslizavam pela terra úmida sem um fio de hesitação, aventurando-se até mesmo fora das trilhas em meio a vasta floresta que se estendia no local.

Foi apenas quando escutei um barulho de folhas atrás de mim que resolvi diminuir a velocidade e olhar para trás. Havia começado a chuviscar, então demorei alguns segundos para reconhecer o rosto da pessoa que corria há alguns metros de distância. Desacelerei até parar e apertei os olhos numa tentativa de enxergar com maior nitidez.

— Você só pode estar brincando comigo! — exclamei ofegante ao finalmente ver quem era.

Max corria em minha direção com um sorriso presunçoso nos lábios. Enquanto eu devia estar parecendo uma descabelada, com o rosto tão vermelho que me confundiriam com um tomate, ele poderia participar de um comercial de televisão, o que me irritava profundamente.

Ele usava uma bermuda preta e um moletom cinza, e carregava uma garrafa de água em uma das mãos. Também não parecia se importar com a chuva que começava a cair e foi somente quando estava há alguns centímetros de mim que decidiu parar, fazendo com que eu precisasse dar uns passos para trás para erguer o rosto e encarar seus olhos.

— O que você está fazendo aqui? — perguntei, botando as mãos na cintura.

Ele sorriu.

— Eu moro aqui perto, Amanda. Não tem outro parque para correr que não seja do outro lado da cidade.

Precisava admitir que isso era verdade. O próximo parque era realmente longe e não fazia sentido ir até lá quando Malahide existia bem aqui.

Ele deu um gole na água, daquele jeito despretensioso e estupidamente atraente.

— Só acho que seja uma coincidência muito grande que você esteja aqui na mesma hora que eu.

— Também acho, mas dizem que a vida é feita de coincidências, não é mesmo? — Max tombou a cabeça para o lado, sorrindo.

Franzi a testa.

— Quem diz isso? — indaguei num tom inconformado.

— Não é você quem acredita em destino? — Sua voz estava cheia de deboche e eu precisei respirar fundo ao escutar sua resposta. Ele lembrava de *tudo*.

— Não importa, porque parece que você está realmente me seguindo.

— Nós já não tivemos essa mesmíssima conversa ontem?

— Quer dizer quando eu falei que você estava me seguindo e você respondeu que era eu quem estava atrás de você? Vai repetir essa baboseira hoje?

Ele deu de ombros, os olhos brilhando em minha direção. Então, percebi que alguma coisa havia mudado nele. Era como se estivesse mais relaxado, o que eu imaginava ser impossível no meio da situação em que se encontrava.

— Acho que o universo quer que a gente fique perto. — Espera um pouco. *É o quê?* Meus olhos arregalaram e eu dei um passo para trás. Ele soltou uma risada fraca. —Amanda, relaxa, ok? Eu prometo que não estou te perseguindo.

— Vai saber... — murmurei ainda meio suspeita e tentando entender o que estava acontecendo.

Ele realmente tinha falado que o universo queria nós dois juntos ou qualquer coisa do tipo? Meu. Deus.

Depois eu fico criando expectativas e não sei o porquê.

— Você está diferente — comentei com curiosidade e a testa franzida.

Ele estreitou os olhos de um jeito brincalhão.

— Acho que sim — concordou sem se estender. — E já que estamos aqui, acho que precisamos discutir algo sério.

Pisquei, preocupada.

— O quê?

— Você sabe. Aquilo que está atrapalhando nossas vidas.

Mordi os lábios e senti meu coração acelerar com a ansiedade. Será que ele estava pensando no mesmo que eu? Só tinha uma maneira de saber...

— *Tá*, eu confesso que ainda guardo um pouquinho de rancor porque você me deu aquele fora e às vezes eu te trato um pouco mal por causa disso.

— O fato de estarmos mentindo para a polícia, porque eles possivelmente estão envolvidos nos roubos das galerias — falou ao mesmo tempo em que eu. — Calma, o que você disse?

Max começou a rir e eu senti meu rosto queimar. Acho que nunca em minha vida senti tanta vergonha. Eu realmente havia dito aquilo em voz alta?

— Disse o mesmo que você. Que precisamos fazer algo sobre a polícia. Não dá mais para guardar esse segredo — concordei, tentando esconder minha falta de noção.

Ele mordeu os lábios, segurando um sorriso teimoso.

— E também precisamos fazer algo sobre sua personalidade rancorosa.

Cobri meu rosto e respirei fundo, tentando colocar meus pensamentos em ordem, mas foi impossível. Max segurou minhas mãos e as puxou para baixo, fazendo com que fosse impossível não me perder em seus olhos. Clichê, eu sei, mas quem eu quero enganar? A pele dele estava quente e seu toque próximo do meu pulso apenas fez com que meus batimentos cardíacos aumentassem vergonhosamente.

Não sei se foi o fato de que ele estava perigosamente perto, mas os arrepios que sentia apenas porque ele continuava a segurar minhas mãos e me olhava como se eu fosse a coisa mais maravilhosa do mundo, ou talvez fosse apenas a chuva que agora caía mais pesada e atrapalhava meu raciocínio. De qualquer forma, alguma coisa acendeu uma luzinha dentro de mim e fui incapaz de controlar meu próprio corpo quando ele se aproximou ainda mais.

Eu o beijei.

E, honestamente, acho que minha reação não foi realmente tão inesperada como eu pensei, porque Max não demorou mais que um segundo para corresponder meu toque, levando suas mãos para a minha cintura e a apertando com força, fazendo com que os nossos corpos ficassem ainda mais colados. Arranhei sua nuca e deixei que meus dedos bagunçassem seu cabelo enquanto aprofundávamos o beijo. Por um momento, achei que meu coração pudesse explodir de excitação e eu poderia jurar que senti uma corrente elétrica percorrer meu corpo inteiro quando nossos lábios se encostaram pela primeira vez.

Talvez toda a expectativa estivesse tornando a experiência ainda mais intensa, ou talvez nossas bocas realmente tinham esse encaixe perfeito.

Minha respiração estava afobada quando finalmente nos separamos e ele segurou meu rosto com as duas mãos, enquanto eu o abracei pela cintura. Max me olhou com uma intensidade que me deixou um pouco atordoada e acariciou minha bochecha, fazendo com que meus olhos se fechassem por uma fração de segundos, apreciando o carinho. Seus lábios encostaram nos meus uma última vez, num selinho rápido, e depois ele depositou um beijo em minha testa.

Então, eu me dei conta do que tinha acabado de acontecer e me separei dele bruscamente.

Max me fitou com curiosidade, suas bochechas levemente rosadas e a chuva ensopando sua roupa. Caramba, se eu não estivesse tão tensa com minha falta de autocontrole eu o beijaria de novo.

— Pode tirar esse sorriso presunçoso da sua cara, ok? Isso aqui — apontei para nós dois — não vai acontecer de novo.

Max ergueu a sobrancelha, claramente duvidando das minhas palavras, e se agachou para pegar a garrafa de água, que havia caído no chão no calor do momento. Escutei-o murmurando um *"tá bom"* irônico e, num surto de raiva, saí correndo literalmente, e o deixei ali, falando sozinho.

Enquanto corria pela floresta, Max resolveu fazer o mesmo caminho que eu. Apesar de ficar em silêncio atrás de mim, eu sentia sua presença e isso era o suficiente para me tirar do sério. Durante alguns minutos, consegui fingir que não estava incomodada, até que parei bruscamente, pronta para mandá-lo seguir outra trilha, mas a minha ação teve o efeito contrário e o corpo dele se chocou contra o meu, fazendo com que eu caísse de bunda no chão.

Max começou a rir e eu bufei com raiva, pronta para começar um discurso pomposo e bravo, mas com a mesma rapidez que sorriu, seu rosto se fechou como uma nuvem escura antes de uma tempestade. Seus olhos estavam vidrados em algo atrás de mim e eu virei a cabeça para ver o que estava acontecendo.

A verdade é que eu não estava minimamente pronta para ver a figura que corria em nossa direção. A roupa preta, dos pés à cabeça, era inconfundível. Era a mesma pessoa que havia me seguido até em casa no outro dia. A chuva dificultava a visão, mas eu podia jurar que estava vendo uma arma apontada em nossa direção.

Max se abaixou e me puxou pelas mãos, ajudando-me a levantar, puxando meu corpo perto do seu. Ele sussurrou algo em meu ouvido, com urgência.

— Corre!

Não tive tempo de discutir, porque todas as células do meu corpo entenderam o perigo que nos espreitava, então eu corri.

Max logo acompanhou meu ritmo e nós passamos pelas árvores numa rapidez que eu não imaginava ser possível. Alguns galhos bateram em meu braço rasgando a manga da minha blusa, e eu senti a região queimar de dor, mas a adrenalina não me permitiu perder a velocidade. A terra molhada não facilitava o percurso e, por um momento, meu cérebro não conseguia se lembrar do caminho para sair daquele lugar. Era pela esquerda? Já não sabia mais, apenas rezei para estar no lado correto. A chuva havia piorado e o céu cinza fez com que a trilha ficasse escura e sinuosa, como um labirinto sem saída.

Escutei um barulho profundo e alto como o motor de um carro explodindo, e Max grunhiu atrás de mim. Meu coração parou por alguns segundos quando me virei e o encontrei poucos passos para trás, segurando seu braço. Sangue escorria pela sua roupa e entre seus dedos, e sua expressão retratava a mais pura agonia.

— Max? — chamei, a voz falha de preocupação.

— Continua a correr — murmurou entre os dentes enquanto andava até mim. — Vai, *tá* tudo bem.

Meus pés não saíram do lugar e levei meus dedos até os dele, tentando ajudar de alguma forma. Mas ele balançou a cabeça e me empurrou com o próprio corpo para que eu continuasse a andar. Outro baque intenso nos assustou e eu me encolhi inteira, abraçando meu corpo enquanto corria. Constantemente olhava para trás para ter certeza de que Max ainda me seguia, e finalmente vi o fim da trilha se aproximar. Os portões de Malahide acenavam para mim quase como uma miragem. Alguns moradores chegavam para suas próprias caminhadas e exercícios, equipados com roupas para chuva. Nenhum deles tinha ideia do que tinha acabado de acontecer.

Ao pisar no asfalto da entrada, ousei olhar para o sujeito que nos perseguia uma última vez. Ele estava escondido entre as árvores e seus olhos lampejavam com raiva, escuros como a noite. Ele não ousaria causar uma cena no meio de tanta gente e um vestígio de sorriso surgiu em meus lábios quando me dei conta disso.

Max me acompanhava com dificuldade e eu passei meu braço pela sua cintura para ajudá-lo a chegar ao campo aberto.

— Alguém liga *pra* uma ambulância! — gritei quando chegamos perto de algumas pessoas. — Agora!

CAPÍTULO 11
SE TIVER ALGO ERRADO ACONTECENDO NESTA CIDADE, VOCÊ DEFINITIVAMENTE ESTARÁ NO MEIO

Os quinze minutos que precisamos esperar até a ambulância chegar foram os mais longos da minha vida.

Depois de muita briga, consegui convencer Max a sentar em um banco, próximo ao portão de entrada do parque. Ele teimava que não precisava, que o tiro havia o atingido apenas de raspão, mas a quantidade de sangue que escorria pelo seu braço era medonha e continuar parado em pé fazendo birra, definitivamente, não iria ajudar. Nossa única sorte é que a chuva mais forte havia dado uma trégua e agora apenas alguns pingos finos e teimosos continuavam a cair.

Enquanto eu tentava cuidar do ferimento com conhecimento adquirido puramente pela televisão, vi que o caos se instaurou ao nosso redor. Pais saíram correndo com suas crianças, com medo do responsável pelo tiro, e foram poucos os residentes que decidiram ficar para ajudar. Esses que não foram embora ligaram para a ambulância, e uma moça até nos deu um pedaço de pano limpo para ajudar a estancar o sangramento. Sem tempo para perguntar o motivo de ela carregar aquilo por ali, apenas agradeci e enrolei o material no braço de Max, tentando ser o mais cuidadosa possível.

Mas a verdade é que eu não tinha ideia do que estava fazendo.

— Ai! — Max exclamou quando dei o último nó. — Dá *pra* ser um pouco mais gentil?

— Você fala como se fosse uma tarefa fácil — apertei o nó mais uma vez, apenas por birra, mas logo me arrependendo quando vi seu rosto contorcer de dor. — Desculpa.

Max fechou os olhos e suspirou sem me responder. Talvez eu pudesse ter sido um pouquinho mais delicada. O tiro definitivamente não havia sido de raspão e, pelo pouco que pude ver, a bala continuava ali, alojada pouco abaixo da altura do ombro.

— Acho que você fez um bom trabalho — falou a mulher que nos deu o pano branco. — Vai ficar tudo bem.

— Sim, esse ferimento não parece tão profundo — um senhor concordou. — A ambulância deve chegar logo. E a polícia também.

— Polícia? — perguntei alarmada.

O senhor franziu a testa.

— Claro, liguei para eles logo depois da ambulância — respondeu como se fosse óbvio. — Não podemos deixar a pessoa que fez isso fugir! Inclusive... Quem fez isso?

Max mordeu os lábios e me encarou apreensivo.

— Não sei — dei de ombros. — Nós estávamos correndo quando um louco começou a nos perseguir e atirar.

A mulher arregalou os olhos, preocupada, e o senhor franziu a testa. As poucas outras pessoas que ainda estavam ali cochicharam entre si, criando suas próprias teorias. Nenhuma chegou minimamente perto da verdade.

Eu e Max estávamos fugindo de alguém que havia sequestrado o pai dele e queria fazer o mesmo, ou algo pior conosco. Tudo porque nós sabemos que existe uma quadrilha roubando milhões em obras de arte pela Europa e que a polícia, só não sabemos de quantos países, definitivamente está envolvida no esquema do grupo. Mas acho que seria pedir demais que alguém adivinhasse isso.

Pelos próximos minutos, tentei ficar o mais calada possível, respondendo todas as perguntas com frases curtas, sem querer me expor demais. Afinal, eu não sabia quem eles eram e, depois de hoje, acho que era meu direito ficar um pouco paranoica.

Quando a ambulância finalmente se aproximou e colocou Max em uma maca, eu respirei aliviada. Eles perguntaram o que havia acontecido e eu respondi com cautela. Apesar de parecerem confusos por ter alguém dando tiros por aí, não fizeram nenhum comentário e apenas realizaram os primeiros socorros em Max, trocando o torniquete improvisado que eu havia feito por um profissional.

— Você está ferida? Este sangue é seu? — um paramédico me perguntou fazendo um sinal para a minha roupa encharcada de sangue, enquanto outro carregava a maca para dentro da ambulância. Neguei com a cabeça, distraída, e prestando atenção com o que acontecia com Max lá dentro. — É família?

— O quê? — perguntei absorta.

O paramédico seguiu meu olhar, que estava colado em Max, e repetiu a pergunta com a voz preocupada:

— É família? Vai na ambulância com a gente?

Descolei meus olhos de Max por um segundo.

— Vou. Eu estou com ele.

Estou com ele. Seja lá o que isso quer dizer.

O homem concordou e me direcionou para a ambulância ao mesmo tempo em que escutei as sirenes de um carro policial se aproximando. As luzes vermelhas e azuis piscavam com força, queimando meus olhos.

— Nós não precisamos dar um depoimento? — perguntei para o paramédico, tentando soar despretensiosa.

Ele negou com a cabeça.

— Eles irão para o hospital, lá eles fazem o questionário depois.

Assenti aliviada e entrei na ambulância. Pelo menos, eu teria mais alguns minutos antes de precisar enfrentar aquele detetive intragável.

O espaço confinado do carro era claustrofóbico e cheirava a álcool. Max estava deitado na maca, bem no centro, e abriu um sorriso tímido quando me viu entrar. Meu coração bateu sereno ao ver que ele estava relativamente bem e que havia ficado feliz por eu ter aparecido ali.

Os dois paramédicos sentaram-se próximos a ele e eu fiquei no banco mais distante, perto da porta. Mesmo com a pequena distância, nossos olhos não se desgrudaram durante todo o trajeto.

Caramba, duas horas atrás eu não podia imaginar que minha atividade física terminaria dessa forma, dentro de uma ambulância, encharcada de sangue e Max atado a uma maca depois de levar um tiro.

Ele respondeu algumas perguntas sobre a sua saúde — tipo sanguíneo (é o mesmo que o meu, A+), alergias, remédios que usava e cirurgias recentes —, e os paramédicos ligaram para o hospital para avisar que estávamos a caminho. Eles nos tranquilizaram, dizendo que o ferimento não era tão grave, e que logo Max estaria bem.

Quando chegamos ao hospital, dois médicos aguardavam na entrada e, após avaliarem rapidamente o machucado, avisaram que Max precisaria de cirurgia para retirar a bala. A palavra cirurgia fez meu corpo inteiro se arrepiar e não de uma maneira boa. Qualquer coisa que envolvesse anestesias e médicos me deixava angustiada e eu não queria que Max precisasse passar por aquilo.

— Que tal tirar a bala com a boa e velha pinça, tacando um pouco de álcool no ferimento, e sem anestesia nenhuma?

— Nós estamos no século 21, Amanda. — Max resmungou ao escutar minha sugestão.

Nós estávamos num quarto, aguardando a sala de operação ficar pronta. Max deitado em uma cama, o braço esticado e recebendo algum remédio forte pela veia, e eu na poltrona ao lado.

— Acho que você precisa ligar *pra* sua mãe — falei.

Ele bufou.

— Liga você.

— Eu? A mãe é sua — respondi. — Não posso ligar *pra* ela e falar que você levou um tiro, ainda mais na situação que ela está. Capaz de ela ter um infarto! Melhor é você ligar, assim ela já escuta sua voz e sabe que tá tudo bem.

Ele me ignorou e ligou a televisão.

— Não vou ligar — teimou ele como uma criança fazendo birra.

— Vai ligar sim. Quantos anos você tem?

Peguei seu celular que estava na cabeceira da cama e entreguei a ele. Max me olhou com uma cara de sofrimento e eu bufei. Não acredito que sou tão influenciável.

— *Tá*, eu ligo — murmurei por fim.

Ele sorriu satisfeito e no mesmo momento, um médico e uma enfermeira entraram no quarto, avisando que estava na hora da cirurgia. E meu estômago embrulhou.

Mas ia dar tudo certo. Quero dizer, ele não estava correndo risco de morte, nem nada do tipo, então não tem motivo para ter medo. Pelo menos era o que iria repetir para mim mesma até ele voltar.

Levantei da poltrona e me aproximei da cama. Max esticou a mão e eu a segurei com força, tentando impedir as lágrimas que embaçavam a minha visão de caírem pela minha face.

— Amanda, você vai sobreviver longe de mim, fica tranquila — avisou daquele jeito debochado e bufei.

Claro que iria, não tinha dúvidas.

Mas será que eu queria?

Era cômico e trágico pensar que, há pouco tempo, a gente tinha se beijado e eu nem tive tempo de processar o acontecimento ou o que aquilo significava.

A vida realmente não dá uma folga.

— Sinto muito, mas precisamos ir — disse o médico, nos interrompendo. — É uma cirurgia simples, logo ele estará de volta.

Assenti meio murcha e eles arrastaram a cama para fora do quarto. Quando Max finalmente estava fora do meu campo de vista, um soluço escapou de meus lábios e eu senti meu peito afundar. As lágrimas de preocupação e ansiedade que eu estava guardando desde que vi aquele homem encapuzado me olhando com ódio finalmente caíram, molhando minhas bochechas e a blusa manchada de sangue.

Pelos próximos minutos, eu me permiti chorar tudo aquilo que estava entalado em minha garganta. Ia ficar tudo bem, mas também não havia problema nenhum em ter medo.

E eu tinha.

Devo ter ficado sozinha por, no máximo, quinze minutos.

Nesse tempo, liguei para a mãe de Max e contei o que tinha acontecido, tentando ser o mais cuidadosa possível para não a assustar demais. Impossível, claro. Katie ficou desesperada e eu não a julguei, imaginando minha mãe recebendo a mesma notícia.

Talvez fosse essa reação que Max queria evitar. Sua mãe já havia recebido notícias ruins por uma vida inteira e parecia que elas não tinham fim.

Estava terminando uma conversa com a Claire no telefone, pedindo que ela viesse me trazer uma muda de roupa, quando Cormac invadiu o quarto. Ele abriu a porta com tanta força que achei que fosse quebrá-la e me perguntei se ele pensou que eu tinha me trancado aqui dentro para fugir dele. Porque se sim, estava correto. Infelizmente, eu apenas não me lembrei de trancar a porta.

— Amanda — falou meu nome com desprezo. — Eu queria estar surpreso por te encontrar aqui, mas estou começando a perceber que se tiver algo errado acontecendo nesta cidade, você definitivamente estará no meio.

— Isso não é bem verdade — respondi enquanto limpava os vestígios de lágrimas com os dedos e murmurava um *"te ligo depois"* para a minha amiga.

Continuei sentada na poltrona ao lado da cama para deixar bem claro que eu não pretendia ir a nenhum lugar, e coloquei o celular na pequena mesa ao lado da janela.

— Então, você quer me explicar o motivo de eu ter recebido uma ligação sobre uma perseguição com tiroteio em um dos bairros mais tranquilos de Dublin, em que a vítima foi ninguém menos que Max Murray, filho do homem cujo desaparecimento eu estou investigando? E que, de alguma forma, você estava envolvida?

— Envolvida? — Franzi a testa. — Acho que você quer dizer "e que a *outra vítima* era você".

Ele me olhou com sarcasmo.

— Que seja...

— Não sei se deboche é a atitude correta, detetive — respondi cruzando os braços, de forma que as manchas de sangue ficassem mais visíveis. — Afinal, aos meus olhos, essa não é a melhor maneira de tratar uma pessoa que acabou de presenciar um evento traumático.

A verdade é que eu já não tinha mais paciência alguma para lidar com uma pessoa tão arrogante quanto Cormac. Quem ele achava que era para me tratar como uma criminosa? Quero dizer, apesar de ter omitido algumas coisas, acho que ele tem outras pessoas muito mais suspeitas para correr atrás. E o fato dele não ter apresentado nenhuma pista sobre o desaparecimento até agora só me fazia acreditar que Murray realmente estava certo sobre o envolvimento da polícia.

Era extremamente perturbador pensar que a vida do meu professor dependesse dessa pessoa tão desprezível. Por isso, eu deveria me esforçar ainda mais para encontrar Murray sozinha. Quão difícil poderia ser, certo? Nós já descobrimos que o Hector faz parte da quadrilha, a delegacia, é claro, tem algo a esconder, só falta ligar os últimos pontos. Talvez eu precisasse voltar até à universidade para ver se descubro alguma coisa por lá...

— E falando em evento traumático, vamos falar sobre isso — sugeriu, pegando um bloco de notas em seu bolso. Cormac abriu o pequeno caderno e seus olhos passearam rapidamente pelas anotações. — Pela descrição das testemunhas, você surgiu "absolutamente" abalada e carregou Max até o portão de entrada do parque, gritando para que chamassem uma ambulância.

Cormac recitou os acontecimentos com sarcasmo e eu balancei minha cabeça, concordando com o que as testemunhas haviam falado e ignorando o tom de voz que ele usou.

— A ambulância foi chamada em torno das 7h25, o que significa que vocês dois chegaram ao parque, no mínimo, às 6h30. O que estavam fazendo lá?

— Correndo — dei de ombros. — Malahide é um ótimo lugar para se exercitar.

— Eu não tinha me dado conta de que a sua relação com o Max era tão próxima... a ponto de irem correr juntos — observou.

— Não é — respondi seca, escondendo a vontade de falar que isso não era da conta dele.

— Mas, se me recordo bem, ele te acompanhou durante o seu primeiro depoimento na delegacia. E ontem vocês estavam juntos.

Franzi a testa.

— Ontem?

— Nosso segurança viu vocês dois no estacionamento. — Cormac se sentou no sofá verde musgo que ficava encostado na parede próxima da porta.

— Ah, isso — murmurei tentando não dar muita atenção, mas um pouco surpresa que os funcionários estivessem prestando *tanta* atenção em mim. — Bom, foi você quem chamou nós dois para irmos até a delegacia no mesmo horário.

Ele estreitou os olhos, pouco convencido, mas pronto para mudar de assunto.

— Você pode me contar sobre a pessoa que supostamente perseguiu vocês dois?

— Supostamente? — ergui a sobrancelha. — Max levou um tiro e você está insinuando que nós não fomos perseguidos?

Cormac suspirou impaciente e reformulou sua pergunta.

— A pessoa que *perseguiu* vocês.

Dei um sorriso falso.

— Eu não consegui ver muita coisa, estava chovendo. Mas era um homem definitivamente. Estava todo de preto, luvas, capuz...

— Você já viu essa pessoa antes?

Neguei com a cabeça, com medo de que minha voz revelasse a mentira. Mas, para falar a verdade, quanto mais pensava na pessoa, mais ela me parecia familiar. E não só porque era a segunda vez que esse lunático corria atrás de mim. Era como se eu realmente o reconhecesse.

— Amanda, você consegue pensar no motivo para atrair tantos eventos trágicos? — perguntou com um sorriso de lado.

Cormac sabia muito bem que o motivo da perseguição estava relacionado ao desaparecimento de Murray, não havia dúvidas. O fato de ele me questionar com tanta ironia era enervante e me fazia querer gritar.

— Sua equipe encontrou algo no parque? Ou chegaram tarde demais? — retruquei.

Seus olhos refletiram ódio ao escutar minha pergunta, mas ele não se deixou abalar.

— Eles ainda estão procurando.

— E o DNA que encontraram ontem, já serviu para alguma coisa? — A provocação em minha voz atingiu um novo nível de ironia e eu vi os olhos de Cormac se transformarem em pura ira.

Ele se levantou do sofá bruscamente e andou até mim com passos duros e cólera nos olhos. Acabei me levantando também, instintivamente, porque, naquele momento, achei que ele fosse me bater. Ele não era muito alto, então não foi difícil o encarar com desafio.

Eu tinha medo de muitas coisas, mas homens covardes certamente não entravam na lista.

Meu celular vibrou do meu lado, quebrando o clima de tensão que havia se instaurado no quarto. Cormac pigarreou e se afastou, parecendo se dar conta de que havia me encurralado de maneira nada profissional. Peguei o celular e dei uma olhada na tela que acendeu com a notificação de uma nova mensagem. Claire havia chegado com as roupas e queria saber o número do quarto para que a recepção a autorizasse a subir.

— Se não tiver mais nada a perguntar, acho melhor ir embora — declarei autoritária.

Cormac ponderou por alguns segundos e saiu do quarto, não sem antes me lançar um último olhar de fúria ao atravessar a porta.

CAPÍTULO 12
TENHO GRANDES EXPECTATIVAS QUANDO SE TRATA DE VOCÊ

Quando Claire entrou no quarto e eu precisei explicar o que tinha acontecido, confesso que não sabia por qual acontecimento bizarro começar. Quero dizer, os últimos dias foram absolutamente frenéticos e a verdade é que eu não tinha processado nem metade dos eventos.

Enquanto trocava de roupa, contei sobre a perseguição de hoje, afinal, era o assunto mais urgente e ela precisava entender como eu havia parado em um hospital com as roupas sujas de sangue e Max numa sala de cirurgia.

— Eu estou completamente chocada. — Ela murmurou enquanto se jogava no sofá, fingindo um desmaio. — Não, sério. Isso é a coisa mais doida que eu já escutei em toda minha vida, parece cena de algum filme.

— Obrigada por constatar o óbvio — resmunguei ajeitando o moletom que ela me emprestou. Era dois números maior que o normal e amarelo, a cara dela, mas nada a ver comigo. — Você estava com esse moletom no carro, é isso?

— Sim. — Ela deu de ombros e ergueu a sobrancelha. — Você deveria me agradecer, porque pelo menos eu tinha alguma roupa. Queria ver você voltar para sua casa toda ensanguentada e explicar para os seus pais. Eu saí do meu trabalho *pra* vir até aqui, ok?

Pulei ao lado dela no sofá e abracei.

— Obrigada, você é um anjo — agradeci quando a soltei. — Isso aqui definitivamente é melhor que a minha blusa manchada.

Ela revirou os olhos, porque, claro, qualquer coisa seria melhor que a roupa que eu estava e seria ingratidão minha falar o contrário. Nesse momento, decidi que precisava de alguém em que eu confiasse completamente para me ajudar no meu plano para encontrar Murray.

E Claire era essa pessoa.

Não queria colocar sua vida em risco, mas também não conseguia imaginar lidar com tudo isso sem a sua ajuda e apoio emocional.

— Eu preciso te contar uma coisa. *Algumas* coisas, na verdade — falei cautelosa.

Ela ficou séria.

— Caramba, Amanda, isso é jeito de falar? Vai me matar do coração com esse suspense. — Ela colocou a mão no peito. — Desembucha!

— Isso não pode sair daqui de jeito nenhum — pedi e ela concordou balançando a cabeça. — Eu não queria te contar, mas acho que sei quem está por trás do sequestro do Murray. Quer dizer, pelo menos um dos envolvidos.

Claire arregalou os olhos.

— É o cara de hoje? Que atirou no Max? — Claire presumiu agitada.

— Bom, ele também. Mas estou falando de outra pessoa que eu e Max encontramos ontem, Hector Gonzáles. Ele é um colecionador espanhol famoso. Semana passada iam abrir uma exposição composta só por peças da coleção dele, mas supostamente elas sumiram. Saiu até no jornal.

— Você está brincando? — Seus olhos arregalaram e ela cobriu a boca com a mão, em surpresa. — Nós estamos organizando um evento na próxima semana e ele é um dos convidados de honra, não queria confirmar a presença porque não sabe até quando vai ficar na cidade.

Franzi a testa.

Claire trabalhava numa agência de *marketing* e vivia criando eventos para empresas, mas uma festa em que Hector estava convidado parecia uma coincidência muito suspeita.

— Como assim? Que evento? — perguntei curiosa.

— É uma festa para anunciar o novo diretor da Galeria Nacional. — Ela se levantou do sofá e pegou a bolsa que estava pendurada na maçaneta da porta, tirando um convite de dentro. — Festa é pouco, para falar a verdade. Vai ser bem elegante, ninguém está poupando recursos.

Ela me entregou o convite e eu li as informações com cuidado.

— Isso é muito esquisito — comentei. — Por que vão fazer uma festa no meio dessa acusação do Hector e ainda por cima o chamar? Não é propaganda negativa? Quero dizer, ignorar que mais de 300 milhões em peças sumiram para celebrar um funcionário novo?

Claire franziu a testa.

— Nós recebemos o *briefing* há muito tempo, Amanda. Para cancelar um evento desse porte, seria um gasto enorme. Mas por que você acha que o Hector está envolvido?

— Ah, sim. Eu me distraí, desculpa. Então, toda essa história das peças que sumiram é mentira. Eu tenho certeza de que pelo menos uma não sumiu, e está no quarto dele. Mas ele está agindo como se tivessem sumido.

Claire se sentou no braço da poltrona em minha frente e mordeu os lábios, confusa.

— Eu não estou entendendo.

— Nem eu, *pra* falar a verdade... — murmurei apoiando as mãos no joelho.

A não ser que a direção da galeria estivesse envolvida de alguma forma, assim como aconteceu nos outros roubos que investigamos. Ninguém conseguiu provar o envolvimento, mas era óbvio. Como tantas peças poderiam sumir, certo? E pior: ninguém falava nada. Era como se a informação não existisse. O que me fazia questionar o motivo do Hector ter falado com a imprensa, afinal, ele foi o primeiro a tornar o assunto público.

Poderia muito bem ser apenas uma distração para que vissem ele como a vítima, mas ao mesmo tempo ele estava abrindo espaço para outras investigações e qualquer um que procurasse minimamente poderia juntar as peças desse quebra-cabeça.

Nada disso fazia sentido.

— Você disse que viu o quadro sumido no quarto do Hector? — Claire perguntou, chamando minha atenção. Estava tão presa em meus pensamentos que por um momento esqueci que ela estava ali. — Tem certeza de que realmente era o verdadeiro?

— Tenho! — garanti, mas no momento em que a palavra saiu da minha boca fiquei com uma pontinha de insegurança.

Parecia um verdadeiro Paul Cézanne, não tenho dúvidas, mas Claire tinha razão em me perguntar. Como eu poderia saber sem fazer uma análise minuciosa? Além do mais, Hector não seria tão burro a ponto de deixar o quadro largado pelo quarto, mesmo que escondido, ou seria?

— Tem certeza coisa nenhuma — Claire falou, me lançando um sorriso desafiador. — E acho que só tem um jeito de descobrir a autenticidade do material...

Franzi a testa, mas logo entendi o que ela quis dizer.

— Voltando ao quarto! — nós duas dissemos ao mesmo tempo.

— Mas é loucura, certo? — indaguei um pouco incerta. — Invadir o quarto dele é um crime.

Claire mordeu o lábio e deu de ombros.

— Só se você for pega.

O problema de ser amiga de alguém como a Claire é que nós duas juntas desconhecemos a palavra "limite".

Numa coincidência ainda mais bizarra, o evento aconteceria no mesmo hotel em que Hector estava hospedado, o que facilitava imensamente a minha vida, por isso, bolamos um plano para que eu conseguisse entrar no quarto de Hector durante a festa, já que talvez seria o único momento em que teríamos certeza de que ele não estaria no quarto. Além de Claire ter prometido manter os olhos grudados nele o tempo todo. Outros detalhes do nosso plano incluíam uma inocente paquera para que eu ganhasse a confiança de Hector e conseguisse subir até o seu andar.

E eu sei, parece loucura, mas eu estou realmente desesperada. Cormac não parece estar perto de encontrar Murray, além do fato de que, francamente, eu nem sei se ele quer encontrá-lo.

Como ainda tínhamos alguns dias até a festa, decidimos discutir os maiores detalhes ao longo da semana, já que Claire precisava voltar para o trabalho. Coisa que eu também deveria fazer em breve. Meus turnos na galeria eram sempre aos finais de semana e hoje já era quinta-feira. Não estava com cabeça para trabalhar, mas infelizmente era um mal necessário da vida adulta.

— Você acha que ele vai ficar bem? — Claire perguntou antes de sair ao ver a plaquinha colada na porta com as informações do paciente do quarto.

Levantei-me do sofá e caminhei até ela, passando os olhos pelo documento.

— O Max? — Claire assentiu com a cabeça. — O médico falou que não foi nada tão grave.

— Isso é ótimo!

— É — concordei com o coração apertado. — Ele é uma boa pessoa.

Claire ergueu a sobrancelha e sorriu.

— Boa pessoa, é? — provocou e eu rolei os olhos. — Amanda, não tem problema em admitir seus sentimentos. Você tem sim uma paixonite por ele, mesmo que ele tenha sido um pouco babaca aquela vez em mil novecentos e bolinha. E *tá* tudo bem.

Senti a face ruborizar, principalmente porque não havia contado sobre o beijo ainda e tive um pouco de medo da reação dela. Não estava no clima para escutar um "eu sabia" pretensioso.

E, no fundo, também queria guardar aquele momento só para mim.

— *Tá*, eu tenho uma paixonite, foda-se. Ele é lindo mesmo e, sei lá, o jeito que ele me provoca é diferente...

Claire gargalhou alto e eu sorri. Era bom demais tê-la como amiga.

Katie me ligou para avisar que estava a caminho do hospital, mas que a estrada principal até lá estava fechada, então ela iria demorar mais que o esperado. A tranquilizei, dizendo que estava tudo bem e Max deveria sair da cirurgia a qualquer momento, e eu a manteria informada quando tivesse alguma notícia.

Coincidentemente, assim que desliguei o telefone, um médico entrou no quarto para avisar que a cirurgia foi um sucesso e logo Max seria trazido de volta. Como o procedimento era muito simples, não teria necessidade de mantê-lo na UTI e, se sua melhora fosse rápida, hoje à noite mesmo ele já poderia voltar para casa.

Meu coração bateu aliviado com a notícia e não consegui impedir um sorriso bobo de surgir em meus lábios.

Então me dei conta de que *desde que Max estivesse bem, eu também estaria*. O que, honestamente, era um grande e inconveniente desastre. Para mim, não havia nada mais perigoso que a ideia de depender de outra pessoa para estar em paz.

Alguns minutos depois, dois enfermeiros abriram a porta e deslizaram a cama de Max até o centro do quarto. Ele ainda estava de olhos fechados, vestindo aquela camisola azul caricata do hospital, com uma tipoia imobilizando o braço ferido. Era até um pouco cômico ver seu braço forte e tatuado repousando ali de um jeito tão frágil.

Seu rosto estava relaxado, as bochechas levemente rosadas, talvez pelo calor que fazia dentro do hospital, sua mandíbula marcada e os lábios fechados em uma linha séria. Cada centímetro de sua face parecia ter sido esculpido por algum artista renascentista, e eu não estava brincando. Era até um pouco desconcertante olhar uma pessoa tão bonita.

Os enfermeiros saíram do quarto, explicando que Max deveria acordar a qualquer momento, e que eu deveria chamá-los assim que acontecesse. Assenti, distraída, com os olhos ainda pregados nele.

Eu estava perdida.

Peguei meu celular e mandei uma mensagem para Katie, avisando que o filho já estava no quarto, e que tudo ocorreu bem na cirurgia. Mas, nessa altura, ela já deveria estar próxima do hospital e logo o veria pessoalmente.

Escutei os lençóis da cama se moverem discretamente, e o barulho foi acompanhado por um longo e preguiçoso suspiro.

Um par de olhos verdes me fitou com diversão.

— Oi, estranha. — Max murmurou com a voz rouca.

Mordi os lábios para segurar o sorriso que queria aparecer.

— Oi — respondi ao me aproximar da cama. — Bem-vindo de volta. Como você está se sentindo?

Ele fez uma careta.

— Com sede e com dor. Parece que um caminhão passou por cima de mim — reclamou.

Quis apertar suas bochechas porque a carinha de sofrimento que ele fez foi a coisa mais fofa que eu já tinha visto. Mas, como não sou doida nem nada, sacudi a cabeça numa tentativa de espantar os pensamentos.

— Eu vou avisar os enfermeiros que você acordou, já volto.

Assim que me virei em direção da porta, senti um aperto no meu pulso. Max desceu seus dedos até a minha mão, e a segurou com firmeza, impedindo que eu saísse de perto.

O lugar em que sua pele encostava na minha queimava, mas não de uma forma ruim. Era como estivesse recebendo pequenos choques de adrenalina que se espalhavam por todo meu corpo. E eu queria mais.

Encarei seus olhos com curiosidade e ergui a sobrancelha, fazendo uma pergunta silenciosa.

O que foi?

Ele ponderou por alguns segundos, observando nossas mãos, e depois balançou a cabeça.

— Obrigado por ter ficado — falou simplesmente.

Franzi a testa.

— Você achou que eu te deixaria aqui sozinho? — perguntei confusa.

— Talvez — admitiu.

— Max, até parece que eu iria embora sem saber se você tinha sobrevivido — rolei os olhos. Ele abriu um sorriso satisfeito e eu senti o rosto esquentar. — Você me subestima muito, sabia?

— Pelo contrário — discordou, subindo seus dedos pelo meu braço, num carinho perigoso. — Ultimamente descobri que tenho grandes expectativas quanto se trata de você.

Minha boca se abriu, pronta para dar alguma resposta esperta, mas a verdade é que som nenhum saiu. Devo ter ficada ali parada feito uma palhaça por alguns segundos, já que Max riu baixinho e soltou minha mão.

Particularmente, eu culpava o misto de choque e euforia pela minha reação humilhante.

Bufei enquanto ele ainda se divertia e saí do quarto em passos duros. Avisei os enfermeiros que Max estava acordado e entrei no elevador, pronta para sair daquele hospital e tomar um ar. Qualquer coisa que me ajudasse a espairecer.

Lá fora, porém, encontrei uma Katie afobada, atravessando as portas da recepção.

Sua aparência refletia o estresse dos últimos dias de forma muito mais aparente que em Max. As olheiras escuras se destacavam no rosto pálido e, nem mesmo quando abriu um sorriso aliviado ao me ver, mas seu rosto relaxou.

Ela parecia outra pessoa.

— Amanda! — exclamou ao me abraçar. — Como ele está?

— Está bem — garanti, apertando seus ombros num gesto carinhoso. — Foi só um susto.

Ela concordou com um sorriso fraco.

— O que aconteceu, querida? — Katie perguntou. Seus olhos opacos ainda transmitiam a preocupação que estava sentindo. — Você não acha que o acidente hoje está relacionado com a situação de Murray, acha?

Sua voz tremeu ao dizer o nome do marido.

Dei de ombros, pois não queria preocupá-la ainda mais.

— A polícia vai investigar...

— Certo... Vou subir então — avisou. — Você vem?

Neguei com a cabeça.

— Preciso ir embora, meus pais devem estar preocupados — expliquei e ela concordou. — Você precisa pegar o cartão de visitantes. Fica ali na recepção.

Apontei para um balcão perto dos elevadores e Katie assentiu.

— Obrigada por cuidar dele, Amanda — agradeceu. — Fico imaginando o que poderia ter acontecido se ele estivesse sozinho.

Dei um sorriso sem graça.

— Não foi nada... Se precisarem de qualquer coisa, podem me ligar — ofereci.

Nos despedimos e eu fiz o caminho até a saída, respirando aliviada ao sentir o ar gélido bater em meu rosto.

Precisei andar por alguns minutos no estacionamento para me lembrar que estava sem carro. Bufei, frustrada com a minha falta de atenção, e pronta para pegar meu celular e chamar um táxi.

Quando peguei o aparelho, porém, uma mensagem chamou minha atenção e me fez esquecer o motivo de estar com o telefone na mão em primeiro lugar.

> Olá, Amanda.
> Gostaria de tomar um café essa semana? Acho que devemos conversar.
> Aguardo sua resposta.
> Hector

Merda.

CAPÍTULO 13
TARDE DEMAIS PARA DESISTIR

Eu não respondi Hector imediatamente.

Chamei um táxi e fui para casa, usando o tempo livre no carro para pensar sobre a mensagem que havia recebido. Primeiramente, não havia motivo para pânico. Quando o conheci, Hector não me pareceu ser o tipo agressivo, então ele poderia ter mil e um motivos para querer marcar esse café. Motivos bons e ruins, claro. Mas, pessoalmente, prefiro acreditar nas suas boas intenções.

Além do mais, eu não havia falado com a Claire que precisava me aproximar dele? Para descobrir se Hector realmente estava envolvido nos roubos, eu tinha que ganhar sua confiança primeiro, e um café seria uma ótima forma de dar início ao meu plano.

Enquanto relia a mensagem pela milésima vez, resolvi abrir uma aba na internet e fazer algo que ainda não havia feito desde que Murray fora sequestrado: ler as notícias sobre o caso. Eu havia passado os olhos no jornal, mas não quis me aprofundar em nenhuma matéria sensacionalista, que pudesse me distrair ou aumentar minha ansiedade. O fato de que eu decidi ler os textos agora apenas refletia meu desespero crescente.

Para minha sorte, acabei não encontrando muitas notícias sobre o assunto. Todos os jornais se limitaram a copiar e colar a notinha divulgada pela polícia, que não dizia grandes coisas. Não havia nenhuma especulação ou teorias malucas sobre o que poderia ter acontecido. Seamus Murray estava desaparecido, fim de história. Era quase como se não estivessem escrevendo sobre o assunto deliberadamente.

Certa vez vi em um documentário que quando uma pessoa é realmente sequestrada, do tipo em que alguém a leva para um cativeiro ou coisa assim, as chances de ser encontrada com vida após as primeiras 24 horas do desaparecimento são mínimas.

Murray havia sumido há três dias e eu não gostava nem um pouco das estatísticas.

Por isso, decidi que minha melhor chance seria responder a Hector e parar de hesitar tanto. Afinal, o que poderia dar errado, não é mesmo?

Ignorando todos os alertas vermelhos que piscavam em minha cabeça, deixei que meus dedos digitassem uma resposta despretensiosa, que não transparecesse a aflição que estava me consumindo no fundo do peito.

> Claro, que tal no domingo?
> Bjs, Amanda.

Para minha surpresa, Hector respondeu em menos de dois minutos, confirmando nosso encontro. Um arrepio percorreu minha espinha ao perceber que aquilo realmente iria acontecer. Tentei relaxar, lembrando de como ele tinha sido simpático e educado quando nos conhecemos, e talvez eu estivesse um pouco obcecada com essa história de detetive, criando mil teorias malucas que não faziam sentido. Até onde eu sei, Hector podia realmente ser somente uma vítima querendo me ajudar.

E a terra é plana, Amanda, a voz da consciência gritou com deboche dentro da minha cabeça.

Aos poucos, eu começava a entender os riscos envolvidos nesse encontro, mas não foi o suficiente para me desanimar. Eu precisava me sentir útil, fazer alguma coisa. Não era certo seguir minha vida como se nada estivesse acontecendo e esperar por um milagre. Além do mais, eu nunca fui o tipo de pessoa que deixa as coisas serem resolvidas por terceiros, pelo contrário, sempre fiz tudo o que poderia fazer para conseguir o que queria.

Não era agora que iria mudar.

Os próximos dias foram tão parados que eu considerei me matricular num curso de investigação *on-line*. Só não fiz isso porque acabei tendo alguma ocupação depois que meus pais ficaram sabendo sobre o acidente ao me flagrarem colocando uma blusa ensanguentada na máquina de lavar.

Precisei responder mil e uma perguntas, alterando alguns detalhes, claro, numa tentativa inútil de deixar a história menos trágica. A verdade é que não existem muitas maneiras de transformar uma perseguição com tiros em um evento tranquilo e pacífico, ainda mais quando ela termina com você em um hospital e alguém baleado. Depois do sermão, que foi tão intenso quanto eu poderia imaginar, prometi que não iria mais correr em florestas ou testar a minha sorte fazendo coisas que me colocassem em risco.

Mal eles sabiam que era exatamente que eu pretendia fazer.

— Não é possível que toda vez que você sai dessa casa algum desastre tem que acontecer! — minha mãe reclamou na mesa do jantar.

— Mãe, para de ser dramática. Foram só alguns desastres.

Meu pai rolou os olhos enquanto cortava um pedaço de carne.

— Amanda, você é adulta. — Ele começou o discurso —, nem eu nem sua mãe temos a ilusão de que você vai escutar todos os nossos conselhos. Mas, por favor, tenha um pouco mais de consideração conosco.

— O que você quer dizer com isso? Eu tenho muita consideração — rebati, ofendida.

— Quero dizer que você precisa pensar em como nós nos preocupamos com você, o tempo todo. Colocar sua vida em risco é uma falta de consideração.

Não respondi.

Meu pai tinha razão. Eu nunca tinha pensado por esse lado, mas era verdade. Ao mesmo tempo, eu não podia prometer ficar escondida em casa, numa bolha de proteção invisível, logo agora. Era apenas impossível.

Passei a sexta-feira mofando na cama, fingindo que não existia, e no sábado precisei reunir toda a força do meu corpo para me arrastar para fora do quarto quando meu despertador tocou. O banho frio não foi capaz de fazer nenhum milagre, apenas me acordou para que eu saísse de casa. No trabalho, eu mais parecia um zumbi que qualquer outra coisa.

Para minha sorte, o dia estava escuro e chuvoso, e eu consegui contar nos dedos o número de pessoas que entraram na pequena galeria em que trabalhava. Minha chefe, a artista responsável pelas peças vendidas lá dentro, folgava aos finais de semana, então passei o dia sozinha, acompanhada apenas de meus próprios pensamentos, que foram a pior companhia possível.

Minha cabeça não parou por um segundo, tentando dar algum sentido em tudo que estava acontecendo ao meu redor. Acho que essa minha incapacidade de sossegar era a responsável pelo fato de que eu tinha uma tremenda dificuldade em decidir o que fazer com a minha vida – eu queria tudo e nada ao mesmo tempo. Agora, por exemplo, eu queria me infiltrar naquela delegacia e descobrir tudo o que Cormac sabia e, ao mesmo tempo, queria também conseguir vender os quadros de Lee Anne, que contava comigo para tirar essa galeria do esquecimento.

Como não podemos ter tudo, eu não apenas fiquei no escuro quanto às informações da polícia, como também precisei conter minha frustração quando o cliente que eu estava tentando convencer de fechar uma compra há uns bons quarenta minutos foi embora de mãos vazias.

No fim da tarde, para minha surpresa, Max me ligou.

Preciso confessar que, apesar de ter ficado animada quando vi seu nome piscar na tela, eu não quis atender. Não importava o tópico de nossa conversa, eu sabia que ele com certeza iria descobrir sobre o encontro com Hector. De alguma forma, Max sempre percebia quando eu estava escondendo alguma coisa, e, neste momento, isso era uma habilidade muito inconveniente. Eu não precisava de mais uma pessoa me lembrando sobre o quanto era irresponsável me encontrar sozinha com um possível... Bandido, ladrão, perseguidor? Sei lá.

Também não conseguia evitar a vontade de falar com ele. Por algum motivo idiota, o pouco tempo longe foi o suficiente para que eu sentisse falta do seu deboche e o cheiro do seu perfume.

Para acalmar os nervos, acabei mandando uma mensagem de texto avisando que estava enrolada no trabalho — o que não deixava de ser verdade. Eu estava no trabalho, só não estava enrolada.

E aí, no domingo, ele me ligou mais uma vez. E dessa vez eu não consegui ignorar.

— Qual parte de *"estou enrolada no trabalho"* você não conseguiu entender?   perguntei com a voz áspera assim que atendi a ligação.

Mas não sei quem eu estava querendo enganar. Minha resposta mal-educada não foi o suficiente para fingir desinteresse, já que Max riu do outro lado da linha.

— Não seja por isso, ligo depois então — respondeu solicito.

Eu quase conseguia ver o sorriso esperto em seus lábios ao escutar sua voz.

— Bom, agora já atendi, né? — resmunguei depois de soltar um suspiro de derrota. Eu já tinha fechado a galeria e estava apenas varrendo o chão, não me custava nada fazer uma pausa para falar com ele. — Já está em casa? Melhorou?

— Ora, obrigada por perguntar — debochou. — Sim, já voltei para casa. Tudo certo.

— O médico disse que você ia precisar ficar de repouso por vários dias.

— *"Vários dias"* — Max imitou minha voz e eu rolei os olhos. — Eu estou ótimo, pronto para outra.

— Pronto para levar outro tiro? Bom saber — ironizei.

Max riu.

— Não, Amanda. — Ele pronunciou meu nome como se fosse uma palavra divina. — Pronto para te beijar de novo.

Se alguém tivesse filmado a minha reação ao escutar a resposta dele, tenho certeza de que eu teria parado no YouTube. Meus olhos estavam arregalados e eu custei um pouco para absorver suas palavras, até puxei um banquinho para me sentar.

Não conseguia entender como Max conseguia ser tão direto e tão complicado ao mesmo tempo. Quero dizer, eu tinha ido atrás dele quando nos conhecemos e ele me deu o maior fora, e agora vem com essas ladainhas? Não, obrigada.

De confuso na minha vida, basta todo o resto.

— Estou honrada — respondi depois de alguns segundos, mantendo o tom irônico na voz —, mas acho que você devia escutar seu médico. E eu preciso desligar.

— Nós vamos terminar essa conversa — Max avisou e eu murmurei um *"aham, vamos sim"*. — Mas não desligue ainda, não foi por isso que liguei. Eu andei pensando e acho que precisamos falar com o Hector novamente. A polícia não ajuda em nada e ele é nossa única pista.

Meu corpo gelou e eu acabei derrubando a vassoura no chão. O baque agudo ecoou pela galeria.

— O que foi isso? — Ele perguntou alarmado.

— Nada, derrubei uma coisa aqui — respondi com a voz um pouco trêmula enquanto pegava a vassoura. — Mas concordo com você. Falar com o Hector é muito necessário.

— Vou entrar em contato com ele então.

— Ótima ideia — menti no exato momento que Hector bateu na vitrine de vidro, chamando minha atenção.

Eu havia comentado que pedi para ele me buscar aqui?

Ele sorriu quando eu acenei em sua direção, avisando que demoraria cinco minutos. Seria mentira dizer que a visão não era agradável, porque era. Ele realmente era muito bonito. Mas também era um possível criminoso, então seria prudente eliminar esses pensamentos o mais rápido possível.

— Eu preciso mesmo desligar agora — falei ao telefone, tentando esconder a culpa na minha voz.

— Claro, depois a gente se fala. Boa noite, Amanda — Max despediu.

Desliguei o telefone e corri para os fundos da galeria, guardando a vassoura e pegando minha bolsa. Fui ao banheiro rapidamente e aproveitei para passar um pouco de rímel e blush, qualquer coisa que me ajudasse a camuflar minha cara de pânico.

Ao voltar, Hector me lançou um olhar desafiador e sorriu, fazendo com que meu coração acelerasse um pouquinho, mas não de um jeito bom. Foi mais um desespero daqueles que sentimos antes da queda de uma montanha-russa, quando você apenas reza para não morrer.

Apaguei as luzes e liguei o alarme da galeria antes de abrir a porta de vidro que nos separava.

Bom, agora era tarde demais para desistir.

CAPÍTULO 14
ACHO QUE PODERIA USAR UM POUCO DA SUA OUSADIA

Eu não sei bem o que estava esperando.

Quero dizer, apesar de não confiar em Hector, também não achei que ele fosse tirar uma faca do bolso interno de sua jaqueta de couro caríssima para me cortar em vários pedacinhos e depois despachar as partes por aí. Mas também não esperava ter uma noite realmente agradável.

Então, imaginem minha surpresa quando me peguei rindo genuinamente ao escutar uma história sobre a adolescência dele. Pois é.

Nós acabamos indo em um *pub* perto da galeria, por sugestão minha, assim eu não precisaria entrar em um carro sozinha com ele. Além disso, não era fácil encontrar um café aberto depois das 17h aqui em Dublin. Os pubs, por outro lado, estavam sempre à nossa disposição.

Depois de duas cervejas, nós dois conversávamos como velhos amigos e, por um momento, eu esqueci que estava ali com um objetivo.

Hector me perguntou sobre a minha infância, querendo saber se eu sempre fui assim "tão sabichona". E, francamente, sim. Acho que o fato de não ter irmãos e de ter pais que investiram muito na minha educação serviu como um impulso para que eu sempre tivesse me interessado por consumir muita informação.

Eu amava saber todo tipo de coisa e poder discutir sobre elas sem parecer uma idiota. Não havia nada mais satisfatório, por exemplo, que dar uma bela resposta atravessada aos homens que vinham para cima de mim na faculdade querendo explicar algum assunto como se eu fosse incapaz de aprender sozinha.

No caso dele, descobri que seus pais eram empresários famosos em Barcelona e ele sempre viveu nesse mundo de riquezas, banhado em dinheiro e em ostentação. Sua mãe que começou a colecionar quadros e, quando ela morreu, ele decidiu dar continuidade ao *hobby* privilegiado, em homenagem à ela.

Parecia uma vida pouco exigente.

Lá pelas tantas, no entanto, o assunto foi se tornando cada vez mais recente.

— Então você trabalha em uma galeria? — perguntou interessado.

— É...

Dei um gole na bebida e cruzei as pernas, desconfortável. Não me parecia uma boa ideia que o novo tópico de conversa fosse o meu trabalho. Na verdade, era a pior ideia possível.

— Mas também trabalha com o pai do Max?

Ele me encarou com olhos curiosos. Sua cerveja havia acabado e ele brincava com o copo vazio na mesa de madeira.

Uma música baixa tocava e alguns poucos clientes estavam espalhados pelo salão. Dei uma olhada discreta, mas ninguém parecia se importar conosco.

— Ele é meu orientador do mestrado — respondi brevemente, dando de ombros.

— Acho interessante a pesquisa dele. Max comentou comigo uma vez, quando nos conhecemos em Paris. Precisamos mesmo de pessoas envolvidas na conservação de pinturas e investigando tudo relacionado ao universo da arte.

Assenti. Nós *realmente* precisamos.

— Você não teve vontade de trabalhar com isso?

Ele apoiou o cotovelo na mesa.

— Trabalhar, não. Mas estudei na Itália.

Claro que ele tinha estudado lá.

— Uau, esse é o sonho, não é mesmo? — falei.

— Acho que sim, foi um período bastante instigante na minha vida.

"Bastante instigante" parecia uma descrição preguiçosa para alguém que estudou Artes na Itália, mas decidi não prolongar o assunto, com medo de a minha própria frustração me consumir.

— Você disse que tinha algo para falar comigo — lembrei na esperança dele finalmente me contar algo relevante.

Hector parou de mexer no copo e pigarreou, como se a minha pergunta tivesse sido a deixa para mudar o rumo da conversa. Agora, percebi que estávamos entrando no campo minado de assuntos urgentes e sérios.

— Sim — concordou. — Vocês falaram com o detetive que estava trabalhando comigo, não falaram? Queria apenas saber se descobriram alguma coisa…

Franzi a testa. Que detetive?

Precisei de alguns segundos para me lembrar de que quando nos conhecemos Hector havia compartilhado o número de um suposto detetive que estava ajudando com seus quadros desaparecidos. Devo ter perdido sua mensagem, coisa que fazia com muita frequência, infelizmente, e Max também não deve ter se lembrado.

Mas quem podia nos culpar? Não era como se a nossa semana tivesse sido passeio no parque. Bom, até foi uma caminhada, mas com alguns tiros pelo caminho.

— Na verdade, não — admiti. — Esses últimos dias foram caóticos, outras coisas acabaram acontecendo e confesso que me esqueci.

Hector tombou a cabeça para o lado, parecendo um tanto confuso.

— Francis, o detetive, disse que Murray havia solicitado seus serviços. Imaginei que fosse Max. — Ele deu de ombros.

Foi a minha vez de ficar confusa.

Max havia contratado um detetive particular sem me avisar? Isso era um golpe baixo.

— Eu não sabia — falei, tentando esconder a decepção na minha voz.

Depois de tudo o que aconteceu, Max ainda não confiava suficientemente em mim? Caramba, não era como se fôssemos estranhos ou algo do tipo. Mesmo antes de Murray desaparecer, nós trabalhamos juntos por meses e, na minha cabeça, tínhamos desenvolvido uma relação de, sei lá, pelo menos respeito.

Os olhos negros de Hector me observaram com curiosidade.

— Achei que Max tivesse te contado, ou até que fosse sua ideia — justificou. — Vocês pareciam tão… íntimos. Não imaginei que tivessem segredos.

Meu rosto corou.

— Isso dificilmente é um segredo — murmurei após tomar um longo gole de cerveja. — Max está livre para fazer o que ele bem entender. Não somos colados, nem nada do tipo...

Hector sorriu misterioso.

— Bom saber — respondeu, soando satisfeito.

Talvez se eu não estivesse com tanta raiva, teria ficado um pouquinho lisonjeada com a sua resposta. Mas a verdade é que eu estava borbulhando com frustração e nada que saísse da boca dele seria capaz de mudar meu humor.

Então, não consegui evitar a pergunta que fiz em seguida, porque precisava descontar a minha raiva em alguém. Mesmo que esse alguém não tivesse culpa de nada.

— Você queria se encontrar comigo para perguntar se contratei seu detetive particular? Isso não é algo que poderia ser discutido por mensagem? — Cruzei os braços. — Além do mais, se esse tal de Francis já te falou que Max o contratou, qual a necessidade em falar comigo?

Ele franziu a testa um pouco surpreso, mas não pareceu se abalar muito com o interrogatório. Seu corpo relaxou na cadeira e ele pediu outra cerveja ao garçom que passava por perto, daquele jeito que apenas pessoas muito descoladas fazem, apontando para o copo vazio e dando um sorriso avassalador ao funcionário, que deve ter voltado para o bar com as pernas bambas. Eu teria voltado.

— Acho que, nas circunstâncias atuais, certos tópicos devem ser discutidos pessoalmente — respondeu Hector.

— Por quê? Seu telefone foi grampeado por acaso? — debochei e ele arqueou a sobrancelha. — É que esse assunto só não me parece tão urgente assim.

Hector ignorou minhas provocações.

— E se eu apenas quisesse uma desculpa para te ver de novo?

Ah, não.

Eu duvido. Duvido *mesmo*.

— Esse detetive encontrou seus quadros já? Ou ainda estão sumidos? — questionei, tomando cuidado para controlar a ironia na voz e ignorando sua tentativa de paquera pior que as minhas.

O garçom chegou com a cerveja, mas Hector nem levantou seus olhos para ele. Seu olhar estava pregado em mim, que continuava o encarando com desafio.

— Estão sumidos — segurei a vontade de revirar os olhos. Sumidos atrás do seu sofá! — Era isso que queria falar com você, na verdade, antes de ficar na defensiva.

— Falar o quê?

Ele deu um gole na cerveja e me ofereceu um pouco, já que agora meu copo estava vazio. Neguei com a cabeça. Eu já conseguia sentir o efeito do álcool no meu corpo e isso, misturado com a raiva que sentia de Max, não estava sendo a melhor combinação possível.

Eu precisava controlar minha agressividade se quisesse conseguir alguma informação útil dele. Era incrível como eu mesma consegui destruir meu próprio plano em menos de cinco minutos.

Não sei em que mundo eu achei que seria capaz de seduzir o Hector. Na primeira oportunidade de paquera, eu consegui ofender o cara.

Parabéns, Amanda, como espiã, você realmente é uma ótima pesquisadora.

— Francis está desconfiado da galeria e eu também. Eles me convidaram para um evento de gala, esta semana.

Era o evento que Claire tinha me falado. Agora a conversa estava ficando interessante.

Murmurei um "*ah, é?*", incentivando que ele continuasse a falar, o que funcionou. Hector passou os próximos cinco minutos reclamando. Ele estava realmente puto da vida porque seus quadros tinham sido roubados e a galeria decidiu dar uma festa para o novo diretor ao invés de focar seus recursos em recuperar as obras perdidas.

Não posso dizer que ele estava errado. Eu também ficaria brava. Decepcionada, no mínimo. Teria feito um escândalo, para ser bem honesta.

Mas alguma coisa não me cheirava bem. Quero dizer, por que ele estava contando tudo isso para mim? Nós nos conhecemos há, sei lá, dois minutos? Esse não era o tipo de assunto que você saía conversando com qualquer entranho. Parecia calculado demais.

De qualquer forma, expressei minha indignação e sugeri que ele fosse à festa.

Afinal, *eu* precisava que ele fosse.

— Bom, nada mais justo, certo? Assim você pode confrontar esse diretor pessoalmente.

Ele pareceu ponderar por um tempo, antes de concordar.

— Você tem razão.

— Eu costumo ter — respondi brincando e tentando não soar falsa.

Achei que meu sorriso foi um pouco forçado, mas Hector não pareceu se importar. Ele pegou a jaqueta caramelo de couro – maravilhosa, por sinal – da cadeira e tirou algo do bolso interno para me entregar.

Não precisei ler o que estava escrito no cartão, pois era o mesmo do convite que Claire havia me mostrado no hospital. As letras douradas elegantes e a gramatura sofisticada do papel eram inconfundíveis.

— Quer ser minha acompanhante? Acho que poderia usar um pouco da sua ousadia durante o evento — convidou.

Abri um sorriso satisfeito.

— Eu adoraria.

CAPÍTULO 15
VOCÊ NÃO PODE SAIR SE ENCONTRANDO COM POSSÍVEIS CRIMINOSOS

Eu sempre fui uma pessoa muito impulsiva.

Durante a infância, meus pais achavam engraçado que eu fosse tão firme e rápida na hora de tomar decisões, sempre indo até o fim daquilo que havia escolhido, sem reclamar. Na adolescência, porém, acabei me metendo em alguns problemas e a história foi outra. O jeito genioso fez com que meus pais fossem chamados pela diretora da escola algumas vezes e eu garanto que eles não acharam as visitas nada "bonitinhas".

Quero dizer, não deve ser divertido precisar justificar o porquê de a sua filha ter quebrado o nariz de duas ou três pessoas, mas garanto que foi por um motivo nobre. Do tipo: "não chamem minha amiga de feia nunca mais, porque feio mesmo é ser uma pessoa covarde que só sabe falar maldades para os outros". Mas vai explicar para uma menina com raiva que bater nos coleguinhas não é o jeito certo de ensinar respeito ao próximo…

Tive meu primeiro encontro após uma colega apostar que eu não teria coragem de chamar o menino mais popular da turma para sair. Eu não apenas o chamei para sair, como tasquei um beijo nele, ali no meio da cantina, sem ter ideia do que estava fazendo.

Fui assim desde sempre. Então, numa tentativa de me obrigar a pensar um pouco antes de fazer, meus pais me matricularam numa aula de desenho. Foi quando comecei a me interessar pela História da Arte. Eu era a pior da turma, de longe, mas apenas quando se tratava do desenho em si, porque nunca conseguia terminar meus rascunhos. Mas comecei a estudar as técnicas e tudo aquilo por trás da arte em si e me apaixonei.

A impulsividade, entretanto, nunca foi embora.

Por isso, quando voltei para casa depois do encontro com Hector e parei para analisar tudo o que tinha acontecido, quis me dar uns tapas por ser tão irresponsável. Eu não tinha ideia do que estava fazendo, essa era a verdade. E sair com ele foi a coisa mais irresponsável do mundo, eu sabia. Mas, ainda assim, era o que tinha feito.

Na manhã seguinte, recebi um *e-mail* do núcleo do mestrado avisando que as aulas continuavam suspensas, o que era de se esperar. Seria uma falta de respeito tremenda colocar os alunos para estudarem os métodos de investigação quando o nosso principal professor estava desaparecido. Além do mais, ninguém iria prestar atenção.

Depois de tomar café e um banho quente, aproveitei o sol que estava fazendo para colocar um vestido longo, verde-escuro, com pequenas flores brancas estampadas pelo tecido fino e esvoaçante. Essa era a parte boa de morar aqui. Quando fazia calor, as pessoas realmente se esforçavam para serem felizes. A energia nas ruas chegava a ser palpável e tudo parecia ser um pouquinho melhor do que num dia normal.

Não sei em que momento da manhã decidi que estava me arrumando para ir até a casa do Max. Talvez quando passei meu perfume e me olhei no espelho pela última vez. E meu olhar refletia apreensão e um pouquinho de desejo também. Balancei a cabeça, brava comigo mesma, e saí do banheiro com raiva.

Eu estava indo até o Max para confrontá-lo sobre o detetive que ele escondeu de mim e *apenas* isso.

Depois de uns quinze minutos caminhando no calor agradável, cheguei na frente da casa dos Murray's. Durante o dia, era ainda mais bonita. As flores brilhavam e recebiam o sol com prazer, deixando a entrada parecendo um cenário de filme.

No portão da garagem, não pude deixar de reparar, um carro da polícia estava estacionado, provavelmente, fazendo a vigia.

Toquei a campainha e Katie me recebeu quase que imediatamente. Ela abriu um sorriso ao me ver, mas sua aparência continuava pesarosa como estava no hospital.

— Amanda! Que surpresa agradável.

Entramos na casa que continuava como me lembrava, e Katie perguntou se eu estava com sede. Tinha quase certeza de que minhas bochechas estavam rosadas, transparecendo a pequena caminhada que eu havia feito. Eu ficava vermelha com muita facilidade.

— Eles ficam parados o dia todo, os policiais. — Ela contou ao me oferecer um copo de água. Enquanto conversávamos na cozinha, aproveitei para perguntar sobre o carro estacionado na entrada. — Depois do tiro, parece que as coisas tomaram outra proporção. Mas ainda não me falaram nada sobre meu marido. É angustiante não saber, essa é a pior parte. Eu fico do lado do telefone, esperando alguém ligar. Ele nunca toca.

— Eu nem consigo imaginar o que você está sentindo — murmurei com pesar.

Ela balançou a cabeça e secou uma lágrima que escorreu pelo seu rosto.

— Você tem sido uma ótima companhia para Max, isso basta. Ele é muito fechado, um pouco bravo também. Depois de ter ido embora então, parecia outra pessoa. Foi como se a profissão tivesse o engolido. Mas você faz com que ele volte um pouco ao que era.

Se meu rosto estava corado antes, não queria imaginar como eu estava agora. Fiquei tão envergonhada que nem soube o que responder. Katie percebeu que o comentário me deixou um pouco desconfortável e me disse que Max estava em seu quarto, trabalhando, mas que ele ficaria feliz em me ver.

— É, eu queria checar se ele estava melhor... — dei de ombros, tentando parecer pouco interessada.

Ela sorriu e me levou até as escadas para o andar de cima.

— É o quarto da direita, lá no fundo do corredor — explicou, apontando o caminho.

Ao chegar ao segundo andar, não precisei seguir as instruções de Katie. Escutei a voz de Max abafada e deixei que o som me guiasse até o quarto. Não foi difícil, honestamente. Sua porta era a única encostada, enquanto as outras estavam abertas e irradiando luz das janelas.

Empurrei a porta com cuidado, fazendo o mínimo de barulho possível, mas claro que um rangido alto e vergonhoso anunciou minha chegada. Max estava no fundo do quarto e franziu a testa ao me ver, mas continuou falando no telefone, gesticulando para que eu entrasse. Ele falava em francês, conversando vigorosamente com a pessoa do outro lado da linha.

Ao entrar, reparei que seu quarto era diferente de tudo o que eu imaginava. Não que eu tivesse imaginado muita coisa, quero deixar bem claro. É que, quando pensava nele, a primeira coisa que vinha na minha cabeça era um lugar cinza e modernoso, meio sem graça e sem inspiração. Foi uma surpresa agradável perceber que ele tinha uma personalidade divertida e menos séria, pelo menos enquanto morou aqui.

As paredes estavam cobertas de quadros, alguns pintados e assinados por ele mesmo – eram realmente maravilhosos, Murray não tinha exagerado. Uma cama enorme ocupava a parede em frente à porta e a colcha branca era o único ponto neutro do ambiente que refletia cores e criatividade. Ao lado direito, o espaço se estendia e acomodava uma escrivaninha lotada de livros e papéis, um armário embutido e uma enorme janela ao fundo, com um pequeno sofá verde embaixo. Max estava ali no canto, descalço, usando uma calça de moletom preto e uma camiseta branca. O braço machucado firmemente apoiado pela tipoia preta, enquanto o outro segurava o celular.

Tomei a liberdade de me sentar na beirada da cama e não pude evitar um sorriso ao escutar a conversa. Apesar de estar ressentida por ele não ter me contado sobre o detetive, preciso confessar que escutar ele falando francês era algo que eu não sabia que precisava ouvir, e que me distraiu por alguns minutos.

— *J'ai presque oublié que tu travailles à Paris*[2] — gastei meu francês enferrujado quando ele finalizou a ligação.

Ele me encarou com curiosidade.

— *Je ne savais pas que tu parlais français.*[3]

Abri um sorriso esperto.

— Meu sotaque não é tão bom quanto o seu, mas eu dou meu jeito — respondi. — Além do mais, tem muitas coisas que você não sabe sobre mim.

— *Touché!* — Ele sorriu ao se aproximar. — A que devo a honra da sua visita?

Ah, tantos motivos... Raiva, vontade de brigar, saudade. A questão era por qual motivo começar.

Max agora estava na minha frente. Seu joelho colado no meu, e apesar de sua cama ser relativamente alta, precisei erguer a cabeça para conseguir encará-lo.

— Queria ver seu braço pessoalmente, sabe como é. Checar se realmente estava se recuperando. — Ele estreitou os olhos como se soubesse que esse não era o motivo. — E perguntar por que diabos você

---

2 "Quase me esqueci que você trabalha em Paris."

3 "Eu não sabia que você falava francês."

contratou um detetive particular sem me avisar. E pior: o detetive que o Hector recomendou!

Ele deu um passo para trás e estreitou os olhos, na defensiva.

— Como você sabe que eu fiz isso?

Não pude evitar a expressão indignada que preencheu meu rosto.

— Até parece que vou te contar — resmunguei.

— Foi o Hector, não foi? — Max indagou.

— Irrelevante.

— Você está falando com o Hector pelas minhas costas? — questionou com a sobrancelha erguida. Apesar da pergunta, seu tom não era acusatório, ele estava curioso. Quando não respondi, ele repetiu. — Você se encontrou com ele, Amanda?

— E você contratou um detetive — apontei com ironia, cruzando os braços.

Max mordeu os lábios, tentando esconder um sorriso.

— Justo — ergueu as mãos, rendendo-se. — Não queria te envolver nisso.

Sacudi a cabeça, inconformada. Que tipo de desculpa era essa? Eu já estava envolvida, tão envolvida que tinha até um pouco de medo do que ainda poderia acontecer comigo.

— E eu não queria *te* envolver — retruquei.

— Você não pode sair se encontrando com possíveis criminosos. É irresponsável.

E isso é o que todo mundo diz.

— Achei que nós dois tínhamos concordado que precisávamos falar com ele de novo.

— Sim, nós dois juntos — repreendeu.

— Agora já falei — dei de ombros. — E, por favor, pode parar de mudar de assunto? Não acredito que você não quis me falar sobre o detetive. Caramba, Max, você realmente achou que podia esconder algo desse tipo de mim? Achei que fôssemos melhores que isso.

Max se virou, ficando de costas para mim. Levantei da cama e andei até ele, o obrigando a olhar em meus olhos.

— Desculpa — pediu, mas sem parecer muito arrependido. — Não estava brincando quando disse que não queria te envolver. Acho que até agora você não entendeu a gravidade da situação.

Botei as mãos na cintura, ofendida.

Claro que eu entendia a gravidade. Quero dizer, não era como se eu estivesse ignorando tudo que tinha acontecido até agora. Eu só tenho um pouco de dificuldade em acreditar que certas coisas realmente podem acontecer.

— Isso não é desculpa. Pensei que estávamos juntos nessa. Inclusive, foi você quem pediu para ajudar nas minhas investigações extracurriculares.

Ele me observou por uns segundos e suspirou.

— Você tem razão. Não devia ter mentido para você — concordou. — Mas você fez o mesmo comigo, então estamos quites.

— Ótimo! — sorri irônica. — Agora pode me contar o porquê de ter entrado em contato com esse cara, Francis, não é?

Max se sentou no braço do sofá.

— Eu queria saber se ele era legítimo. Se o Hector realmente estava procurando seus quadros ou se estava mentindo.

— E...?

— Ele está procurando alguma coisa, se são os quadros ou não, aí eu não sei. Mas acho que é algo relacionado ao diretor da galeria.

Franzi a testa. Hector havia me falado exatamente a mesma coisa. Será que ele não estava mentindo então?

Caramba, meu detector de mentiras era uma grande porcaria.

— Hector me disse que estava desconfiado da galeria, mas achei que fosse apenas uma distração. Como você sabe que o detetive está falando a verdade? Ele pode estar cobrindo Hector.

Max deu de ombros, mas logo se arrependeu. Seu braço ainda estava dolorido, e o movimento fez com que ele mordesse o lábio para esconder a dor.

Por fim, ele confessou:

— Eu não sei se está mentindo. Mas preciso acreditar em *alguma* coisa.

Ele tinha razão.

Na situação em que se encontrava, não ter nenhuma ideia do que podia estar acontecendo era o pior sentimento do mundo. Ao mesmo tempo, seguir pistas falsas também não nos levaria a lugar algum. Era uma rua sem saída, mas eu não queria, de forma alguma, ser a pessoa a falar isso para ele.

— Nós vamos descobrir. — O tranquilizei. — É só questão de tempo.

Max deu um sorriso murcho e segurou minha mão, me puxando para perto.

O toque dele em meu pulso bastou para acordar as borboletas no meu estômago, que se agitaram em antecipação.

— Acho que é uma boa hora para terminarmos aquela conversa — disse.

Seus olhos brilhavam e eu vi seu olhar descer até meus lábios.

Murmurei um *"que conversa?"*, mas eu sabia muito bem do que ele estava falando.

Pronto para me beijar de novo.

Então, cansada de fingir que não estava absolutamente atraída por ele, deixei que Max se aproximasse ainda mais, me puxando pela cintura com força, até que a distância não existisse e seus lábios encostassem nos meus.

— O que fez com que você mudasse sua opinião? — perguntei a Max algumas horas depois.

Estávamos deitados na cama dele, muito confortável por sinal, após, bem, uma boa sessão de beijos e amassos... Infelizmente, o fato de sua mãe estar em algum lugar nessa casa, chorando pelo marido sequestrado, fez com que eu me sentisse completamente incapaz de deixar que ele fizesse qualquer coisa além de enfiar a mão dentro do meu vestido.

Ele franziu a testa.

— Sobre o quê?

— Sobre nós dois. O fora que você me deu continua bem fresco na minha memória.

Um pequeno sorriso estampou seu rosto.

— Ah, sim, preciso me lembrar de que você nunca esquece nada — concordei com um sorriso como quem não pode fazer nada sobre o assunto. — Meu pai só sabia tecer elogios a você. Antes de te conhecer, eu fiquei com um pouco de ciúmes da atenção que você estava recebendo. Acho que ficar longe por muito tempo faz isso, você acaba se sentindo um pouco esquecido por aqueles que deixou para trás. Mas quando te vi e você abriu a boca daquele jeito debochado, o ciúme se misturou com uma atração irresponsável. Se eu tivesse saído com você para o jardim, teria te beijado pelo resto da noite. Eu só não queria que você criasse nenhuma expectativa, afinal, eu nem moro mais aqui. Além disso, meu pai ficaria puto se eu criasse qualquer tipo de conflito entre nós dois.

— Bom, não era como se eu estivesse esperando um pedido de casamento nem nada do tipo — debochei. — Acho engraçado como vocês têm um ego tão inflado. Só porque uma mulher acha um cara bonito, não significa que ela quer algo além de uns beijos ou sexo. É como se só vocês, homens, tivessem direito de sentir atração sexual, sem o emocional estar envolvido. Mas, *surpresa!* Mulheres também podem se sentir assim.

Levantei da cama, irritada, e andei até o outro lado do quarto. Estava um pouco ofendida. Por que os homens sempre acham que nós não temos capacidade de controlar nossos sentimentos?

Max se sentou, e me encarou com confusão.

— Eu sei disso. Foi errado assumir.

— Foi — bufei, cruzando os braços e encarando meu tênis que estava jogado no meio do quarto, entre a cama e o sofá.

— Amanda, eu mal te conhecia. Não podia sair te beijando só porque a gente tinha tanta química que eu podia jurar que vi faíscas atravessando a mesa do jantar.

— Isso é exatamente o que você deveria ter feito!

Ele passou a mão pelos cabelos, nervoso. Sentei-me no braço do sofá e bufei. Não queria estragar o momento, mas, ao mesmo tempo, aquele ressentimento que vinha me corroendo há alguns meses estava tomando conta de todo o meu corpo.

Não sou uma pessoa viciada em astrologia, nem nada do tipo, mas, em momentos como esse, eu tinha que concordar que era sim uma escorpiana de carteirinha. Claire uma vez fez meu mapa astral, coisa que sentia um enorme prazer em fazer, e eu me lembro dela ler em algum site de horóscopos que "a mulher escorpiana tinha um enorme senso de justiça e vingança, além de amar e odiar na mesma intensidade". Caramba, que beleza.

Havia algo também sobre ter uma capacidade natural para resolver mistérios e injustiças. Se ela tivesse lido isso hoje, eu teria gargalhado alto.

— Olha, vamos deixar *pra* lá — resmunguei por fim.

A verdade é que, me conhecendo bem, se não colocasse um ponto final naquele assunto, iria ficar o resto dos dias remoendo um negócio que já não significa mais nada. E, se todas essas previsões de signos realmente fossem verdade, eu precisava me acostumar com o fato de que eu sempre seria uma pessoa de extremos, e focar no problema errado não me levaria a lugar algum.

Max estreitou os olhos como se esperasse que eu fizesse qualquer coisa, menos esquecer aquilo.

— Se você precisa conversar sobre isso, não me incomodo — falou sério, ao se levantar da cama. — Só não quero que fique guardando seus sentimentos até te sufocarem.

— Não quero falar — respondi, percebendo que realmente queria dar um fim naquela história, e ao mesmo tempo grata por ele se oferecer para discutir. — Nós já nos entendemos, certo? Então estamos bem.

Ele não pareceu muito convencido, afinal, fora eu mesma quem dera início ao assunto, mas concordou. Acho que ele estava começando a se acostumar com a minha personalidade e decidiu que não valia a pena brigar, não por isso, em todo caso.

Passei o resto da tarde na casa de Max. Como estávamos nos dando bem, resolvi que seria prudente contar sobre o baile e que eu havia aceitado ir com o Hector. Para a minha surpresa, contudo, ele não só já sabia sobre a festa, como também já tinha até separado seu terno. Aparentemente, o novo diretor da galeria era um ex-colega de Murray, e convidou Max para a festa em respeito ao seu pai.

Quis rir da ironia. Se nós dois já tivéssemos conversado sobre isso, eu teria evitado precisar aceitar o convite de Hector. Mas, como ficamos enrolando até o último minuto, a merda já estava feita.

É impressionante como comunicação entre duas pessoas é capaz de evitar tantos problemas. Para a minha tristeza, não foi esse o caso aqui.

— Eu teria te convidado, sabe.— Ele provocou, enquanto eu calçava o tênis branco, me preparando para ir embora.

Estava escurecendo e a luz da lua começava a invadir o quarto. Não conseguia acreditar que fiquei tanto tempo ali quando minha intenção era apenas discutir por uns minutinhos e logo ir embora.

Senti os dedos de Max subirem pelas minhas costas e o carinho fez com que eu precisasse me concentrar mais do que o normal para amarrar o cadarço. Precisei começar o nó umas três vezes, até que finalmente o finalizasse.

— Sua mãe deve ter achado que morremos aqui dentro — murmurei, segurando sua mão e a puxando para baixo. Seus dedos se entrelaçaram nos meus.

Max deu uma risada baixa.

— Eu duvido muito — respondeu com deboche, afastando uma mecha de cabelo do meu rosto.

Levantei da cama bruscamente, ignorando que a proximidade dele quase foi suficiente para que eu desistisse de ir embora, e me afastei sem pensar duas vezes.

— Espero que seu ombro melhore logo. — Dei um sorriso inocente ao me despedir. Ele tombou a cabeça e seus olhos brilharam em minha direção. — Não vejo a hora de ver o que você pode fazer sem estar machucado.

Max abriu um sorriso surpreso e seus olhos brilharam com desejo. Saí do quarto sem olhar para trás, com medo de que se o fizesse, nunca mais saísse de lá.

A caminhada até a minha casa foi mais agradável do que eu imaginava. Estava com um sorriso bobo no rosto e mal vi o tempo passar. Fiquei pensando se era assim que pessoas apaixonadas se sentiam, porque apesar de já ter namorado antes, nunca senti tanta leveza e ansiedade ao mesmo tempo. Era um sentimento gostoso, que me amedrontava de um jeito bom.

As borboletas no estômago quase bastaram para que eu esquecesse os meus problemas, mas, ao chegar em casa, recebi aquele choque de realidade. Sabia que ele viria uma hora ou outra, só não imaginei que fosse tão cedo.

Minha mãe me entregou uma sacola da Brown Thomas com um olhar suspeito, e resmungou que alguém havia deixado ela ali.

Peguei a encomenda meio desconfiada e espiei o conteúdo. Meu rosto deve ter ficado branco, porque todo o sangue do meu corpo pareceu sumir.

— Brown Thomas, é? — minha mãe questionou. A loja era a mais cara de Dublin, onde as marcas mais famosas e pomposas se reuniam. A coisa mais cara que eu havia comprado lá era um sobretudo preto, que me custou uns bons 250 euros, e até hoje minha carteira chorava ao se lembrar.

— Não é nada demais — dei de ombros. — Vou *pro* meu quarto.

Então, numa tentativa de evitar precisar responder perguntas inconvenientes, saí correndo para as escadas.

No quarto, depositei o conteúdo da sacola com cuidado na cama, e observei o vestido com atenção. Era azul petróleo, dividido em dois tecidos diferentes. A saia de seda era justa na altura da barriga, mas abria à medida que descia, até formar uma espécie de cauda. Já na parte de cima, a seda cintilava como se o tecido refletisse o brilho de mil diamantes, criando uma textura hipnotizante. O decote em V não era tão profundo e duas alças finas finalizavam a peça.

Era o vestido mais lindo que eu já tinha visto.

Dentro da sacola, encontrei ainda um par de luvas compridas do mesmo tecido que a saia e um cartão branco. Nele, apenas uma frase escrita, mas que foi o suficiente para me causar calafrios.

Mal posso esperar para te ver dentro dele.
Hector.

CAPÍTULO 16
UMA CELEBRAÇÃO EXTRAVAGANTE

Quarta-feira chegou mais rápido do que eu imaginava. Quando me dei conta, estava no meu quarto terminando de fazer a maquiagem, enquanto Claire tagarelava em meus ouvidos. Ela precisaria chegar à festa antes, já que estaria trabalhando, mas aproveitou para vir se arrumar aqui em casa também.

A cara que ela fez quando viu o vestido que Hector me mandou foi impagável. Era um misto de pânico e adoração, porque, claro, a roupa era maravilhosa, mas Hector continuava sendo um possível criminoso. Informação que eu pretendia confirmar esta noite, inclusive.

— Então qual é o plano mesmo? — perguntou pela centésima vez.

Encarei o reflexo dela através do espelho da penteadeira enquanto esfumava uma sombra marrom em minha pálpebra.

Meu quarto não era muito grande como o do Max, mas era muito confortável. Uma cama de casal ocupava grande parte dele, coberta por uma colcha meio azul acinzentada, cheia de rosas, e um enorme tapete fofo bege cobria o chão. Em frente à cama, e debaixo da janela, ficava minha penteadeira de madeira maciça. Um luxo que ganhei de presente dos meus avós quando completei treze anos.

Nas paredes, um único quadro decorava o ambiente, posicionado estrategicamente ao lado da minha estante para livros e porta-retratos. Era um desenho feito a lápis da Vênus de Milo, que, acreditem ou não, eu havia feito numa visita ao Louvre quando eu era adolescente, numa viagem organizada pela minha turma de artes. Era horrível, desleixado e sem técnica alguma, mas tinha um espaço enorme no meu coração, porque representava o exato momento em que eu soube o quanto amava estar no meio de tanta história.

— O plano é deixar Hector bêbado, pegar a chave do quarto e, enquanto você fica de olho nele, eu vou até lá espionar.

— Parece que uma criança de cinco anos teve essa ideia. — Ela gemeu enquanto calçava a sandália de salto.

Seu vestido, ao contrário do meu, era um pouco mais simples e minimalista, mas, francamente, Claire não precisava de muita coisa para se destacar. Seu cabelo estava preso em um coque alto e elegante, e sua pele parecia brilhar ao lado do tecido branco.

— Olha, essa ideia saiu da sua cabeça também...

— Eu sei — resmungou frustrada. — Mas precisamos admitir que é loucura. É uma loucura gigante, Amanda.

Eu sabia que o plano não era sofisticado, nem nada. Na verdade, eu tinha plena consciência de que ele tinha potencial para encabeçar a lista de coisas idiotas que eu insistia em fazer, mesmo quando sabia que não deveria. Mas, ao mesmo tempo, também conseguia visualizar uma frestinha de esperança que me permitia sonhar em entrar naquele quarto e encontrar os quadros roubados e, sei lá, um endereço de um armazém abandonado em que meu professor estaria. Então, eu ligaria para a polícia, deixando bem claro que não queria o detetive Cormac envolvido, porque ele era um bundão que não faz nada útil, e eles resolveriam o resto do mistério. E todos seriam felizes para sempre.

Por isso, respirei fundo, lutando para não descontar meu nervosismo na maquiagem que tentava fazer, e falei:

— Tarde demais.

Eu tive que mentir *pros* meus pais. Quero dizer, omitir. Infelizmente, seria uma missão impossível sair de casa usando um vestido de gala e toda produzida sem uma explicação. Falei que estava indo num evento do trabalho de Claire e só. O vestido, que minha mãe sabia que não tinha saído do meu bolso, disse que foi um empréstimo de um amigo que trabalhava na Brown Thomas.

Eu duvido que eles acreditaram na história do vestido, mas não fizeram nenhuma pergunta como se soubessem que seria inútil.

Claire saiu um pouco antes de mim, então precisei pedir um táxi. Seria impossível dirigir com o salto que estava usando e, para ter coragem de colocar meu plano em prática, eu pretendia tomar uma ou duas taças de champanhe durante a noite, impossibilitando que eu fosse com o meu próprio carro. Max se ofereceu para me levar, mas não achei que seria de bom tom chegar para um encontro acompanhada de outro cara.

Minhas palmas suavam frio dentro da luva quando finalmente cheguei no hotel. Tive que respirar fundo algumas vezes, parada feito uma doida na calçada, antes de finalmente subir as escadas do prédio antigo. Dentro da recepção, algumas pessoas vestidas de maneira tão pomposa quanto eu aglomeravam-se numa fila para entrar no salão. Pelo o que pude ver, era preciso apresentar o convite e alguém estava conferindo os nomes numa lista.

Antes que pudesse me juntar aos outros convidados, encontrei Hector sentado numa poltrona verde musgo. Acenei discretamente e abri um sorriso tímido, chamando sua atenção. Nesse momento, meus olhos avistaram outra pessoa conhecida me encarando. James, meu amigo da faculdade e quem tinha me ajudado a encontrar com Hector pela primeira vez, me observava pela mesa da recepção com a testa franzida. Seus olhos então seguiram até Hector, que ao se levantar da poltrona abriu um sorriso ao andar calmamente em minha direção. Meu rosto esquentou quando vi meu amigo balançar a cabeça, um pouco chocado e definitivamente me julgando. Era como se ele não acreditasse que eu realmente estava ali, e como se soubesse exatamente o que eu iria fazer.

Vi em seus olhos a preocupação e horror, principalmente porque eu havia falado que estava investigando Hector e eu tinha certeza de que ele sabia que minhas intenções não eram nada boas. Ele definitivamente percebeu que aquilo não era nenhuma coincidência.

Queria ir até ele explicar, mas Hector me alcançou antes que eu pudesse me mover.

— Uau! — exclamou, depositando um beijo em minha mão. — Você está esplêndida, o vestido ficou ainda melhor do que imaginei.

Não queria dar trégua para o flerte, entao apenas abri um sorriso fraco em agradecimento.

Ele estava usando um terno preto, elegante, com uma gravata azul petróleo, que, não pude deixar de notar, combinava perfeitamente com a minha roupa. O gesto, em outro contexto, poderia até ser um pouco romântico, e talvez um pouco brega também.

— Obrigada pelo vestido, inclusive. É realmente lindo.

— Não precisa agradecer. Fico feliz que você tenha aceitado me acompanhar, vai tornar a noite menos desagradável, principalmente quando eu precisar falar com as pessoas...

Não pude deixar de rir do último comentário, porque, realmente, falar com as pessoas poderia ser facilmente uma das atividades mais aborrecedoras de todas.

— Vamos entrar, então? — perguntei, querendo acabar com a conversa fiada.

Ele concordou e me ofereceu o braço, que aceitei com um pouco de relutância, e caminhamos até a fila de entrada.

Para minha surpresa, Claire havia assumido o posto da pessoa que checava os nomes na lista e eu abri um sorriso de alívio ao vê-la.

— Hector, essa é a minha amiga Claire — apresentei brevemente ao nos aproximarmos dela.

Ele sorriu, educado como sempre, ao entregar os convites.

— Um prazer te conhecer. Você trabalha para a galeria? — perguntou curioso.

Claire riscou nossos nomes da lista e negou com e cabeça.

— Não exatamente. Trabalho em uma agência de Relações Públicas, fomos contratados pela galeria há pouco tempo, mas estou aqui hoje apenas ajudando. — Ele assentiu verdadeiramente interessado. Ela entregou um papel luxuoso com o número da nossa mesa e sorriu. — Bom, vejo vocês mais tarde, aproveitem a festa!

Claire piscou para nós dois e eu mordi os lábios, tensa. Agora que os dois se conheciam, seria mais fácil largar o Hector com ela, enquanto eu invadia seu quarto. Acho que, em um universo paralelo, Claire e Hector poderiam ter sido um casal perfeito. Os dois eram bonitos além da conta e tinham esse ar meio magnífico pairando em cima de suas cabeças. O pensamento maluco fez com que um sorriso estampasse meus lábios.

— O que foi? — Hector perguntou ao notar meu divertimento.

Balancei a cabeça.

— Nada.

O cômodo do hotel em que a festa aconteceria parecia um salão de baile da era vitoriana e eu fui imediatamente transportada para algum livro da Jane Austen. A música clássica que preenchia o ambiente deu um toque de deboche na situação. Cada nota que saía pelas caixas de som fazia com que eu me sentisse sufocada, como se a melodia estivesse rindo da minha audácia ao navegarmos pela sala lotada. Nas paredes, identifiquei algumas réplicas de obras que fazem parte do acervo da galeria. Fiquei pensando em como teria sido mais fácil fazer a festa lá, assim não precisariam pagar pelas cópias ou pelo aluguel do salão.

Mas, claro, dinheiro não parecia ser um problema para esse novo diretor. E, pelo visto, ele gostava da extravagância.

Um garçom nos ofereceu uma taça de champanhe e eu aceitei com gosto. Hector também se serviu e um sorriso de alívio estampou meus lábios.

Após um tempo, finalmente achamos a mesa com nossos nomes e imaginem a minha surpresa ao ver que a pessoa que iria se sentar do meu lado esquerdo era Max Murray. Claire definitivamente tinha um dedo nisso e eu quis gritar com ela. A noite já seria muito difícil, imagina com ele ao meu lado? Toda a concentração iria embora no segundo que ele olhasse para mim com aqueles olhos verdes hipnotizantes.

— Darren, boa noite. — Hector me tirou de meus pensamentos quando um homem na faixa dos quarenta anos se aproximou da mesa. Ele era alto e musculoso, tinha o cabelo curto, quase raspado. Algumas linhas de expressão bem marcadas estampavam seu rosto e os olhos eram escuros, assustadoramente escuros.

Não pude deixar de notar uma pitada de ironia no tom do meu acompanhante, o que me deixou curiosa. Será que esse era o famoso novo diretor?

— Fico feliz que você tenha decidido aparecer, Hector. Mesmo nas circunstâncias atuais... — O homem deu um sorriso duro. Seus olhos então caíram em mim e eu não pude deixar de reparar em como ele parecia familiar. — E você é?

Franzi a testa, incomodada com a falta de educação dele ao perguntar quem eu era dessa maneira rude, mas mordi a língua para não dar nenhuma resposta atravessada.

— Amanda Moretti, ela é aluna do Murray — Hector sorriu ao responder. Achei esquisito ele citar meu professor, mas Darren não pareceu muito surpreso, ou pelo menos fingiu não estar. — Achei que já se conhecessem.

Darren não demonstrou nenhuma reação.

— Por que nos conheceríamos? — perguntei curiosa.

— Bom, Darren trabalha na sua universidade. Ele e Murray são amigos de longa data — Hector respondeu.

Darren pigarreou.

— Colegas de trabalho — o homem corrigiu, colocando a mão no bolso da calça. — Mas duvido muito que Amanda saiba quem eu sou. Fico trancado na sala a maior parte do tempo, dificilmente ela teria me visto no *campus*.

Eu realmente não me lembrava de ter encontrado ele na faculdade, mas sabia que já o tinha visto em algum lugar. Talvez nos pátios principais?

— Você faz o que na universidade? — questionei.

Hector pegou mais uma taça de champanhe quando um garçom se aproximou. Ele parecia estar se divertindo.

— Prestação de contas dos departamentos de humanidades, nada muito animador. — Deu de ombros.

— E recentemente se tornou o novo diretor da galeria mais importante da cidade — Hector acrescentou.

Ah, então ele era mesmo o novo diretor.

— Essa festa é por sua causa? Parece uma celebração bem extravagante para anunciar um novo funcionário.

Ele estreitou os olhos com um pouco de indignação. Eu sabia que não tinha sido muito educada, mas nem me importei.

— Bom, foi um prazer falar com os dois, mas não posso esquecer os outros convidados — Darren disse, fugindo da conversa, e nos abandonando rapidamente.

Quanta falta de educação.

— Não gostei dele — resmunguei.

— Bem-vinda ao clube — Hector me respondeu, puxando a cadeira dourada para que eu pudesse me sentar.

Apreciei o gesto, já que não tinha vontade nenhuma de sair andando pelo salão, falando com pessoas que mal conhecia. Além do mais, precisava descobrir onde Hector havia colocado a chave do quarto. Esperava que fosse um lugar fácil, como no bolso de seu terno, assim não seria tão difícil conseguir roubá-la.

— Notícias dos seus quadros? — perguntei quando Hector se sentou ao meu lado.

Ele bebericou o champanhe e fez uma careta.

— Não.

— Quantas peças foram roubadas mesmo?

Hector me encarou com a testa franzida.

— Seis ou sete... — respondeu meio distraído. Achei estranho que ele não se lembrasse ao certo quantos quadros tinham sumido, mas deixei passar. — Darren, aquele que acabamos de encontrar, disse que o seguro foi aprovado.

Apoiei o queixo em minha mão e o observei com curiosidade.

— O que isso significa exatamente?

Hector riu com cinismo.

— Que vão me pagar o suficiente para não querer correr atrás das obras.

— E você vai ceder?

Ele pareceu ponderar por uns segundos.

— Não sei.

Quando ia perguntar o porquê, fui interrompida pela chegada daquela pessoa que menos queria ver agora, pois era o único capaz de monopolizar toda a minha atenção.

Max.

— Amanda, Hector. — Ele cumprimentou pegando seu nome no cartão posicionado no lugar ao lado do meu. Deu um sorriso esperto, como se estivesse satisfeito que alguém pensou em sentá-lo ali. — Que surpresa agradável.

Sua voz bastou para fazer com que meu corpo inteiro se arrepiasse. Era como escutar minha canção favorita.

— Max. — Hector se levantou e os dois trocaram um aperto de mão.

Levantei também, já que não queria continuar ali embaixo, parecendo inferior, e sorri para ele.

Eu já tinha visto Max de terno algumas vezes, mas hoje ele estava especialmente maravilhoso. O conjunto grafite não era chamativo, mas acompanhava uma camisa branca com os primeiros botões abertos. Ele estava um tanto despojado perto dos outros homens, o que me fez ficar ainda mais atraída.

— Oi.

Ele mordeu os lábios ao me olhar e balançou a cabeça, como se não estivesse acreditando no que via. Senti minha face esquentar, e apesar de saber que seria mil vezes mais fácil fazer tudo o que eu precisava hoje sem a sua presença ali, quis pular em seu pescoço e beijá-lo até ficar sem ar.

Max parecia pensar a mesma coisa e sei que ele estava prestes a fazer algum comentário provocativo, mas Hector pigarreou, quebrando a atmosfera de tensão que pairava sobre nós.

Os minutos seguintes foram uma tortura absoluta.

Se aquilo fosse uma noite normal, eu teria aproveitado o meu primeiro baile de gala para dançar, comer e beber como se não tivesse uma preocupação no mundo. Infelizmente, a noite não era nada normal e eu estava presa entre Max e Hector, que engataram em uma conversa supérflua sobre Paris e negócios, enquanto eu ficava ali no meio, sem ter muita coisa para acrescentar. Depois de alguns minutos, um casal de idosos se juntou a nossa mesa e o assunto morreu de vez quando anunciaram que Darren iria fazer um discurso em breve.

Quero dizer, eu achei que tinha morrido.

— E a sua namorada, Max?

Eu juro que tentei evitar a reação exagerada, mas meus olhos se arregalaram um pouco e eu me engasguei com a bebida que tomava.

Hector deu pequenos tapinhas nas minhas costas, enquanto Max o encarava com fúria.

— Nós terminamos há muito tempo, Hector. Não se esqueça de que não nos vemos há mais de um ano, você já não sabe muitas coisas sobre a minha vida — Max respondeu com a voz dura. Senti sua mão repousar em minha perna debaixo da mesa. — Além do mais, não era nada sério nem naquela época, quem dirá agora, tanto tempo depois.

Meu coração bateu com alívio, sabendo que Max havia acrescentado aquele último detalhe para me tranquilizar. Então, ele não tinha uma namorada. Honestamente, graças a Deus. Não sei se eu daria conta de lidar com mais esse drama.

Hector deu um sorriso meio falso e eu quis chutar a canela dele por ter tentando causar esse atrito desnecessário entre Max e eu.

— Vocês pareciam tão apaixonados, uma pena — continuou a provocar.

— Caramba, que assunto interessante — falei com uma animação falsa. Max riu baixinho e apertou minha perna. Tive que morder os lábios para evitar o suspiro. — Acho que preciso de outra bebida.

Acenei para o garçom, que me entregou uma taça cheia. Max agradeceu e Hector aceitou outra bebida, para a minha felicidade. Suas mãos continuavam apoiadas em meu ombro e Max nos observava com interesse, os olhos grudados em mim. Não queria assumir nada, mas algo me dizia que ele estava morrendo de ciúmes.

Quando Hector parecia bêbado o bastante, Claire chegou até a nossa mesa. Ela abriu um sorriso e se sentou no último lugar vago.

— Boa noite — disse alegre. — Darren vai discursar daqui a pouco.

Ah, que ótimo, pensei com tédio.

Mas, então, um pensamento me ocorreu de que talvez esse fosse o melhor momento para sair da mesa. Hector estaria ocupado, escutando o diretor falar e Claire poderia ficar de olho nele, enquanto eu não estava aqui.

Agora, só me restava descobrir onde estava a chave. Eu precisaria arriscar.

— Queria ir lá fora fumar, mas está tão frio — reclamei num falso tom de decepção. — Hector, será que posso usar seu terno para me aquecer?

Ele prontamente me entregou a peça e Max franziu a testa, confuso. Ele sabia que eu não fumava coisa nenhuma e não demorou para que seus olhos brilhassem em entendimento.

Eu tinha contado que viria até a festa com Hector, mas deixei de fora a parte em que pretendia invadir seu quarto. Eu sei que rolou toda aquela conversa sobre como precisávamos ser mais honestos, mas eu fiquei com medo dele tentar atrapalhar meu plano. O que parecia inevitável agora.

— Também vou fumar. — Max anunciou.

Claire arregalou os olhos e colocou sua mão em cima da de Hector, que encarava Max e eu com desconfiança.

— Podem ir, eu faço companhia para o Hector.

Andei para fora do salão, ignorando os passos apressados de Max ao meu lado. Enfiei as mãos no bolso e meu coração gelou quando senti o cartão do quarto em um deles. *Era agora ou nunca.*

Mas antes que eu pudesse sair correndo para o elevador, Max me puxou para um corredor vazio e me prensou contra a parede.

— O que você está fazendo? — reclamei tentando me soltar.

Em outra situação, acharia isso super excitante e tudo mais, só que, neste momento, era a pior coisa que ele poderia fazer.

— Não posso deixar você invadir o quarto de hotel do Hector, Amanda. Você perdeu completamente o juízo!

— Eu só vou dar uma olhadinha — gemi lutando contra seu corpo.

Ele segurou meus pulsos e me encarou com raiva.

— Não vai não!

— Você não manda em mim! — Max franziu a testa e suspirou, se afastando minimamente. — Vou e volto em dez minutos, ele nem vai perceber.

— Eu vou com você então.

Eu ri com sarcasmo.

— Claro que não. Ele vai desconfiar se você não for *pra* mesa em dois minutos avisar que eu estou com "problemas femininos" ou algo do tipo. É só falar em menstruação que nenhum homem discute.

Ele revirou os olhos e passou a mão pelo cabelo, frustrado.

— Você é impossível, sabe disso, né?

Bufei, impaciente.

— Max, não tem motivo *pra* se preocupar. Eu estou fazendo isso para ajudar seu pai.

Max segurou meu rosto com as mãos e seus olhos me olharam ansiosos.

— É claro que me preocupo. Eu me preocupo com você o tempo inteiro! Você me tira do sério toda vez que faz algo imprudente, porque eu sei que não tem ninguém nesse mundo que possa te impedir. Mas se acontecer qualquer coisa... — Ele não terminou a sentença e soltou um suspiro lamentoso. — Eu *preciso* de você, Amanda. Preciso de você inteira e viva.

A confissão dele me deixou um pouquinho balançada. *Tá*, bastante balançada. O suficiente para que eu o abraçasse pelo pescoço e unisse nossos lábios. E, como todas as outras vezes que nos beijamos, senti como se o tempo tivesse parado.

Deixei que ele me empurrasse de volta até a parede e arranhei sua nuca. Ele desceu as mãos pelo meu corpo, parando em minha cintura. Max me apertou contra seu corpo e um gemido escapou de meus lábios.

— Eu preciso ir — murmurei sem fôlego quando nos separamos.

Seus olhos me observaram com amargura. Ele depositou um beijo em minha testa e se afastou.

— Dez minutos — avisou.

Assenti, sentindo o coração disparar com adrenalina, e saí em direção ao elevador.

CAPÍTULO 17
DANÇANDO EM UM QUARTO EM CHAMAS

O quarto de Hector era exatamente como eu me lembrava.

Quero dizer, não sei o que poderia ter mudado nos últimos dias, mas as coisas pareciam estar nos mesmos lugares. Por isso, minha primeira parada na busca pelos quadros desaparecidos foi a poltrona da sala, aquela em que eu havia tropeçado alguns dias atrás.

Pode ter sido um pouco inocente de a minha parte achar que a obra ainda estaria ali. Certo, muito inocente. E ela obviamente não estava. Então, comecei a examinar cada centímetro daquele quarto, puxando tapetes e cortinas à procura de qualquer evidência de que Hector estava envolvido nos roubos.

Descobri que Hector era uma pessoa muito organizada, porque não havia nada fora do lugar, nenhuma bagunça visível ou pelo menos uma mala encostada na parede. Estava tudo guardado em seu devido lugar. Quando eu fico hospedada mais de cinco dias em um hotel, posso garantir que o quarto parecerá como se um furacão tivesse passado por lá. A única coisa que provava ligeiramente que tinha uma pessoa vivendo ali era as roupas no armário, organizadas milimetricamente por cor.

Soltei um suspiro frustrado e fechei a porta do armário com força. O que eu não esperava, no entanto, era que o baque fizesse com que algo escorregasse do topo do móvel, caindo em meus pés.

Soltei um grunhido de dor e meus olhos marejaram um pouquinho, então demorei alguns segundos para perceber o objeto que estava na minha frente.

O quadro.

Ignorando a dor latente nos meus dedos do pé, agachei lentamente e segurei a moldura com cuidado, levando o quadro até a cama para que pudesse analisá-lo com calma. Meu coração batia tão rápido que achei que poderia ter um ataque cardíaco.

Desembrulhei o plástico filme cautelosamente até que a tela estivesse completamente visível, e comecei analisar a pintura e seus detalhes, meus dedos tocando o quadro com delicadeza. Franzi a testa ao me aproximar e identificar algo preocupante. Precisei me sentar na cama e segurar o quadro bem perto dos olhos para ter certeza de que realmente estava vendo aquilo. Cerdas de pincel, próximas ao centro da imagem, e o cheiro de tinta impregnando meu olfato como uma praga.

Era uma cópia. Uma belíssima e estúpida réplica do quadro original.

Meu peito se afundou com decepção e raiva, porque eu podia jurar que, quando o vi pela primeira vez, ele era verdadeiro. Mesmo através do plástico filme, eu tinha certeza. Ou talvez eu quisesse ter certeza. Sabia que precisava me lembrar de que eu era apenas uma estudante qualquer, e algumas cópias são tão realistas que até mesmo os pesquisadores mais renomados são incapazes de diferenciar as peças, mas, ao mesmo tempo, não conseguia acreditar que minha prepotência fez com que eu passasse os últimos dias correndo atrás de algo que não era real.

Fui consumida por frustração ao perceber que deixei que essa ideia alimentasse uma esperança que simplesmente não existia. Meu professor podia estar morto. *Murray provavelmente estava morto*. E, ao invés de ajudar, eu brinquei de detetive sem ter a menor qualificação para me meter nas investigações.

A única coisa que me confortava era o fato de que agora eu sabia a verdade. Se Hector realmente estava envolvido com os roubos ou não, os quadros não estavam em seu quarto e eu não tinha ideia de onde poderiam estar.

Sem saber quanto tempo já havia passado, apressei-me em embrulhar o quadro com o plástico para guardar a cópia, precisando da ajuda de uma cadeira da mesa de jantar, já que não era muito alta para colocar o quadro lá em cima. Quando me estiquei para esconder a obra, meus olhos focaram em um envelope pardo que também estava escondido ali. Coloquei o quadro e peguei o papel, sem conter minha curiosidade.

Uma última espiadinha não faria mal, certo?

Dentro do envelope, encontrei um *e-mail* enviado para Hector. No campo do remetente, identifiquei o nome Francis, que só poderia ser o tal detetive. Ele enviou uma lista com datas, horários e locais, todos aqui em Dublin, além de algumas fotos anexadas. Apesar da qualidade das imagens não ser a melhor, consegui identificar o mesmo homem em todas elas: *Darren*.

Percebi que Hector estava falando a verdade, afinal. Ele realmente desconfiava do novo diretor, o que significava que seus quadros estavam, de fato, desaparecidos. Continuei observando as imagens, à procura de alguma informação útil e quase me esquecendo de que há poucos minutos eu havia jurado a mim mesma não me meter mais nessa investigação.

Quando estava prestes a devolver os papéis para dentro do envelope, reconheci outra pessoa nas fotos. Ou melhor, duas: Murray e eu. Nós estávamos conversando no *campus* da universidade, próximos a entrada da biblioteca. Se não estava enganada, foi um dia antes do sequestro.

— Mas o quê? — murmurei confusa.

Murray queria continuar a pesquisa, mas eu argumentei que já estava tarde. Tudo que ainda poderíamos fazer naquela noite também poderia ser feito no dia seguinte. Murray estava certo de que todas as obras foram roubadas pelas mesmas pessoas e, definitivamente, com a ajuda da polícia. Eu entendia que ele sentia um pouco de urgência, mas, ao mesmo tempo, não sabia como nós poderíamos ajudar. Quero dizer, se ele repetia constantemente que não podíamos confiar na polícia, qual era a finalidade do nosso trabalho? Não era como se nós dois sozinhos fôssemos capazes de fazer alguma coisa. Então, ele envolveu Max na história, porque um advogado talvez fosse útil. E talvez fosse mesmo, mas ainda assim.

Em parte, acho que esse meu lado investigativo que estava em ação agora foi fortemente influenciado pela nossa pesquisa. Eu entrei no mestrado para aprofundar meus conhecimentos em História da Arte, nunca imaginei que iria terminar investigando uma quadrilha internacional.

Agora, o que Hector fazia com aquela foto era algo que eu gostaria *muito* de descobrir.

Uma batida na porta fez com que eu me desequilibrasse e quase caísse da cadeira, mas, por sorte, consegui me segurar na porta do armário antes que o estrago fosse feito. Guardei os papéis com pressa e coloquei no mesmo lugar em que os encontrei antes de sair correndo com a cadeira até a sala. Outra batida alta me alarmou e meu corpo inteiro gelou, porque se alguém estivesse procurando por Hector e me encontrasse em seu lugar, eu não tinha ideia de qual mentira poderia contar para sair dessa.

— Amanda! — escutei a voz de Max abafada pela madeira.

Respirei com alívio e abri a porta, dando de cara com ele, que me encarou com a expressão mais séria que eu já tinha visto.

— Dez minutos. — Ele repreendeu. — Eu falei que você tinha dez minutos, caramba, não vinte!

— Foi mal — desculpei-me fechando a porta atrás de mim.

— Então? — perguntou com urgência, enquanto caminhávamos pelo corredor.

Eu sabia que ele estaria morrendo de curiosidade, mas, francamente, eu não queria contar que o quadro era uma réplica. Se essa situação era horrível para mim, para ele, era mil vezes pior e agora eu ainda carregava uma parcela de culpa, porque havia o enchido de falsa esperança.

Mas eu também não podia mentir, não agora.

— Por favor, não briga comigo — implorei. Max parou na minha frente e franziu a testa, claramente confuso, mas me olhou com curiosidade. — Era uma réplica, o quadro. Eu me enganei, desculpa.

Ele não falou nada por alguns segundos como se estivesse processando a informação, e então balançou a cabeça.

— Por que eu brigaria com você? — perguntou por fim.

Dei de ombros.

— Por que eu te dei falsas esperanças, talvez?

Ele apoiou as mãos em meu ombro, fazendo com que fosse impossível desviar do seu olhar.

— Pessoas cometem erros, faz parte da vida — Max falou com seriedade. — Sei que eu estava um pouco fora de mim na última semana, mas não quero que você tenha medo de falar comigo ou ache que vou brigar com você por algo tão insignificante. Eu levei um tiro, Amanda. Não sei se tem como ficar pior que isso, não por sua culpa. Além do mais, pelo menos agora temos certeza de que Hector não tem nada a ver com isso.

Confesso que fiquei um pouco emocionada com a resposta dele. Acho que pedir desculpas, mesmo por algo fora do meu controle, é quase uma reação automática. Saber que ele não descontaria sua frustração em mim era reconfortante.

Suas mãos desceram do meu ombro e Max entrelaçou nossos dedos.

— Só tem um probleminha — lembrei quando voltamos a caminhar. Vi Max revirar os olhos e morder o lábio, segurando um sorriso. — Encontrei uma foto minha e do seu pai nas coisas dele.

Max chamou o elevador e franziu a testa.

— Como assim?

— Bom, uma foto nossa conversando, junto de outras fotos desse novo diretor da galeria. Foi o detetive quem enviou para ele.

— De quando é a foto? — perguntou.

— Acho que foi um dia antes do seu pai desaparecer — respondi. — Eu nem conhecia Hector nessa época!

— Mas ele conhecia meu pai... Pelo menos sabia quem era.

Eu estava prestes a perguntar com desespero por que diabos Hector estava fazendo quando o elevador chegou ao nosso andar e abriu suas portas, revelando algumas pessoas dentro dele. Não consegui esconder a cara de decepção ao entrar no cubículo e Max deu uma risadinha. Não sei do que estava rindo, francamente. Talvez da minha cara feia ou inabilidade de sorrir para estranhos quando tudo o que queria era privacidade para discutir minhas teorias mirabolantes.

— Nós terminamos essa conversa depois — garantiu com a voz baixa, próxima do meu ouvido.

Bom, claro que sim. A não ser que eu encontre o Hector antes e resolva tirar satisfação... O diabinho que vive dentro dos meus pensamentos imaginou toda uma cena dramática em que eu entraria no salão e daria um belo de um tapa naquele rosto bonito, sem dó nem piedade. A imagem era tão vívida que eu podia escutar o início da melodia de *Sinfonia n.º 5* de Beethoven tocando no fundo da minha mente.

— Ele desconfiou de alguma coisa? — perguntei quando o elevador finalmente abriu suas portas.

Max bufou.

— Duvido. Sua amiga Claire é ótima para distrações, está contando uma história sobre vikings desde que voltei para a mesa e ele parece muito entretido. Mas não sei como, eu quase dormi nos primeiros dois minutos.

Eu ri alto, porque Claire realmente tinha um dom para conquistar a atenção das pessoas. Ela era uma excelente contadora de histórias.

O saguão do hotel continuava cheio de pessoas, alguns hóspedes curiosos, que observavam o movimento sem entender o que estava acontecendo, e convidados indo embora ou chegando ridiculamente atrasados.

Quando voltamos para salão, reparei que agora havia uma banda no palco. Darren já devia ter feito seu discurso e a festa aparentemente iria dar uma animada, graças a Deus. Procurei Claire e Hector na nossa mesa, mas ela estava vazia. Avistei minha amiga no canto, conversando com uma pessoa que carregava uma lista, alguém que provavelmente trabalhava com ela. Hector, contudo, estava sumido.

Acho que Max também estava o procurando, porque ele observava o salão com uma expressão concentrada.

Os primeiros acordes de *Slow Dancing in a Burning Room* ecoaram pelo cômodo, chamando minha atenção. Eu *amava* essa música. Puxei a mão de Max e o lancei um olhar de desafio. Ele pareceu hesitar por uns segundos, sem entender o que eu queria, mas então arqueou a sobrancelha e sorriu. Max esticou sua mão, me chamando para dançar, e eu senti minha pele formigar quando ele me puxou pela cintura, aproximando nossos corpos.

Não pude deixar de sorrir ao perceber como a música zombava da minha cara. Nós realmente estávamos dançando em um quarto em chamas, pelo menos metaforicamente.

Para minha surpresa, Max era um ótimo condutor. Rodopiamos pelo salão do jeito mais romântico e clichê possível, e mesmo com todo o caos que nos cercava, foi impossível não sorrir. Meus olhos talvez estivessem brilhando e eu já sentia meu rosto um pouco mais quente. E, por mim, ficaria desse jeito com ele pelo resto da noite.

Quando a música estava prestes a acabar, o celular de Max vibrou no bolso interno de seu terno. Ele franziu a testa ao ler o número, mas atendeu ao telefone. Seus olhos se arregalaram levemente ao escutar a pessoa falando no outro lado da linha, e sua outra mão, que ainda repousava em minha cintura, me apertou com urgência.

A ligação não durou muito tempo, mas certamente causou um impacto. Eu o encarei com olhos curiosos e a sobrancelha arqueada, querendo saber o que estava acontecendo, até que ele desligou o telefone sem se despedir e anunciou num sussurro descrente quatro palavras que eu não estava esperando *nunca* escutar naquela noite.

CAPÍTULO 18
O ABSURDO DA SITUAÇÃO

MAX MURRAY

Eu não costumo me atrasar, mas, naquela noite, demorei mais que o habitual para ter coragem de sair de casa. Fiquei sentado no carro estacionado dentro da garagem escura por quase uma hora enquanto pensava em meu pai. Talvez, de alguma forma inexplicável, eu estivesse prevendo o que aconteceria naquela noite.

Era estranho e desconfortável ir para uma festa quando eu sabia que meu pai provavelmente estava passando fome em algum cativeiro qualquer. Era estranho fazer qualquer coisa idiota, parte da minha rotina – como tomar banho ou almoçar. E, acima de tudo, era estranho estar com a Amanda.

Meu pai foi sequestrado e aqui estava eu, de terno e camisa passada, pronto para ir à porra de um baile. Tudo por culpa dela. Mas quem eu queria enganar, se Amanda falasse que ia para o fim do mundo, acho que iria com ela. Eu não sabia mais como ficar longe. Ou melhor, eu não queria.

Depois que nos conhecemos, eu botei na cabeça que não iria, sob hipótese alguma, me apaixonar. Eu estava atraído, sem dúvidas, e a achava mais divertida do que o recomendado – principalmente quando ela me mandava os *e-mails* mais debochados do mundo –, mas não podia deixar esse sentimento crescer por alguns motivos. O primeiro era que meu pai quebraria a minha cara se eu a magoasse, porque isso significaria que ela possivelmente o deixaria na mão com a pesquisa – o que eu, sinceramente, duvidava muito que pudesse acontecer, já que ela era, apesar de tudo, muito profissional –, e o segundo era simplesmente porque eu não tinha o menor interesse em me envolver com uma pessoa que morava tão longe de mim. Eu tinha cometido esse erro assim que fui embora da Irlanda, mantendo um relacionamento com uma garota da faculdade, e foi um desastre inimaginável. No momento em que entrei no avião, esqueci completamente da existência dela.

Agora, entretanto, eu estava confiante de que isso nunca aconteceria com a Amanda. Era impossível não pensar nela um minuto que fosse.

Provavelmente isso era minha culpa, afinal, fui eu quem disse que não achava uma boa ideia ficarmos juntos, mas também fui eu quem começou com as provocações. E eu fui me acostumando demais com as respostas afiadas e o som da sua voz. De repente, era tudo o que eu queria escutar.

Quando vim passar o feriado aqui, eu estava certo de que não aguentaria mais um dia sem beijar aquela boca debochada, e só não o fiz porque a vez que eu a vi foi no dia em que meu pai desapareceu. Porra, que *timing* perfeito.

Nos primeiros dias, eu vivi um debate interno, tentando conciliar toda a frustração e medo com a vontade de puxá-la pela cintura e não a soltar nunca mais. Toda vez que ela me tocava, eu precisava me segurar ao máximo para não transparecer meu desejo crescente. Até que eu explodi.

Foi naquele dia depois de alguém ter seguido Amanda até a sua casa. Enquanto ela falava no telefone comigo, a voz finalmente transparecendo medo, eu percebi que não havia sentido em reprimir meus sentimentos. Ela podia ter morrido – e eu nunca teria me perdoado. Eu estava aprendendo, da pior maneira possível, que a vida é imprevisível demais.

Meu pai foi sequestrado. Eu não tinha ideia de se iria vê-lo de novo. De que adiantava fingir que não me sentia ridiculamente atraído pela garota? Quer dizer, o quão pior as coisas podem ficar, certo? Eu já estava na merda mesmo.

Então, quando a encontrei depois disso, decidi jogar tudo para o alto. Se ela ainda me quisesse, eu não iria mais impedir. Pelo contrário, eu ansiava por esse momento desde que a conheci, desde quando me obriguei a não ir para aquele maldito jardim.

E ela quis.

Agora, além de me preocupar com meu pai, eu ainda precisava dar conta das loucuras que ela inventava, quase me deixando doido. Amanda parecia não ter medo e eu estava descobrindo que não havia nada que pudesse pará-la. Porra, *eu não queria pará-la*. Ela era uma força da natureza e, se isso significava que eu iria morrer de preocupação, que fosse.

Ultimamente era ela a única pessoa capaz de me fazer esquecer todas as merdas que aconteciam ao meu redor. Mas também era ela quem me fazia lembrar de tudo, simplesmente porque ela não deixava para lá. Amanda queria encontrar meu pai e descobrir quem estava por trás do sequestro com uma ferocidade assustadora.

Por isso, eu estava dirigindo até um hotel no centro da cidade para participar de um baile de gala, celebrando uma pessoa que eu mal conhecia. Porque *ela* estaria lá. E porque se Amanda dizia que Hector era culpado de alguma coisa, eu acreditava.

A festa já estava lotada quando entrei na recepção. Reconheci a música que tocava imediatamente, por ser uma das favoritas de minha mãe, que, por muitos anos, foi professora de piano. *Noturno n°2*, de Chopin era um clássico dos alunos mais talentosos.

Entreguei meu convite para uma jovem na entrada. Ela era linda – a pele negra contrastava com o vestido branco e seus olhos pareciam ser capazes de hipnotizar qualquer pessoa. Se eu não estivesse chegando num nível de fidelidade tão avançado, não teria segurado a língua, fazendo algum comentário provocativo.

Ela segurava uma lista extensa, provavelmente para conferir os convidados e não deixar que nenhum penetra participasse do evento.

— Boa noite, posso ver seu convite? — pediu ela. Então, reparei no crachá que estava pendurado em seu peito. *Claire Brien*. O nome era familiar, mas não consegui identificar de onde. Entreguei o convite a ela. — Qual o seu nome?

— Max Murray.

Ela levantou os olhos da lista e franziu a testa enquanto me observava.

— Então é você — disse com um tom surpreso, um pequeno sorriso surgindo em seus lábios.

Estreitei os olhos.

— Sou?

— Amanda é minha melhor amiga. — Claire contou ainda sorrindo e parecendo se divertir com a situação, como se estivesse curtindo uma piada interna.

Então era por isso que eu me lembrava desse nome. Amanda havia ligado para uma Claire assim que saímos da delegacia, na primeira vez em que fomos lá. Eu me lembrava simplesmente porque estava adquirindo o péssimo hábito de prestar atenção em tudo o que ela fazia, absorvendo involuntariamente toda e qualquer informação que saía de sua boca.

— É um prazer te conhecer, Claire — falei, tentando parecer educado e, por algum motivo besta, impressioná-la.

Ela balançou a cabeça e riscou meu nome na lista de convidados.

— Igualmente. Você está na mesa 8, tenho certeza de que irá amar o lugar. Aproveite! — Ela piscou e me entregou um cartão com o número da mesa e eu franzi a testa.

— Obrigado.

Não demorei para descobrir o sentido de suas palavras.

Quando cheguei à metade do salão, avistei os cabelos cor de mel que vinham atormentando meus sonhos.

Porra, ela estava deslumbrante.

Amaldiçoei Hector por estar sentado tão perto e por ser o motivo pelo qual eu não podia beijá-la naquele exato momento.

— Amanda, Hector — cumprimentei, pegando o pequeno cartão com o meu nome da mesa. Não pude evitar o pequeno sorriso que estampou meus lábios, agradecido pelo pequeno feito de Claire. — Que surpresa agradável.

Amanda arregalou os olhos levemente, assustada ao escutar minha voz e Hector franziu a testa. Ele definitivamente não estava contando com a minha companhia.

— Max. — Hector me cumprimentou com um aperto de mão, daquele jeito polido e educado além da conta.

Então Amanda se levantou também, ficando entre nós dois. Arqueei a sobrancelha e ela desviou o olhar, observando minha roupa. Seus olhos escureceram com desejo.

— Oi — falou ela com a voz melodiosa e a face rosada.

É, essa garota vai ser a minha ruína.

Mordi o lábio e balancei a cabeça, espantando os pensamentos impuros que começavam a surgir. De perto, ela estava ainda mais bonita. O vestido azul caía perfeitamente em seu corpo e eu queria tocar a pele descoberta, queria que ela se arrepiasse com o meu toque.

Estava prestes a abrir minha boca para fazer algum comentário que deixaria as bochechas dela rosadas quando Hector pigarreou, puxando a cadeira para que Amanda se sentasse novamente, num reflexo muito mais rápido que o meu. Sem poder fazer muita coisa, apenas ignorei minha vontade de puxá-la para mim, sentando-me em silêncio.

— Então, Max, como estão as coisas em Paris, quero dizer, com você estando todo esse tempo fora? — perguntou ele.

Não acho que ele estava realmente interessado, mas me esforcei para responder num tom educado.

— Estou trabalhando de casa. O escritório foi muito compreensível.

— E aquele seu colega, Bran, continua lá? Ele fez um trabalho excepcional para um grande amigo meu. — Dessa vez, ele soou muito mais sincero.

— Sim, continua. Bran é realmente ótimo — concordei com honestidade.

Um garçom passou pela mesa oferecendo champanhe e aproveitei para pegar uma taça. Amanda estava quieta ao meu lado, parecendo especialmente entediada. Eu amava o fato de que ela era tão expressiva.

Ela apoiou o rosto na mão e suspirou, escutando Hector contar uma história qualquer sobre a vida na Espanha. Sem conseguir me conter, peguei meu celular e bati uma foto, da maneira mais discreta que consegui. Para minha sorte, um casal de idosos se juntou a nossa mesa ao mesmo tempo, de forma que ninguém percebeu o meu registro.

— E a sua namorada, Max? — Hector perguntou.

Quase me engasguei com a bebida.

O tom ácido que ele usou, acompanhado do sorriso de lado, fez com que meu sangue fervesse. Ele queria me provocar, mas Hector havia escolhido o dia errado. Amanda estava com os olhos um pouco arregalados e me olhou com a testa franzida.

— Nós terminamos há muito tempo, Hector. Não se esqueça de que não nos vemos há mais de um ano, você já não sabe muitas coisas sobre a minha vida — respondi, procurando pela perna de Amanda debaixo da mesa, apertando-a levemente, tentando, de alguma forma, reconfortá-la. — Além do mais, não era nada sério nem naquela época, quem dirá agora, tanto tempo depois.

Hector estava falando sobre uma garota com quem eu saí por alguns meses em Paris, coincidentemente na mesma época em que o conheci. O golpe baixo não teria o resultado esperado.

Amanda tombou a cabeça e me lançou um sorriso mínimo. Ela sabia que eu estava falando a verdade e não pretendia estender o assunto. Se eu a conhecia bem, diria que ela estava com vontade de revirar os olhos e mandar Hector calar a boca.

— Vocês pareciam tão apaixonados, uma pena. — Ele continuou a provocar com um sorriso falso estampado em seu rosto.

Então Amanda o interrompeu:

— Caramba, que assunto interessante. — Não consegui esconder o riso baixo e apertei os dedos em sua coxa. — Acho que preciso de outra bebida.

Alguns minutos e bebidas depois, Claire surgiu na nossa mesa com um sorriso no rosto, sentando-se no lugar vago ao lado de Hector.

— Boa noite! Darren vai discursar daqui a pouco — avisou, dando uma piscadinha para Amanda que não entendi.

Alguns segundos depois, Amanda falou:

— Queria ir lá fora fumar, mas está tão frio. Hector, será que posso usar seu terno para me aquecer?

Ele prontamente a entregou a peça e eu franzi a testa. Amanda não fumava. Ela odiava o cheiro de cigarro e eu sabia disso porque uma vez a vi torcer o nariz quando meu pai fumou dentro do escritório dele na universidade. Educadamente, ela pediu que ele fosse para fora porque *"cigarros são a coisa mais nojenta desse mundo inteiro"* — palavras dela, não minhas.

Então eu comecei a entender o que ela ia fazer. Amanda não estava aqui só para tentar conversar com ele. Ela queria *mais*. E estava disposta a arriscar sua vida por isso.

— Também vou fumar — anunciei num impulso.

Claire nos olhou com preocupação e avisou que faria companhia a Hector, chamando a atenção dele imediatamente.

Amanda se levantou rapidamente, numa tentativa óbvia de escapar de mim, mas eu a segui com agilidade. Quando ela entrou no corredor em que os elevadores estavam, eu a puxei pelo braço, levando-a até um lugar vazio, colando seu corpo contra a parede.

— O que você está fazendo? — reclamou, tentando se soltar.

— Não posso deixar você invadir o quarto de hotel do Hector, Amanda. Você perdeu completamente o juízo! — exclamei irritado.

— Eu só vou dar uma olhadinha. — Ela gemeu.

Segurei os pulsos dela, tentando não apertar com muita força, e olhei seus olhos com um pouco de fúria. Ela estava completamente doida se achava que vai mesmo fazer isso.

— Não vai não!

— Você não manda em mim! — gritou. Franzi a testa e afastei meu corpo para que ela se mexesse, mas ainda sem muito espaço para fugir. Amanda tinha razão, eu não mandava nela, mas também não podia deixar que ela colocasse sua vida em risco. Eu tinha levado um tiro há poucos dias, será que ela ainda se lembrava disso? — Vou e volto em dez minutos, ele nem vai perceber.

— Eu vou com você então — falei com firmeza.

Ela soltou uma risada debochada e, quando eu continuei sério, bufou.

— Claro que não. Ele vai desconfiar se você não for para mesa em dois minutos avisar que eu estou com "problemas femininos" ou algo do tipo. É só falar em menstruação que nenhum homem discute.

Não acreditei que ela estava falando isso. Revirei os olhos, frustrado, pensando em como essa garota conseguia me deixar doido. Ela realmente era incapaz de enxergar o absurdo da situação.

— Você é impossível, sabe disso, né? — murmurei exasperado.

Então ela me fitou com olhos mais calmos.

— Max, não tem motivo *pra* se preocupar. Eu estou fazendo isso para ajudar seu pai.

Meu coração pareceu amolecer com as palavras dela. Eu nunca tinha conhecido alguém que estivesse tão disposta a arriscar a própria vida em nome de outra pessoa. E eu odiava que ela estivesse fazendo isso por mim, porque era minha responsabilidade. Era eu quem deveria subir naquele quarto, mas ela nunca deixaria.

Segurei seu rosto com carinho e acariciei sua bochecha.

— É claro que me preocupo. Eu me preocupo com você o tempo inteiro! Você me tira do sério toda vez que faz algo imprudente, porque eu sei que não tem ninguém nesse mundo que possa te impedir. Mas se acontecer qualquer coisa... — suspirei, frustrado. — Eu *preciso* de você, Amanda. Preciso de você inteira e viva.

Acho que ela não estava preparada para a minha confissão, porque pareceu um pouco confusa a princípio, mas então Amanda fez aquilo que fazia melhor: me surpreendeu. Ela abraçou meu pescoço e colou os lábios nos meus, apertando minha nuca. Porra, eu queria fazer isso desde a hora em que cheguei.

Empurrei seu corpo na parede, acabando com qualquer espaço que pudesse existir entre nós dois, e desci minhas mãos até a sua cintura, a apertando com força. Por um momento, esqueci que estávamos em público, descendo meus beijos pelo seu pescoço e por seu colo. Senti a pele dela se arrepiar e um sorriso satisfeito estampou meus lábios entre os beijos.

Amanda arranhou minha nuca e gemeu baixinho e eu não pude evitar um suspiro de desejo. Minha calça estava apertada e o barulho de alguns passos ali perto fez com que eu me afastasse minimamente.

A face dela estava corada e seus olhos brilhantes de excitação.

— Eu preciso ir — murmurou sem fôlego.

A observei por alguns segundos, angustiado com a possibilidade de deixá-la sozinha, e beijei sua testa.

— Dez minutos — falei por fim.

Ela concordou, saindo em direção ao elevador.

Quinze minutos se passaram e ela ainda não havia voltado. Eu já tinha voltado à mesa para avisar Hector e Claire que Amanda não estava se sentindo muito bem, mas eles pouco se importaram – estavam entretidos em uma história que Claire contava com entusiasmo. Darren estava no meio de seu discurso, mas nenhum convidado parecia realmente prestar atenção, ocupados demais com as comidas e bebidas.

Até agora não conseguia entender o sentido dessa festa. Darren era tão vaidoso assim? Nunca o conheci muito bem, mas, pelo o que meu pai falava, o homem estava mais para alguém que não queria ser visto, e não o contrário.

De qualquer forma, eu também não podia ficar para escutá-lo falar sobre as grandes melhorias que pretendia fazer na galeria ou sobre o novo acervo que chegaria ao inverno. Amanda ainda não havia voltado e eu estava pronto para arrastá-la daquele quarto a força.

Andei até o elevador em passos apressados, com medo de que Hector decidisse ir até o quarto ou procurar Amanda. Os segundos nunca passaram tão devagar. Encarei meu reflexo no espelho e balancei a cabeça. Minhas olheiras estavam marcadas e os olhos refletiam o cansaço que sentia desde que meu pai sumiu. Eu estava péssimo.

Finalmente as portas se abriram e eu andei pelo corredor procurando pelo número conhecido do quarto que havíamos visitado alguns dias antes.

Bati na porta com força algumas vezes, então chamei o seu nome.

Ela abriu a porta e me encarou confusa.

— Dez minutos — lembrei sério. — Eu falei que você tinha dez minutos, caramba, não vinte!

Amanda saiu do quarto e fechou a porta evitando meus olhos.

— Foi mal — disse sem parecer ter se dado conta do tempo, começando a andar pelo corredor.

— Então? — Tive que perguntar, finalmente me deixando levar pela curiosidade.

Ela parou bruscamente e mordeu o lábio, apreensiva.

— Por favor, não briga comigo — pediu. Franzi a testa confuso com o pedido. — Era uma réplica, o quadro. Eu me enganei, desculpa.

Certo, por essa eu não estava esperando.

— Por que eu brigaria com você? — perguntei.

Ela abaixou os olhos e deu de ombros.

— Por que eu te dei falsas esperanças, talvez?

Ela ficou com medo da minha reação? Depois de ter botado a vida em risco para ajudar meu pai? Chegava a ser um pouco ofensivo que ela pensasse que eu poderia brigar com ela por algo tão estúpido.

Segurei seus ombros e ergui sua cabeça para que ela pudesse olhar em meus olhos.

— Pessoas cometem erros, faz parte da vida, sei que eu estava um pouco fora de mim na última semana, mas não quero que você tenha medo de falar comigo ou ache que vou brigar com você por algo tão insignificante. Eu levei um tiro, Amanda. Não sei se tem como ficar pior que isso, não por sua culpa. Além do mais, pelo menos agora temos certeza de que Hector não tem nada a ver com isso.

Ela abriu um pequeno sorriso e pareceu mais aliviada. Entrelacei nossos dedos e a levei em direção ao elevador. Francamente, se Hector nos visse agora, eu não poderia me importar menos.

— Só tem um probleminha — falou após alguns segundos e eu não consegui evitar o sorriso. É claro que tinha. Nada com ela é simples. — Encontrei uma foto minha e do seu pai nas coisas dele.

— Como assim?

— Bom, uma foto nossa conversando, junto de outras fotos desse novo diretor da galeria. Foi o detetive quem enviou para ele.

— De quando é a foto?

— Acho que foi um dia antes do seu pai desaparecer — respondeu ela.

Bom, essa era uma informação que chamou minha atenção. O motivo pelo qual Hector teria essas fotos estava além da minha imaginação. Ele poderia não estar mentindo sobre os quadros, mas então o que isso significava?

Talvez eu devesse entrar em contato com Francis novamente e ver se ele desembuchava alguma coisa.

Descemos no elevador lotado de estranhos que impediram a continuação da nossa conversa e eu ri quando percebi a raiva escondida nos olhos da Amanda.

Quando voltamos ao salão, Darren já havia sumido do palco e agora uma banda estava entretendo os convidados. Procurei por Hector entre a multidão, mas ele continuava sumido. Então senti Amanda segurar minha mão e me virei para ela. Seus olhos estavam brilhando e ela parecia muito animada. Seu sorriso se alargou quando eu arqueei a sobrancelha, numa pergunta silenciosa.

No meio de todo o caos e mentiras, *ela queria dançar*. Sorri e puxei seu corpo para perto, atendendo seu pedido.

Eu não costumava ser tão atencioso assim, mas havia algo sobre ela. Era como se eu precisasse deixá-la feliz, porque isso me fazia feliz e eu estava mesmo precisando de um pouquinho de felicidade nesses dias.

Senti meu celular vibrando após alguns minutos. Pensei seriamente em não atender, mas então pensei que pudesse ser minha mãe com alguma notícia, mas quando olhei a tela, não foi o número dela que encontrei.

Era a delegacia.

— Alô?

— Max? Aqui quem fala é a Detetive Rosie Kennedy, sou a nova responsável pelo caso do seu pai. Tenho uma notícia boa para te dar: ele foi encontrado. Estamos o levando até o hospital Bon Secours, espero que possa nos encontrar lá em breve.

— Claro — respondi após alguns segundos em silêncio quando ela perguntou se eu ainda estava na linha.

Ao desligar, Amanda me fitou com curiosidade, querendo saber o que tinha acontecido, mas a verdade é que eu ainda não estava entendendo. Era realmente verdade? Olhei meu celular mais uma vez, observando a chamada e os segundos que ela durou. Eu não estava sonhando. Eles realmente tinham encontrado ele.

Então coloquei para fora as palavras que mais ansiava poder falar desde que esse pesadelo começou:

— Meu pai foi encontrado.

CAPÍTULO 19
O PIOR JÁ PASSOU, CERTO?

Confusão.

Essa era a única palavra que poderia definir os últimos minutos.

Depois de Max receber a ligação avisando que seu pai fora encontrado, nós dois nos encaramos por alguns segundos, atônitos demais para dizer qualquer coisa.

Murray havia sido encontrado, mas *vivo ou morto*? A expressão de Max esboçava surpresa, não pânico ou tristeza, então resolvi tomar isso como um bom sinal, já que não conseguia encontrar a coragem para perguntar.

— Onde ele está? — perguntei finalmente quando percebi que Max não iria reagir tão cedo.

Seus olhos, que antes estavam focados em um ponto aleatório do salão, me encararam ainda um pouco distraídos. Ele balançou a cabeça, voltando à realidade, e passou a mão pelos cabelos de forma agitada antes de me responder.

— No hospital. — Então ele estava vivo, certo? — Não me falaram muita coisa, só que ele estava lá.

— Qual hospital? — Ele não respondeu, perdido em pensamentos. Estalei os dedos na frente do seu rosto, chamando sua atenção — Max, me ajuda a te ajudar, *tá* bem?

— No Bon Secours.

— Vamos, vou chamar um táxi e a gente vai *pra* lá agora.

— Eu vim com o meu carro — murmurou, passando as mãos pelo paletó, até encontrar a chave no bolso interno.

Tentei me recordar se ele havia bebido esta noite, mas tinha quase certeza que não. De qualquer forma, não sabia se seria uma boa ideia ele dirigir. Ao mesmo tempo, eu definitivamente bebi mais do que a conta, então não seria de muita ajuda.

Ótimo.

— Acho melhor você não dirigir — sugeri, tentando pensar em outra solução.

Max franziu a testa e pareceu se recuperar do estado de choque em que se encontrava.

— Eu estou bem — respondeu com a voz firme.

Queria discutir, mas fomos interrompidos por uma Claire afobada, que segurou minha mão com urgência ao nos encontrar.

— Amanda, você não sabe o que aconteceu! — exclamou arfando. — Depois do discurso do diretor, o Hector pediu licença para ir ao banheiro e eu juro que ia segui-lo, mas precisei resolver uns problemas de logística, porque o champanhe da cozinha acabou e o nosso fornecedor não estava achando o endereço para fazer a nova entrega...

Fiquei um pouco tonta com a rapidez com que ela falava, sem pausas nem para respirar, e precisei pedir que ela diminuísse o ritmo.

— Foco, Claire!

Ela balançou a cabeça e mordeu os lábios, pedindo desculpas.

— Ah, certo. O Hector e o diretor, parece que eles brigaram no banheiro. Um homem acabou de avisar os seguranças. Eles estavam discutindo aos berros, dizem as más línguas que tem até vidro quebrado lá dentro.

— Hector e Darren? — Max perguntou confuso, passando o braço pelo meu ombro.

— Mas brigando por qual motivo? — questionei, lembrando do encontro atribulado que os dois tiveram mais cedo. Eles definitivamente não se gostavam, isso deu para perceber.

Claire deu de ombros.

— Darren parecia muito aflito quando o encontrei mais cedo... — Max murmurou. — Mas ele sempre foi meio enigmático. Honestamente não sei dizer se havia algo errado ou não.

— Enigmático como? — Claire perguntou, curiosa.

— Ele nunca conversou direito comigo, meu pai que reclamou algumas vezes sobre o comportamento difícil dele.

Os olhos de Max pareceram se perder por alguns segundos como estivesse se lembrando de uma memória importante, mas logo ele piscou e me olhou com um pouquinho de inquietação.

— Falando nisso, podemos ir?

Caramba, eu quase me esqueci do Murray!

— Claro, claro — respondi, desvencilhando-me do braço dele para despedir da minha amiga.

Sussurrei um "*depois explico*" em seu ouvido e Max deu um sorriso educado para ela antes de nos afastarmos.

Voltamos até a nossa mesa rapidamente e eu deixei o paletó de Hector em sua cadeira, tomando o cuidado de colocar a chave no mesmo bolso em que eu havia encontrado. Peguei minha bolsa e nos apressamos até a saída.

— Você vai dirigir mesmo? — perguntei quando chegamos à recepção.

Max assentiu, parecendo menos agitado, e abriu a porta de vidro para mim.

Antes que eu pudesse sair, Max tirou seu terno e o colocou nas minhas costas, para que eu não sentisse o choque do vento gelado lá fora. O gesto de preocupação foi praticamente involuntário da parte dele e, sei lá, poderia até parecer um tanto insignificante nesse momento, mas fez meu coração aquecer e dar uns pulinhos felizes.

São as pequenas coisas, não é? Pelo menos é o que dizem por aí...

No caminho até o hospital, ele colocou uma música no carro e eu imediatamente a reconheci: *Beige*, do Yoke Lore. Acho que essa mesma música estava tocando quando saímos da delegacia pela primeira vez, quando eu ainda achava que ele me odiava. Um sorriso discreto estampou meus lábios ao perceber que ele não me odiava coisa nenhuma. Pelo menos sua mão, que repousava em cima da minha, dizia o contrário.

Então, percebi como gostava da bolha de intimidade que criamos nos últimos dias. Como eu gostava do jeito que tudo parecia ser tão natural quando se tratava de Amanda e Max. *A gente apenas era.* Nós estávamos existindo juntos, em uma harmonia gostosa e invejável.

Infelizmente, algo me dizia que a tranquilidade não duraria muito tempo. Quero dizer, não é sempre assim? As coisas estão boas até não estarem mais.

— Por que você acha que o Hector e o Darren estavam brigando? — perguntei quebrando o silêncio.

— Não tenho ideia...

— Eu não gostei dele — murmurei incomodada ao lembrar a nossa conversa cheia de alfinetadas. — Ele foi extremamente arrogante.

Max franziu a testa.

— Quem? Hector?

— Darren.

Hector poderia ser esquisito, mas precisava admitir que sempre me tratou com muita educação.

— Aposto que você respondeu à altura — Max falou, tirando os olhos da estrada e me encarando com diversão.

— Óbvio. — Até parece que ele não me conhecia. — Mas fiquei com essa sensação esquisita, como se já tivesse visto ele em algum lugar.

— Da faculdade, talvez? — sugeriu, mas neguei com a cabeça.

— Eu teria me lembrado se tivesse visto ele por lá — respondi.

Eu costumava interagir com todos os funcionários com uma frequência acima do normal, apenas porque sou incapaz de ficar muito tempo quieta. Meus colegas já nem tinham paciência comigo. Definitivamente teria me lembrado se já tivesse encontrado com Darren.

Lembro-me que, antes do mestrado, tinha uma colega, Ralucca, que costumava fazer todos os trabalhos em grupo comigo. Um dia ela confessou que, antes de ficarmos amigas, ela só topou trabalhar comigo porque sabia que eu iria impressionar todos os professores com meus discursos animados e sem fim sobre um assunto que ninguém mais se interessava.

Acho que nem eu e nem ela podíamos reclamar. Eu realmente passei com notas boas e, consequentemente, ela também.

Max refletiu por alguns segundos e então franziu a testa.

— Na delegacia, aquele primeiro dia em que você deu seu depoimento — ele falou, desconfiado —, Darren estava lá. Você me perguntou quem ele era, lembra?

Tentei puxar a memória e, para minha surpresa, ela veio vívida como uma cena de um filme. Foi pouco antes de irmos embora, lembro-me de ter ficado curiosa, porque Darren me lançou um olhar que causou arrepios na minha espinha.

— Você disse que não sabia quem era! — reclamei brava.

Ele deu de ombros, os olhos fixos na estrada.

— Eu não achei que fosse importante ou que você fosse o reconhecer. Só fiquei curioso por ele ter sido chamado para depor, mas me dei conta que fazia sentido. Ele e meu pai se viam o tempo todo no trabalho.

Processei a informação pelo resto do caminho. Apesar de agora me lembrar claramente do rosto de Darren na delegacia, ainda não conseguia afastar o sentimento de que havia algo mais. E por que ele e Hector brigaram? O que poderia causar tanto atrito entre os dois a ponto de discutirem em uma festa?

Fiz uma nota mental de ligar para Hector e perguntar sobre o diretor, além de dar um jeito de descobrir por que diabos ele tinha aquelas fotos minhas e do Murray escondidas em seu quarto.

Caramba, a lista de coisas que eu precisava descobrir parecia aumentar a cada dia. Murray estava de volta, mas parecia que ainda faltavam muitas peças a serem encaixadas nesse quebra-cabeça envolvendo seu sequestro e os roubos.

Ao chegarmos ao hospital, senti meu coração bater com tanta força que achei que fosse sair do meu peito. Minhas mãos suavam frio, como costumavam ficar no ensino médio sempre que a professora de matemática me chamava para resolver um exercício no quadro, na frente da turma inteira.

Era medo.

Eu não sabia como iríamos encontrar Murray. Se ele estava machucado ou com alguma parte do corpo faltando. Se estaria traumatizado demais para reconhecer o próprio filho ou se teria coragem de falar qualquer coisa.

Queria saber como ele tinha sido encontrado ou se tinha fugido, apesar de não conseguir imaginar um cenário em que meu professor conseguiria enganar algum bandido para sair correndo em busca de ajuda. Ele apenas era calmo demais para esse tipo de atitude.

Será que o sequestrador foi preso? E a pessoa que nos perseguiu?

Eu tinha muitas perguntas e mal sabia por onde começar.

— Você está bem? — perguntei ao Max quando ele trancou o carro.

Uma névoa densa cobria o estacionamento e nem mesmo o paletó nos meus ombros foi capaz de conter o frio.

— Acho que sim — respondeu. — O pior já passou, certo?

Assenti. Eu esperava que sim.

Ele se aproximou e passou os dedos pela minha bochecha, descendo até meus lábios.

— Você está sem a tipoia — anunciei num susto. Não acredito que nem havia reparado. Às vezes, eu fico chocada com a minha capacidade de distração.

— Uau, que observação pertinente. Estou surpreso que você precisou da noite inteira para perceber. — Ele riu com deboche, os olhos brilhando em diversão.

— Ah, me dá um desconto. Foi uma noite agitada.

Estiquei meus dedos para tocar seu braço no lugar em que a bala havia entrado, e senti um curativo embaixo do tecido.

— Quase curado. — Max declarou.

— Quase — repeti. — Bom, acho melhor entrarmos.

Ele concordou com hesitação e eu consegui ver a ansiedade em seu olhar.

Se eu tinha perguntas, imaginava que ele teria o dobro.

Entramos no hospital com passos incertos, mas prontos para ver Murray. Na recepção, uma funcionária nos entregou dois adesivos de visitantes e avisou que o paciente estava no terceiro andar, quarto 311.

Apertei a mão de Max no elevador, tentando acalmá-lo, e ele soltou um longo suspiro.

Um policial fazia guarda em frente à porta do quarto e eu reconheci Cormac no fundo do corredor, conversando com uma mulher. Ela aparentava ter uns quarenta anos, no máximo, e vestia um conjunto social cinza. Os dois discutiam em um tom baixo e demoraram alguns segundos para perceberem a nossa presença.

Max pigarreou e a mulher sorriu em nossa direção. Cormac nos encarou com desprezo.

— Você deve ser Max Murray. — Ela cumprimentou ao se aproximar. — Sou a detetive Rosie Kennedy, fui designada para o caso do seu pai. Foi comigo que você falou no telefone.

Franzi a testa.

— Designada, por quê? — perguntei interrompendo.

Ela sorriu para mim.

— Bom, é um grande caso.

Vi Cormac revirar os olhos e tive que controlar a vontade de mandá-lo embora.

— Posso ver meu pai agora? — Max perguntou finalmente, com um senso de urgência.

A detetive assentiu, cautelosa, e avisou que depois precisaria conversar com nós dois. Ela pediu que o guarda liberasse a porta.

Max me lançou um olhar ansioso e eu dei um sorriso de incentivo para que ele fosse em frente.

Segui seus passos apreensivos para dentro do quarto e meus olhos embaçaram com as lágrimas que começaram a cair sem que eu percebesse.

Murray estava deitado na cama e um soro apoiado ao seu lado, a agulha firme em seu braço. Katie segurava sua mão com carinho e adoração.

Ele estava bem.

CAPÍTULO 20
UMA MERCADORIA COM DEFEITO

Eu não sei o que estava esperando, honestamente. Talvez, alguma revelação digna de um filme, com algum detetive invadindo a sala e explicando como havia descoberto o paradeiro de Murray após seguir as pistas que ninguém achou que levaria em lugar algum.

Mas não foi nada disso.

A polícia o achou dentro do porta-malas de um carro abandonado, após uma denúncia anônima. Era como se os responsáveis quisessem que ele fosse encontrado, por algum motivo que eu não conseguia entender. Depois de tantos dias de estresse, Murray foi devolvido como uma mercadoria com defeito, sem grandes rebuliços.

E eu estava feliz por ele estar de volta, não me levem a mal, mas era um tanto curioso que o sequestro tivesse acabado dessa forma. Quero dizer, Max e eu fomos perseguidos, ele levou um tiro, caramba! A pessoa responsável por isso não me parecia alguém que sequestraria um professor só por diversão e depois o entregaria de volta sem mais nem menos.

Lamentavelmente, Murray, a única pessoa capaz de iluminar minhas teorias, aparentemente, estava sofrendo de falta de memória temporária, causada pelo estresse dos últimos dias, e não conseguia se lembrar de nada após ter sido sequestrado. Os médicos garantiram que, com o tempo e com acompanhamento psicológico, as memórias eventualmente voltariam. Mas, por ora, meu professor não tinha nada a reportar.

Não sei se por isso outro detetive foi colocado no caso. Será que eles também estavam confusos sobre o que tinha acontecido? Eram muitas perguntas sem respostas. E o pior: se Murray foi encontrado sozinho, isso significava que o sequestrador ainda estava solto por aí, o que me preocupava um pouquinho.

Será que eu devia começar a andar com um *spray* de pimenta? Não, pensando bem, acho que isso não iria fazer nem cócegas numa pessoa que, aparentemente, carrega uma arma e atira em pessoas inocentes enquanto elas correm casualmente por um parque.

— Amanda? — A voz de Murray fez com que eu saísse dos meus pensamentos.

Eu estava sentada na poltrona próxima da janela e Max tinha se acomodado na cadeira ao lado da cama do pai. Seus olhos brilhavam com alívio e eu poderia jurar que vi umas lágrimas caindo quando os dois finalmente se encontraram.

A cena foi tão emocionante que até eu chorei.

— Obrigado por não ter falado nada aos policiais — agradeceu. Sua voz estava rouca e fraca. — Sei como deve ter sido difícil.

— Não foi nada — garanti, mesmo sabendo que foi, sim, um favor gigantesco. Quero dizer, só eu sei o tanto que Cormac me odiou todas as vezes que conversamos.

Katie, que até então não havia saído do lado do marido, tinha finalmente pedido licença para que pudesse ir tomar um café e comer alguma coisa na cafeteria. Acho que foi a ausência dela que fez com que o assunto polícia e mentiras surgissem.

— Eu queria perguntar, o que vocês estavam fazendo?

Max franziu a testa e, pela primeira vez, vi sua face ruborizar. Dei uma risadinha que fez com que ele me fuzilasse com os olhos.

— Como assim? — Max perguntou.

— Vocês estão vestidos como se tivessem saído de um baile de formatura.

— Quase isso — concordei. — Nós fomos a uma festa.

— Não que eu tenha ido a festas curtir a vida, enquanto você estava sumido — Max garantiu prontamente e eu precisei segurar o riso novamente. Ele estava parecendo uma criança perto do pai, nem parecia ter a idade que tinha.

Murray rolou os olhos para o filho.

— Darren Quinn é o novo diretor da Galeria Nacional, e fizeram um jantar para celebrar a nova direção — Max explicou. Sua voz continha um tom de ironia quase imperceptível. — Nós fomos convidados.

Ceticismo estampou o rosto do meu professor.

— Darren, é? — Murray murmurou, Max assentiu. — E vocês dois foram juntos?

Abri a boca para responder, mas Max foi mais rápido, dizendo que não. Arqueei a sobrancelha num claro questionamento: "por que diabos você não me deixa falar?", e ele apenas deu de ombros.

Fiquei me perguntando se Max iria acrescentar que o motivo pelo qual decidimos ir até a festa era porque estávamos investigando o sequestro, mas ele não falou nada. A decisão dele de não contar sobre o nosso jogo de detetive me deixou um pouco curiosa. Será que agora que Murray havia sido encontrado nossa investigação acabaria?

Porque, se dependesse de mim, a resposta seria não. Tinham tantas pontas soltas nessa história que eu apenas não conseguiria seguir com a minha vida sem saber o que realmente estava acontecendo. Começando pelo Hector e aquelas benditas fotos.

Queria perguntar sobre elas, mas achei melhor conversar com Max antes e entender o motivo dele não ter falado nada para o pai. Não queria cruzar nenhuma linha ou causar intrigas entre os dois.

— Você conhecia o Darren, Amanda? — Murray me perguntou.

— Hum, na verdade não. Conheci hoje.

Katie entrou no quarto com dois copos de café e eu soube que o assunto estava prestes a morrer. Acho que nunca a tinha visto tão radiante. Imagino que o alívio de saber que o marido estava bem fez com que ela ganhasse vida.

Ela entregou um copo para Max e outro para mim, e agradeci com um sorriso.

— Bom, acho que vou deixar vocês matarem a saudade — avisei me levantando da poltrona. — Amanhã, você já vai ter alta?

— O doutor garantiu que sim, não é, querido? — Katie respondeu com uma animação contagiante e Murray assentiu com um sorriso fraco.

— Isso é ótimo — sorri. — Eu fico em contato, então.

— Sim, talvez eu precise da sua ajuda com alguns papéis que estão no *campus* — Murray avisou. — Mas nós falamos sobre isso depois. — acrescentou rapidamente após Katie lançar um olhar fulminante, evidentemente brava por ele já estar pensando em trabalho.

— Claro — concordei. — Estou muito feliz que você esteja bem. Sério mesmo, Murray. Você quase nos matou de preocupação.

— Amanda tem razão, querido. Foram dias horríveis. — Katie murmurou com os olhos marejados.

Meu professor abriu um sorriso triste e apertou a mão da esposa, que já estava grudada ao pé da cama. Max olhou os pais com carinho e depois se levantou.

— Eu te levo em casa — ofereceu.

Mordi o lábio, apreensiva. Para falar a verdade, queria mesmo um tempo sozinha para digerir os últimos acontecimentos, mas ao me lembrar de que estava com um vestido de gala e que um sequestrador possivelmente ainda estava solto por aí, decidi que andar até a minha casa seria impossível e eu não aguentava mais gastar tanto dinheiro com táxis, então, concordei.

Saímos do quarto em silêncio e quando pensei que poderia ir para casa descansar, a detetive Rosie nos abordou no corredor.

Claro, eu havia esquecido que ficamos de dar novos depoimentos.

Queria dizer que estava exausta demais para falar, mas ela sorriu de uma maneira tão persuasiva que apenas concordei em silêncio.

Max, por outro lado, não escondeu a impaciência. Bufando ao meu lado.

— Essa conversa realmente não pode esperar? — perguntou.

— Acredito que não, Max. Sinto muito, sei que vocês devem estar muito cansados, prometo não demorar.

Eu não fazia ideia de que horas eram, mas conseguia ver a noite clareando pela janela ao fundo do corredor. Meus pés latejavam dentro do salto e eu tinha certeza de que precisaria usar tênis ou chinelos pelos próximos dias, já que, com certeza, eu ganharia alguns machucados. *Ah, as maravilhas de ser mulher.*

Rosie nos levou até a cantina que ficava no primeiro piso e nos sentamos em uma mesa mais afastada. Ela viu que nós dois tínhamos copos de café nas mãos, então apenas nos ofereceu alguns muffins. Aceitei, porque eu realmente estava faminta, e Max me entregou o dele quando viu a rapidez que eu estava comendo.

— Por formalidade, preciso primeiro confirmar o álibi de vocês dois hoje, depois das seis da tarde.

— Eu estava em casa até umas oito horas — respondi pensativa, tentando me lembrar do horário em que pedi o táxi.

Max tomou um gole do café antes de responder.

— Eu também. Depois nos encontramos no The Merrion, para uma festa, e ficamos lá até você me ligar.

Rosie anotou algo em um bloquinho.

— Certo, e tem alguém que possa atestar por vocês?

— Minha mãe estava em casa e pode confirmar — Max respondeu. — E, na festa, muitas pessoas. Estivemos lá por algum tempo.

— E você, Amanda?

— Bom, uma amiga se arrumou comigo lá em casa. Tenho também o recibo do táxi que me levou até o hotel, se precisar. Na festa, foi como Max disse, nós encontramos várias pessoas.

Rosie assentiu.

— Eu agradeceria se você pudesse me entregar o recibo e também o nome completo e telefone da sua amiga.

Franzi a testa, um pouco ofendida por ela ter me pedido essas informações e nada para Max. Acho que Rosie percebeu a minha indignação, porque me lançou um sorriso compreensivo.

— São apenas formalidades, Amanda.

Abri minha bolsa e peguei meu celular, buscando nos últimos *e-mails* o recibo eletrônico do táxi que eu havia pedido mais cedo e mostrei para a detetive. Ela leu tudo com atenção, escreveu mais alguma coisa e me passou o bloquinho com a caneta para que eu anotasse as informações de Claire.

Só percebi que estava tremendo quando a caneta encostou no papel, formando uma letra que poderia ter sido escrita por algum médico apressado. Precisei controlar a vontade de riscar tudo e começar de novo, mas não queria que Rosie pensasse que eu estava tendo problemas em escrever um simples nome e número de telefone. Ela que se esforce para entender o rabisco.

— O detetive Cormac não faz mais parte do caso? — Max interrompeu meus devaneios sobre caligrafia. O tom da sua voz não escondia a curiosidade. — Aconteceu alguma coisa? Ele parecia muito enfurecido mais cedo.

Rosie pegou o bloquinho que deslizei pela mesa e negou com a cabeça.

— Ele irá lidar com a papelada, enquanto eu conduzo o restante da investigação. Não se preocupe com o humor dele, Max, é irrelevante.

O tom dela era profissional e seco, apesar de minimamente educado.

Max queria revirar os olhos, tenho certeza. Observei seu rosto e ele mordeu o lábio, possivelmente segurando a resposta atravessada. Caramba, quando foi que uma reação dele me representou tanto?

Honestamente, Rosie me assustava um pouco. Talvez fosse sua educação e sorrisos amáveis, que faziam você se sentir obrigado a contar tudo para ela. Não que eu tivesse algo a esconder, ainda mais agora que Murray estava de volta. Eu finalmente não tinha mais motivos para mentir para a polícia.

— Imagino que Murray já compartilhou as condições em que foi encontrado e sobre a perda de memória. — Eu e Max assentimos. — É algo muito comum, vai passar. Mas, infelizmente, até lá, temos apenas suspeitas e fatos a serem analisados. Nossa maior preocupação no momento é que o sequestrador, se é que é apenas uma única pessoa, ainda esteja solto. E vocês dois já foram atacados por ele.

— Então vocês acham que é a mesma pessoa? — perguntei. — Quero dizer, o sequestrador e quem nos perseguiu no parque?

Rosie assentiu.

— Não temos motivos para acreditar que os crimes não estejam relacionados. É o lógico. Agora, o que me interessa muito é saber por que essa pessoa estava disposta a ferir vocês e mal encostou um dedo em Murray.

Ah! Então, por isso que ela estava *tao* desconfiada. Rosie acha que eu e Max somos os alvos e, consequentemente, que temos algo a esconder.

Nessa altura, eu me pergunto se a polícia realmente não sabe dos roubos. Não consigo acreditar que sejam tão incompetentes a ponto de não terem ligado os pontos. Será que é meu trabalho contar para eles, mesmo que Murray tenha falado para não dizer nada? Ou será que eles sabem e, como meu professor sugeriu, estão envolvidos também? Se for esse o caso, me pergunto se Rosie, que parece ser tão profissional e disposta a descobrir todos os segredos do mundo, faz parte da corrupção.

Meu coração estava disparado enquanto pensava em mil e uma teorias, que mal faziam sentido dentro da minha cabeça.

Que diabos estava acontecendo? – perguntei a mim mesma.

Murray tinha sido encontrado. Isso deveria ser o nosso final feliz, certo?

Senti os dedos de Max procurarem os meus debaixo da mesa da cafeteria. Ele segurou minha mão e apertou levemente, como se soubesse que eu precisava sentir o calor da sua pele na minha para acalmar. *Como se soubesse que eu estava à beira de um ataque de pânico.*

Eu sabia que Rosie gostaria que nós dois respondêssemos algo interessante, e nosso silêncio a incomodou, mas ela continuou esperando.

— Boa sorte no seu trabalho, então — Max finalmente disse.

A detetive tentou não demonstrar sua desaprovação da resposta cínica e apenas nos agradeceu pelo nosso tempo, entregando um cartão com as suas informações.

— Vamos continuar em contato.

CAPÍTULO 21
VOCÊ NÃO É UMA CRIMINOSA

O sol já estava nascendo quando chegamos ao estacionamento. Meu corpo inteiro reclamava de sono e eu não via a hora de deitar na minha cama e dormir por umas dez horas, no mínimo. Mas eu sabia que isso não iria acontecer. Acho que não durmo mais de sete horas desde que era uma criança. Por algum motivo idiota, meu corpo se recusa a descansar mais que o necessário, fazendo com que eu fique acordada mais horas do que gostaria, principalmente em dias como hoje.

Quando chegamos ao estacionamento, Max destrancou o carro e abriu a porta do passageiro para que eu entrasse. Tirei meu sapato assim que me sentei e respirei aliviada ao sentir meus dedos finalmente se movimentando.

— O que aconteceu lá dentro? — perguntei indignada quando Max ligou o motor. — O que foi aquilo, sabe? Ela estava nos tratando como suspeitos.

— Ela acha que estamos escondendo alguma coisa. A detetive só está fazendo o trabalho dela. — Ele deu de ombros.

— Ah, me poupe, Max. Escondendo o quê?

Ele me olhou e riu com deboche.

— Caso você tenha se esquecido, nós omitimos muitas coisas sempre que falamos com a polícia.

— Bom, sim, mas eram coisas inocentes! Não é como se fôssemos criminosos ou algo do tipo. E digo mais: o único motivo pelo qual não contamos tudo o que sabemos para a polícia é porque eles, possivelmente, estão envolvidos no verdadeiro crime. Eu não fiz nada de errado e preciso aguentar aquela detetive dando uma de Annalise Keating comigo?

— E ela realmente se parece com a Viola Davis. — Ele acrescentou com um sorriso, mas mantendo os olhos fixos na estrada. — Mas não se deixe enganar, Annalise Keating nunca teria te oferecido um muffin na cafeteria. Sem falar que ela está longe de trabalhar para a polícia, a série se chama *Como defender um assassino*...

Revirei os olhos.

— Quis dizer que eu me senti oprimida.

Max riu e pegou minha mão, levando-a até os seus lábios e depositando um beijo delicado nela.

— Nós não fizemos nada de errado. — Ele me consolou. — Mesmo as coisas que não contamos, eu duvido que a polícia não saiba sobre os roubos. Inclusive, o número de pessoas que devem saber é muito maior do que imaginamos.

— Você é advogado — apontei, ignorando o que ele havia acabado de falar, e ele me olhou com a sobrancelha arqueada. — Qualquer coisa, promete que vai me tirar da cadeia?

— Amanda — disse meu nome com seriedade. — Você não vai ser presa porque *você não é uma criminosa*.

Ele tinha razão, mas a conversa com a detetive tinha sido tão intensa que ela realmente me fez sentir como se eu tivesse feito algo monstruosamente errado. Acho que agora eu entendia como os criminosos confessavam pelos seus crimes, mesmo sem querer. Tenho certeza de que eu confessaria ter roubado um banco se tivesse ficado ali na cafeteria mais alguns minutos. *Era esse* o tamanho do seu poder de persuasão.

Ficamos em silêncio pelo resto do caminho e eu aproveitei o tempo para imaginar minha vida na prisão. Quero dizer, não passei *todo o tempo* pensando nisso, mas as imagens certamente ocuparam minha cabeça por alguns bons segundos. Eu sabia que não tinha motivo nenhum para ser presa, mas foi inevitável não vagar por essa direção, afinal, eu era movida por um combo de curiosidade e drama.

Quando minha parte racional resolveu finalmente entrar em cena, o foco mudou para algo mais realista e importante. *"O que me interessa muito é saber por que essa pessoa estava disposta a ferir vocês e mal encostou um dedo em Murray"*, Rosie havia falado. E, bom, isso era algo que eu também gostaria muito de descobrir.

A verdade é que eu precisava mesmo falar com Murray, sem Max ou Katie por perto. Queria perguntar tudo o que ele lembrava sobre o sequestro e várias coisas sobre a nossa pesquisa. Ele, com certeza, saberia mais do que eu, talvez soubesse até o motivo pelo qual o Hector tinha aquelas fotos guardadas. Eu tinha tantas perguntas que não conseguia imaginar uma conversa que durasse menos que dez horas.

Tá, talvez dez horas seja um exagero. Mas eu realmente precisaria de tempo para conseguir todas as respostas que queria.

E, obviamente, Max não poderia estar por perto, porque ele vai querer preservar a saúde mental do pai, enquanto eu, apesar de também ter muito apreço pela saúde do meu professor, tenho prioridades um pouquinho diferentes. Acho que, antes de baixarmos a guarda, apenas porque o sequestro teve um fim, temos que entender por que ele aconteceu em primeiro lugar. E, como Rosie bem colocou, por que diabos estavam atrás de mim também.

— No que você está pensando? — Max perguntou após um tempo.

A paisagem do lado de fora já era familiar, sabia que estávamos a poucos minutos da minha casa. O tímido sol que havia dado as caras no hospital não ficou por muito tempo, e o habitual tempo nublado deixava tudo ainda mais comum.

— Minha cama. Estou morrendo de sono.

Ele me olhou desconfiado.

— Cama, é? Por que será que eu tenho a impressão de que, na verdade, você está tramando algum plano mirabolante nessa sua cabecinha bonita?

Porque eu estou.

— Ah, Max! Você acha minha cabeça bonita? — sorri irônica.

Ele revirou os olhos.

— Eu só queria que você sossegasse por, sei lá, um dia. Você não é detetive, sabe disso, não sabe? Não precisa sair por aí fazendo o trabalho de outras pessoas. Meu pai foi encontrado, nós estamos vivos, acho que é hora de deixar a polícia lidar com o resto.

— Mas se essas pessoas não me dão resposta nenhuma e, pior, me tratam como suspeita de algo que eu nem sei o que é, *alguém* precisa fazer o trabalho certo.

Ele suspirou, derrotado, ao mesmo tempo em que parou o carro na entrada da minha casa. Soltei meu cinto e Max o dele, mas não desci imediatamente. Virei meu rosto em direção ao meu quintal e observei a grama em silêncio. Talvez estivesse cansada demais para me mover, ou apenas não queria ir embora sabendo que Max tinha razão.

Eu deveria deixar a polícia resolver os problemas, sabia disso. Tinha plena consciência de que meu lugar era na faculdade, estudando aquilo que amava e cuidando da minha própria vida. Agora que Murray estava de volta, eu realmente não precisava dar uma de Nancy Drew.

— Até mais — finalmente me despedi, abrindo a porta do carro.

— Eu te ligo. — Ele prometeu, os olhos grudados em mim.

Então, um pensamento que ainda não havia me ocorrido desde que Murray fora encontrado fez com que meu coração parasse por alguns segundos. Com o pai de volta, vivo e saudável, Max não tinha mais motivos para continuar em Dublin. Ele, em breve, voltaria para Paris, o que devia estar doido para fazer, e qualquer coisa que estivesse rolando entre nós dois chegaria ao fim.

Quero dizer, não acho que ele vai querer continuar o que temos enquanto estiver a quilômetros de distância e, pior, um oceano longe de mim.

A ideia me causou um pouco de pânico, porque eu não sei se estava pronta para dizer adeus. Não agora que estava tão apegada a ele.

Mas nós temos tempo, certo? Murray ainda estava sem memória e duvido que Max fosse capaz de deixar o pai tão cedo. Não tenho motivos para começar a sofrer com tanta antecedência, mesmo que isso seja um mau hábito difícil de controlar.

Concordei, meio cabisbaixa, e coloquei a mão na maçaneta para abrir a porta do carro. Antes que eu pudesse sair, Max segurou meu pulso e me puxou para perto dele. Ele aproximou seu rosto do meu e me olhou com uma intensidade que eu não conhecia. Era como se estivesse transbordando amor, ou pelo menos eu gostaria de pensar que era esse o sentimento.

Max colocou uma mecha do meu cabelo atrás da minha orelha, um ato que tinha "clichê" escrito por todos os lados, mas eu nem me importei. Eu queria mesmo que ele fosse clichê, desde que fosse comigo.

Coloquei minha mão sobre a dele que repousava na minha bochecha, fazendo um carinho delicado, e meus olhos se perderam em seus lábios por alguns segundos. Não consigo me lembrar de ter desejado tanto uma pessoa antes na minha vida.

E foi aí que percebi que eu não iria sair desse carro tão cedo.

Max chegou ainda mais perto e nossos lábios estavam a poucos milímetros de distância, mas ele não me beijou. Ele sorriu, parecendo se divertir com a provocação, e eu, por outro lado, poderia jurar que a antecipação iria me matar. Deixei escapar um suspiro frustrado e desci minhas mãos até o seu ombro, quase implorando para que ele me tocasse.

— Max...

Acho que o pedido desesperado funcionou, porque sua mão desceu até a minha nuca e a outra me puxou pela cintura, num movimento rápido, fazendo com que eu subisse em seu colo. Então, finalmente, seus lábios chocaram-se contra os meus com urgência.

Eu queria encontrar uma maneira de descrever seu beijo sem que eu soasse como uma grande romântica sem cura, mas não consigo pensar em outro jeito. Eu não sei, era apenas como se nossas bocas tivessem um encaixe perfeito, capaz de me fazer duvidar de que algum dia eu sentiria o que estava sentido agora com outra pessoa. Era maravilhoso e assustador ao mesmo tempo.

— Eu preciso ir — sussurrei sem fôlego após alguns minutos.

Max murmurou qualquer coisa e desceu a boca pelo meu pescoço, deixando uma trilha de beijos até o meu ombro. A alça do vestido já havia caído há muito tempo e meu corpo inteiro se arrepiou ao sentir o toque dos seus lábios na minha pele.

Por um momento, quase me esqueci de que estávamos no carro dele e na rua da minha casa, em plena luz do dia.

— Pode ir, não estou te prendendo — finalmente disse com um sorriso esperto no rosto.

Rolei os olhos, mas não estava realmente brava. O cabelo bagunçado, brilho nos olhos e as bochechas coradas faziam com que fosse uma missão impossível me irritar com esse homem.

— Eu vou — garanti, segurando seu rosto e dando um último beijo nele. — Tchau!

Na minha cabeça, a cena que aconteceu a seguir teria sido indiscutivelmente mais graciosa, mas a verdade é que na vida real as coisas não são tão bonitas assim. Eu me atrapalhei toda para sair de cima dele e acabei esbarrando as costas na buzina, fazendo com que um barulho alto e estridente soasse por alguns segundos. Com o susto, eu basicamente caí no chão do carro, coisa que nem sabia que era possível, visto que não é o lugar mais espaçoso do mundo.

Max me ajudou a levantar, apalpando meus braços e as pernas, checando se eu não tinha nenhum machucado. Quando viu que eu estava bem, ele riu tanto que eu pude ver algumas lágrimas em seus olhos e, apesar de estar também morrendo de vergonha, a risada era contagiante. A cena realmente foi cômica, eu só precisava ignorar o fato de que, provavelmente, meus vizinhos e os meus pais foram acordados com o barulho.

— Você realmente sabe se despedir em grande estilo — Max provocou quando eu saí do carro.

Mostrei a língua para ele e corri descalça até a porta, carregando os sapatos com uma mão e a bolsa com a outra.

Nem acredito que esse dia finalmente chegou ao fim.

CAPÍTULO 22
ELE AGIU COMO UM VILÃO DO *SCOOBY-DOO*

Eu dormi exatamente 8 horas e 48 minutos. Foi um milagre, eu sei. Mal podia acreditar que passei tanto tempo desacordada no mundo dos sonhos. Sei o tempo exato porque me lembro de pegar no sono enquanto olhava o celular e a última coisa que meus olhos viram foi o número do relógio no topo da tela.

E eu sei bem que prometi a mim mesma sossegar, mas acabei gastando alguns bons minutos olhando o Instagram do Hector antes de dormir, procurando alguma foto interessante ou que me dissesse algo além de "sou rico e gasto meu dinheiro com coisas idiotas". Alguma pista sobre *qualquer coisa*. A verdade é que eu já nem sabia mais o que esperava encontrar ou o que procurar.

Hector tinha me mandado uma mensagem durante a madrugada, perguntando o motivo do meu sumiço na festa e eu expliquei os acontecimentos de forma breve. Não achei que seria uma boa ideia contar sobre Murray ter sido encontrado, principalmente se levarmos em conta que o sequestrador não foi encontrado, então deixei essa parte de fora, apenas falando que fomos chamados até a delegacia após novidades na investigação.

Mas uma coisa era certa: Hector havia passado a noite toda ao meu lado. Ele não podia estar envolvido no sequestro, certo? Quero dizer, pelo menos ele tinha um álibi. As fotos que encontrei no quarto dele, definitivamente, não o colocavam na lista de inocentes, mas o fato de que eu poderia descartá-lo de ser um sequestrador sem escrúpulos era minimamente promissor.

De qualquer forma, depois de um tempo, descobri que era uma missão impossível achar alguma pista nas redes sociais dele. Hector não compartilhava nada interessante – as nove fotos seguidas dele na praia com uma bebida na mão era uma prova concreta da sua falta de criatividade – e toda a sua vida na internet não passava de uma grande chatice. Acho que foi nesse momento que o sono me venceu.

O dia já estava escuro quando me levantei. Meus pais não estavam em casa, mas diria que chegariam a pouco tempo. Era fim da tarde e o expediente dos dois acabava por volta das 18h30. Acabei não encontrando com eles quando entrei em casa, mas não tenho certeza se o barulho da buzina mais cedo os acordou. Eu diria que sim, só não queria pensar nisso.

Estava morrendo de fome, mas completamente sem ânimo para cozinhar, então coloquei uma pizza congelada para assar. Não era meu sabor favorito, particularmente eu prefiro algo mais emocionante que quatro queijos, mas era a única coisa que não exigiria esforço algum.

Enquanto comia, aproveitei para ler uns capítulos de um livro de Gombrich sobre História da Arte. Eram quase 800 páginas que eu lia em parcelas desde o primeiro semestre da graduação, e eu não me orgulhava nem um pouco disso. Em minha defesa, eu intercalei a leitura dessa bíblia com outros diversos livros, então não era como se eu tivesse sido tão imprudente assim...

A pizza já havia terminado há uns bons minutos quando meu celular começou a tocar. Max estava me ligando e eu não consegui esconder o sorriso bobo que apareceu em meus lábios ao ver seu nome aceso na tela.

Eu sou realmente ridícula.

— Oi, estranha — cumprimentou do outro lado da linha. Pelo tom de voz estava de bom humor, o que automaticamente também me deixava um pouco mais feliz. — Já acordada e tramando planos mirabolantes ou talvez se aplicando para o curso de policial?

— Nada disso, tirei o dia de folga — respondi rindo. — Como está seu pai?

— Bem. — Ele fez uma pausa, como se "bem" não fosse a palavra que queria ter usado. — Acabamos de chegar em casa, acho que ele foi dormir.

Escutei um barulho de porta se fechando e imaginei Max entrando em seu quarto. Era uma visão que eu queria ter pessoalmente.

— Que ótimo! — comemorei. — Ele já se lembrou de alguma coisa?

— Não, mas os médicos acham que ele pode estar bloqueando algum trauma... — Sua voz falhou na palavra "trauma" e eu quis abraçá-lo.

— Max, ele está vivo e com vocês. Isso é o mais importante. As outras coisas vão melhorar com o tempo, eu tenho certeza. Ele vai se lembrar quando estiver pronto — falei numa tentativa de consolá-lo.

A verdade é que eu não tinha ideia do que iria acontecer a partir de agora, mas eu tinha certeza de que Murray iria superar isso.

A conversa foi mudando de rumo e eu não sei como, mas acabamos ficando mais de duas horas conversando. Passamos pelos assuntos mais aleatórios do mundo, coisas meio bobas que nunca tivemos a oportunidade de falar porque nossas vidas estavam viradas de cabeça para baixo e ninguém que está sendo perseguido e levando tiros tem tempo para discutir, sei lá, sobre as comidas preferidas ou os filmes que já assistimos mais de sete vezes. Max escolheu lasanha e *Dois caras legais,* e eu, panquecas com mirtilo e *As Panteras detonando*.

Coincidentemente ou não, os dois filmes envolviam investigações fora da lei...

— Nossa, nunca te imaginei como uma pessoa que gostasse desse tipo de comédia — comentei um tanto descrente com a resposta dele.

— Por que não? — sua voz perguntou um tanto ofendida e eu consegui imaginá-lo rolando os olhos.

— Você é uma pessoa meio... Como posso dizer isso? — Pensei por alguns segundos. — Com um senso de humor mais sério e debochado.

— Então, acho que você, *Amanda*, precisa assistir esse filme de novo. Porque deboche é tudo o que ele é.

Em geral, tentamos deixar de fora todos os tópicos que envolviam qualquer tipo de estresse, como sequestros, Hector ou Paris, mas não pude deixar de perguntar se ele não iria contar para o pai que nós passamos os últimos dias criando teorias sobre o que tinha acontecido com ele. Lá no hospital, ele omitiu essa parte e eu estava curiosa desde então.

— Eu só não quero que ele se preocupe ou pense que nós dois fomos irresponsáveis, o que realmente fomos. Até agora não acredito que deixei você invadir o quarto do Hector... — explicou com sarcasmo.

Rolei os olhos.

— Então vamos fingir que passamos as últimas semanas sentados ao lado do telefone, esperando um milagre?

Max pareceu pensar por alguns segundos, e logo concordou:

— É, algo do tipo.

— Seu pai nunca vai acreditar nisso — comentei.

— Não vai, mas acho que ele merece uns dias sem preocupação.

Uns dias sem preocupação para Max deveria significar, no mínimo, algumas semanas. Para Murray, entretanto, acho que a noção de tempo era outra. Ele me ligou na manhã seguinte, perguntando se eu poderia buscar alguns documentos em seu escritório na faculdade e levar até a sua casa. Ansiosa por uma oportunidade de conversar com ele, concordei rapidamente e escrevi num pedaço de papel tudo o que ele precisava.

O estacionamento ainda estava vazio quando cheguei. Talvez fosse o horário, ou o fato de ser uma sexta-feira. A maioria das aulas terminavam nas quintas, assim os alunos poderiam ter um fim de semana prolongado — eu amava essa tradição.

As árvores verdes e cheias de folhas frescas, um presente incrível da chegada da primavera, eram as únicas coisas que me confortavam enquanto caminhava até o prédio dos docentes. Confesso que era estranho andar pelo *campus* depois das últimas semanas. Era como se vários meses tivessem se passado e eu não me sentia confortável por ali, como se alguma coisa estivesse fora de lugar... Provavelmente eu.

A sala de Murray ficava no segundo andar. Assim como ele, era extremamente organizada e não havia quase nenhuma decoração. Uma estante enorme ocupava a parede principal e a outra abrigava uma janela com vista para o jardim. Sua mesa ficava logo abaixo dessa janela e continha alguns cadernos, um computador e mais livros.

Sabia que a polícia tinha passado por ali, então não foi difícil perceber que alguns itens estavam faltando. Espaços vazios e bagunçados na estante, por exemplo, que Murray nunca teria deixado ficar daquele jeito. Mas, principalmente, as gavetas da sua mesa, que estavam todas as reviradas. Era ali que deveria estar um caderno que ele me pediu.

Imediatamente imaginei Cormac dentro da sala, futricando em todos os cantos e colocando papéis e livros em sacos plásticos de evidências enquanto gritava com algum policial de cargo inferior ao dele. Foi impossível não me irritar ao visualizar a cena.

Peguei no meu bolso a lista de itens que Murray me pediu e fui guardando em minha mochila aquilo que encontrei, lembrando de adicionar alguns pontos de interrogação naqueles que estavam sumidos – mas que definitivamente seriam encontrados em algum canto obscuro daquela bendita delegacia. Felizmente, eu não acho que tinha nada realmente confidencial que Murray estivesse tentando esconder, além daquela planilha que Cormac já havia me interrogado sobre.

Também não sei o que Murray queria com os papéis que me pediu. Eram anotações antigas, cadernos, planos de aula e um calendário do último ano. O calendário e alguns dos papéis entraram na lista de sumiços, mas ele teria que lidar com isso. Talvez pudesse pedir suas coisas de volta ao Cormac...

No início do semestre, Murray havia me dado uma chave para a sala e colocado uma mesa extra lá dentro para que eu pudesse trabalhar durante as tardes. Seus livros estavam todos ali, assim como seu material de pesquisa, então, apesar de usarmos a biblioteca na maior parte do tempo, quando ela estava simplesmente lotada demais e a privacidade começava a ser um problema, era ali que montamos nossa investigação sobre os roubos.

Lembro-me do dia em que ele me chamou para conversar e contou suas suspeitas. Não dei muita atenção no início, afinal, eu só queria terminar meu mestrado sem muitas dificuldades, mas acho que, em algum momento, eu descobri que gostava de bancar a espiã. Ele me entregou um bocado de recortes de jornais e planilhas com datas e nomes e me pediu para ajudá-lo a organizar tudo. E francamente? Aquilo era *infinitamente* mais divertido que escrever uma dissertação — que infelizmente eu ainda precisava terminar até o final do semestre.

Estava trancando a porta quando senti um calafrio percorrer a minha espinha. Senti um par de olhos me observando de longe e meus dedos congelaram na maçaneta. Prendi a minha respiração e virei a cabeça lentamente para tentar enxergar a pessoa melhor e minha boca se abriu em surpresa quando encontrei Darren me encarando há alguns metros de distância. O corredor não tinha muita iluminação, mas, definitivamente, era ele.

Quando percebeu que eu havia me virado, ele pigarreou discretamente e saiu apressado pelo corredor, sumindo de vista em poucos segundos.

Franzi o cenho, confusa, e terminei de trancar a porta enquanto analisava o quanto aquilo havia sido esquisito. Quero dizer, ele podia ter me cumprimentado. Mesmo que tivesse conhecido centenas de pessoas naquela noite da festa, achei que nossa conversa foi constrangedora o suficiente para se tornar memorável, pelo menos era assim que eu lembrava os momentos mais embaraçosos e confusos da minha vida.

Então, num impulso de loucura e curiosidade, saí correndo atrás dele.

Quando entrei no corredor em que ele havia virado, dei de cara com a porta para a biblioteca e Darren não estava em lugar nenhum. O lugar estava completamente vazio, afinal, que aluno seria doido de vir para a biblioteca às 9h30 da manhã de uma sexta-feira em que ninguém tem aulas?

O ambiente repleto de estantes de madeira deixava o ar pesado, e a pouca iluminação que entrava através das janelas não bastava para clarear os corredores de livros. Era possível escutar rangidos agudos no piso a cada passo que dava, mas esse era o único barulho que consegui identificar no ambiente fechado.

Estava prestes a dar meia volta e ir embora quando um livro caiu ali perto, fazendo um barulho alto e abafado ao encontrar com o chão. Um grito agudo escapou de meus lábios e só então percebi como meu coração estava disparado. Eu estava morrendo de medo, aquele tipo de medo *quase-fazendo-xixi-nas-calças*.

Não sei onde encontrei a coragem para andar até o livro caído, mas foi o que fiz e quase soltei outro grito ao me deparar com Darren atrás da estante.

Coloquei minha mão no peito, assustada.

— Desculpe, não queria assustá-la. — O encarei com o cenho franzido. Não queria me assustar, mas ele agiu como um vilão do *Scooby-Doo*. — Amanda, não é? Não sei se você se lembra, nos conhecemos no...

— É. E me lembro — o interrompi antes que ele pudesse finalizar a frase. Será que ele realmente achou que eu não fosse me lembrar da pessoa que era o motivo da festa?

— Vi que você saiu da sala do Murray — comentou intrigado. — Alunos não podem entrar na sala dos professores.

— Não podem? — Me fiz de desentendida.

Ele deu um sorriso duro.

— Como ele está, inclusive. Você sabe? Não consigo imaginar o que ele deve ter passado nas últimas semanas... — perguntou curioso, enquanto se abaixava para pegar o livro caído no chão.

— Está traumatizado — respondi como se fosse óbvio, colocando as mãos na cintura. — Mas está bem, na medida do possível. E você, o que está fazendo aqui tão cedo? Achei que as suas responsabilidades agora fossem na galeria.

— Ainda precisava finalizar alguns assuntos aqui. — Ele colocou o livro debaixo do braço. — Bom, Amanda, foi um prazer te reencontrar. Mande minhas lembranças ao Hector e ao Murray, se os encontrar. Não somos muitos próximos, mas tenho certeza de que ele ficará feliz em saber que eu desejo que esteja bem.

Meu estômago se embrulhou ao lembrar de Hector e não consegui deixar de notar o deboche na voz dele. Queria perguntar sobre a briga dos dois, mas obviamente eu não tinha intimidade para tanto. Pelo tom de voz dele, entretanto, dava para perceber que Hector não fora o vencedor. O que não era muito surpreendente, para falar a verdade. Não conseguia imaginar ele perdendo a paciência com ninguém.

Foi somente quando cheguei ao meu carro e liguei o rádio que me dei conta de uma coisa estranha, tipo aqueles pensamentos que ocorrem com um atraso idiota, chegando num momento em que já fazem menos sentido do que quando deveriam ter pipocado em nossas cabeças.

O resgate de Murray ainda não havia sido noticiado. Ele mesmo me falou hoje cedo que a faculdade ainda não sabia, por isso pediu que eu viesse em seu lugar, então... *Como Darren poderia saber?*

CAPÍTULO 23
EU SEI O QUE VOCÊ ESTÁ FAZENDO

— Encontrei o Darren hoje — comentei casualmente com Murray, enquanto ele passava os olhos por um dos cadernos que eu trouxe da faculdade. Estávamos em seu escritório na sua casa, que era quase uma cópia daquele que eu havia acabado de sair. — Ele mandou lembranças.

Murray ergueu os olhos verdes e me encarou através dos óculos de armação marrom, mas não falou nada. Então, continuei:

— Achei que você não tivesse contado para ninguém que havia voltado.

Ele fechou o caderno e colocou na mesa.

— Não contei — respondeu simplesmente.

— Estranho ele saber, não é? — Murray concordou. Seu semblante era calmo e queria saber qual era o segredo para continuar tão pacífico em situações como essa, porque meus pés estavam prestes a abrir um buraco no carpete de tanto que eu andava de um lado para o outro. — Aliás, ele é muito estranho. Fiquei pensando… Sei que você não se lembra de nada que aconteceu nos últimos dias, mas algo me diz que ele não é boa pessoa. Como ele iria saber que você foi encontrado?

—Talvez algum jornal tenha divulgado sem nomes e ele fez a associação, eu não sei. Por que você está tão agitada?

Parei de andar e soltei um suspiro frustrado.

— Por que *você* não está?

— Que bem vai me fazer ficar nervoso por algo que não posso controlar? Eu estou em casa, saudável e com a minha família. Depois do que aconteceu comigo, é muito mais do que poderia pedir, então vou me contentar em agradecer.

Precisei controlar a vontade de rolar os olhos. Eu sabia que meu professor era uma pessoa extremamente tranquila, mas achava impossível que não estivesse nem um pouquinho curioso com o que tinha acontecido.

O Murray que me chamou para ajudá-lo a investigar uma possível quadrilha iria querer saber quem o havia sequestrado. Ele iria me contar suas suspeitas e me deixar opinar enquanto tomávamos chá e falávamos mal dos alunos do primeiro ano — que enchiam nosso saco com uma energia fora do comum e expectativas que apenas quem acabou de chegar à faculdade poderia ter.

— Você não está nem um pouquinho curioso? — perguntei. — Obviamente seu sequestro estava ligado com a nossa pesquisa... A polícia já sabe tudo sobre ela, inclusive. Quero dizer, eu omiti o máximo que pude, mas eles encontraram aquela nossa planilha com datas e roubos, lembra? Não falei nada demais, só que duvido muito que eles não tenham entendido o que significava.

— Eles não comentaram nada comigo — murmurou, desinteressado, pegando o caderno e voltando a ler o que quer que esteja escrito nele.

Bufei um pouco irritada com a falta de cooperação dele, e me sentei na poltrona de couro perto da janela. Fiquei olhando os livros na estante, enquanto Murray continuava a me ignorar.

— Eu conheci um cara — Murray suspirou e voltou a me olhar por cima dos óculos. — Hector Gonzáles. Acho que falamos sobre ele um pouco antes do seu, hã... Acidente.

— O colecionador? — perguntou finalmente curioso.

Concordei.

— Os quadros dele sumiram há algumas semanas, nós lemos no jornal — falei e ele assentiu provavelmente se lembrando da notícia. — Eu queria te perguntar uma coisa.

Murray me encarou com curiosidade.

— O que foi?

— Bom, talvez eu tenha achado que ele era responsável pelo seu sequestro, porque uma vez vimos um quadro no quarto de hotel dele e eu pensei ser o quadro roubado, mas quando eu entrei no quarto de hotel dele escondida, vi que não era e foi horrível, fiquei superfrustrada... — Murray tirou os óculos e massageou as têmporas. — Mas o que eu descobri foi outra coisa.

— Amanda, você invadiu o quarto dele? — perguntou descrente. — O que você estava pensando?

— Não, isso não é a parte importante — reclamei, balançando a cabeça. — Escuta, ele tem um detetive particular, coisa de filme mesmo, e lá no quarto encontrei um envelope com umas fotos.

— Eu não estou acreditando nisso...

Levantei da cadeira e andei até a sua mesa com passos firmes, apoiando as duas mãos na madeira.

— Era Darren, você e eu — disse antes que ele parasse de me escutar. — Ele tinha fotos de nós três e eu quero saber o porquê.

Seu rosto ficou lívido e acho que, pela primeira vez desde que comecei a falar, Murray realmente estava prestando atenção. O choque na sua expressão me deixou ainda mais curiosa e deu a impressão de que ele sabia exatamente o motivo daquelas fotos existirem.

Minhas unhas batiam na mesa, num gesto mal-educado e impaciente, mas não consegui evitar. Murray podia não se lembrar do sequestro, mas ele estava escondendo algo sobre antes. Algo que ele deveria ter me contado e, por algum motivo idiota, não contou.

Se eu passei todas essas semanas mentindo para a polícia, eu merecia ao menos saber o porquê.

— Amanda, eu não tenho ideia — respondeu com a voz fraca, após alguns segundos de silêncio. Não pude evitar rolar os olhos. — Juro.

— Murray, eu menti para a polícia por você, porque *confio em você* — falei exasperada. — Por que você não confia em mim?

Ele soltou um suspiro frustrado e então me entregou o caderno que estava olhando, apontando para uma frase escrita em caneta vermelha bem no meio da folha.

Eu sei o que você está fazendo. Pare.

Eu li e reli a mensagem algumas vezes até conseguir entender o que significava. Minhas palmas suavam frio e eu senti minha boca secar.

Era uma ameaça, clara como a luz do dia.

Alguém sabia da nossa pesquisa e mandou um aviso para Murray. Então, quando ele não parou o que estava fazendo, foi sequestrado.

Murray sabia o que poderia acontecer, os riscos que corria, mas continuou a pesquisa de qualquer forma.

— Quando você viu isso? — perguntei com a voz falha.

Meu coração estava batendo um pouco mais rápido que o normal.

— Algumas semanas atrás — murmurou. — Olhe, eu nunca encontrei Hector pessoalmente, não somos amigos. Não sei o motivo de ele ter essas fotos e também não sei quem escreveu isso, mas sua aposta é tão boa quanto a minha.

O único problema é que eu já não sabia em quem apostar.

— Nós temos que falar com a polícia — avisei um pouco desesperada. — Você precisa mostrar essa mensagem *pra* eles, a nova detetive parece ser confiável, ela vai ajudar.

Murray se levantou e pegou o caderno, fechando-o com força.

— Amanda, não. Acabou.

Pisquei algumas vezes, sem acreditar no que havia escutado.

— Como assim acabou?

— Estou te mostrando isso para que você entenda a gravidade da situação — falou com a voz firme. — Eu nunca deveria ter te envolvido nessa pesquisa, sinto muito.

— Nós precisamos descobrir quem está por trás de tudo, você me deve isso — apelei.

— Não — discordou, balançando a cabeça —, eu te devo segurança.

A resposta dele fez com que eu segurasse um grito no fundo da garganta. Apesar de entender tudo o que ele havia explicado, não concordava com metade daquilo. Passei os últimos meses da minha vida completamente envolvida nessa pesquisa para esse ser o fim? Quero dizer, que ótimo que Murray estava vivo e bem, mas não podia terminar assim.

O sequestrador ainda estava solto e Hector andava por aí pedindo que um detetive nos seguisse. Eram tantas coisas paralelas acontecendo que o fato de Murray estar de volta era apenas a resolução de um dos nossos mil problemas.

Passei as mãos pelo cabelo com fúria e respirei fundo.

Eu não podia brigar com ele. Precisava me lembrar que Murray havia passado por um trauma inimaginável e que estava se recuperando, ele tinha todo o direito de querer acabar com esse assunto. Era hora de deixar minha teimosia de lado e respeitar a situação dele, mesmo que eu estivesse querendo morrer de tanta angústia.

Quando ele estivesse melhor, eu poderia trazer o assunto à tona novamente.

— Quem era a outra pessoa? — perguntou, chamando minha atenção. Balancei a cabeça, confusa. — Você falou "vimos", quem era a outra pessoa que estava no quarto do Hector?

Ah, não.

Mordi o lábio e fiquei em silêncio, porque eu não sabia como responder sua pergunta sem confessar que foi o filho dele quem me ajudou a bancar a espiã. Um pouco contra a sua vontade, talvez, mas ajudou.

Eu estava prestes a inventar qualquer coisa quando a porta da sala foi empurrada e um rangido alto nos assustou. Viramos a cabeça para ver o que era e Max entrou no escritório.

É claro que era ele, pensei com ironia.

Seu cabelo estava úmido e o rosto levemente corado, ele devia ter saído do banho há pouco tempo. Estava também usando apenas uma calça de moletom cinza, e o abdômen definido chamou minha atenção, fazendo com que meu rosto esquentasse imediatamente. Era uma visão que eu definitivamente poderia me acostumar.

Murray o encarou com a sobrancelha arqueada e os olhos de Max finalmente encontraram os meus.

— Achei que tinha ouvido a sua voz. — Ele murmurou, um pouco envergonhado.

O quê?

Murray olhou para o filho e depois para mim, os olhos semicerrados. Então, sua expressão mudou, como se estivesse ligando os pontos de um passatempo.

E eu e Max éramos os pontos.

Senti meu rosto esquentar e decidi que não queria ficar mais naquela sala por nenhum minuto, era apenas constrangedor demais, então peguei minha mochila e me despedi dos dois sem grandes explicações.

Quando cheguei ao jardim, Max chamou meu nome. Ele havia me alcançado e estava com os pés no chão gelado, ainda sem uma blusa.

— Por que você foi embora correndo?

— Você vai pegar um resfriado — respondi, ignorando sua pergunta. Estava começando a chuviscar e eu já sentia o meu cabelo grudando na testa.

— Minha imunidade é alta — retrucou.

Cruzei os braços.

— Essa foi a coisa mais idiota que já escutei.

Ele riu baixo e se aproximou de mim. Levantei um pouco a cabeça para conseguir encarar seus olhos e ele passou os dedos pela minha bochecha, secando umas gotas de chuva.

Sua face ainda estava um pouco corada, agora talvez pelo frio, e sua boca parecia mais vermelha do que nunca. Acho que cheguei a um nível de atração em que cada traço do seu rosto parecia absolutamente perfeito e eu não conseguia desviar o olhar. Os olhos verdes brilharam em minha direção como se ele estivesse pensando a mesma coisa. Quando seus dedos desceram até meus lábios e desenharam o contorno com delicadeza, eu tive certeza de que sim, ele também estava preso nessa bolha comigo.

— Seu pai sabe sobre nós dois — falei de repente, numa tentativa de destruir a nuvem de intensidade que pairava sobre nós dois. — Eu vi a cara dele quando você falou que escutou a minha voz. O que foi isso, inclusive?

Ele deu de ombros.

— Acho que devemos sair — sugeriu, sem responder minha pergunta.

— Sair, tipo em um encontro? — franzi o cenho um pouco chocada.

Max rolou os olhos como se soubesse que aquela seria exatamente a minha reação.

— Não *tipo*, Amanda, exatamente como um encontro — esclareceu. — Se você aceitar, claro.

— Vou olhar a minha agenda para a próxima semana e te aviso — provoquei com um sorriso esperto.

— Se eu tivesse chamado para algo mais excitante, como invadir um quarto de hotel ou correr em uma floresta, você teria aceitado na hora.

Não consegui evitar a risada. Acho que ele tinha razão.

Max me pegou desprevenida e passou os braços pela minha cintura, segurando-me com força, erguendo meu corpo do chão. Abracei seu pescoço e olhei seus olhos, depois sua boca. Ele me encarou de volta com um misto de ternura e desejo, e foi apenas impossível não encostar nossos lábios depois disso.

A verdade é que estava ficando difícil não beijá-lo em qualquer situação que fosse.

— Então era isso que tinha em mente quando me chamou para vir até o jardim naquele dia? — perguntou com um sorriso presunçoso, quando nos separamos.

A resposta era óbvia, então apenas sacudi a cabeça e peguei a chave do meu carro no bolso. Ele colocou uma mecha de cabelo atrás da minha orelha.

— Até logo — despediu, depositando um beijo na minha bochecha.

Ele se virou e voltou para dentro de casa. Soltei um suspiro e sorri antes de ir embora.

Acho que a maioria das pessoas pensaria que, depois dos últimos minutos, Max seria a única coisa na minha cabeça pelo resto do dia. E, francamente, antes tivesse sido. Queria mesmo ter passado o dia inteiro pensando em seu beijo, seu corpo, seus comentários espirituosos e o bom-humor que eu estava começando a conhecer, agora que seu pai não corria mais riscos. Mas não foi bem isso que aconteceu.

Eu não sei, às vezes, eu apenas não consigo desligar a minha cabeça, e mesmo que queira muito focar em uma só coisa, outras dez estão ocupando o mesmo espaço e demandando a minha atenção.

Quando cheguei em casa, fiz algo que não queria ter feito. Algo que estava me policiando muito para não fazer, porque representava um nível de obsessão que eu recusava a admitir que houvesse chegado. Quando me vi sentada no chão do meu quarto, escrevendo furiosamente num pedaço de papel velho, percebi que era tarde demais.

Estava sendo consumida pela ansiedade, mas apenas não conseguia parar. Era como se meu corpo estivesse expelindo todos os pensamentos que tive nas últimas semanas e os transferindo para o papel sem nenhum filtro.

Anotei todas as minhas teorias sobre quem podia estar envolvido no sequestro e nos roubos. Fiz um mapa, daqueles que a polícia faz nas séries de TV quando precisam descobrir quem é o culpado de um crime, mas não tinha ideia por onde começar, e conectei meus suspeitos por linhas de diferentes cores, representando os motivos das conexões. Parecia o trabalho de uma criança na pré-escola.

Quando terminei, observei a ilustração com cuidado. Darren estava no meio, o que já era de se esperar, ao lado de Hector e Cormac, mas acabei acrescentando outro nome, que nem sabia o verdadeiro motivo de estar ali ou se sequer deveria fazer parte da lista.

Murray.

Agora, restava descobrir se era uma suspeita minha ou puro desespero.

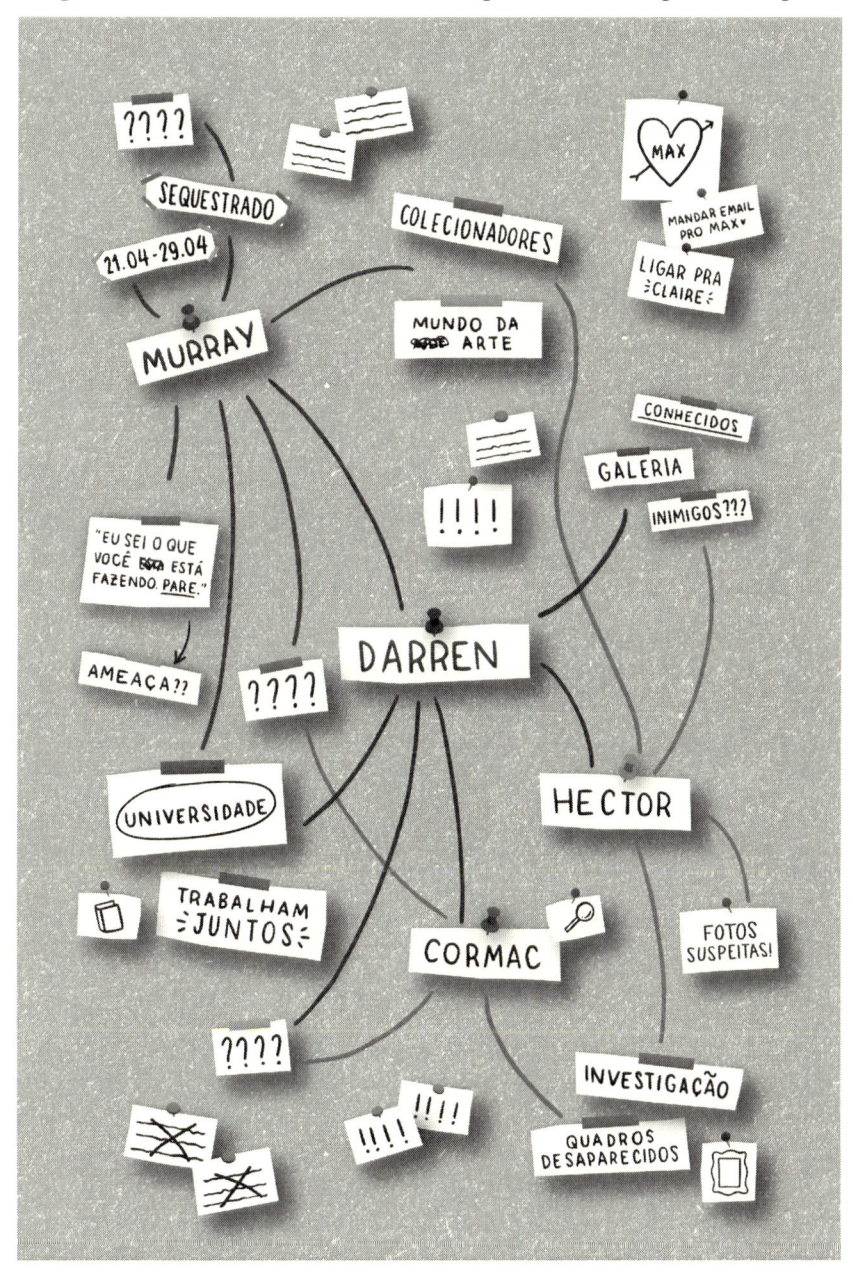

CAPÍTULO 24
VOCÊ VAI SOBREVIVER SEM MIM

Trabalhar neste fim de semana foi um desafio enorme. Minha cabeça, mais uma vez, apenas não estava no lugar. Enquanto atendia os clientes e tirava o pó dos quadros que ficavam escondidos no canto mais escuro da galeria, meus pensamentos vagavam até a minha lista de suspeitos e no nome de Murray no meio dela.

Não conseguia imaginar um motivo plausível para ele estar lá, mas acho que sua reação durante nossa conversa me deixou um pouco insegura. Ele parecia não estar incomodado com nada do que havia acontecido e, francamente, pouco traumatizado para alguém que foi sequestrado. Eu sei que as pessoas lidam com situações extremas de maneiras diferentes, mas ainda assim. Além disso, sua falta de interesse nas coisas que eu havia falado era enervante. Para alguém que dedicou tantos meses em uma pesquisa, era estranho o fato dele não querer saber o que tinha acontecido enquanto não estava aqui.

Ele apenas não agiu como o professor que eu conhecia e respeitava que, sem sombra de dúvidas, teria me escutado e dado uma opinião mais animadora do que simplesmente declarar que aquilo "acabou".

Mas, ao mesmo tempo, até agora nada que eu tinha feito rendeu um resultado. Não sei do que adiantava criar toda uma lista de suspeitos ou teorias mirabolantes quando a verdade é que Murray foi encontrado, basicamente, por conta própria, Hector realmente teve seus quadros roubados e Darren mal trocou duas palavras comigo. Eu estava começando a pensar que talvez eu não devesse ter me envolvido em nada disso. Afinal, estava gastando minha energia com coisas que não iam a lugar algum.

Em um dos meus intervalos, liguei para Claire e desabafei sobre tudo que havia acontecido até agora. Eu tinha contado sobre a volta de Murray por mensagem, mas nada superava o contato por voz, em que eu podia escutar suas reações em tempo real e seu grito agudo após cada revelação, seguido de um *"eu não acredito nisso!"* descrente.

Acho que era bom ter a opinião de uma pessoa que não estava tão envolvida assim, principalmente porque o nível de discernimento dela era consideravelmente maior que o meu. Ela concordou que a reação de Murray foi estranha, mas disse que era justificável.

— Se coloca no lugar dele, Amanda. O cara foi sequestrado, não consegue se lembrar do que aconteceu durante esse tempo, o filho levou um tiro e ainda tem você, que perdeu completamente o juízo e invadiu a casa de uma pessoa. É completamente compreensível.

Queria corrigir o fato de que eu não invadi casa nenhuma, foi apenas um quarto de hotel, mas entendi o argumento dela.

Realmente, era um comportamento compreensível.

— Só não se esqueça de que você foi quem me ajudou a tecer esse plano.

— Eu não sei onde estava com a cabeça! — Ela gemeu.

Quando Claire desligou, eu estava relativamente mais calma e decidida em dar um tempo nos devaneios ligados ao sequestro ou qualquer coisa relacionada. Era hora da polícia se responsabilizar e de me permitir relaxar um pouco. E com *relaxar um pouco*, eu queria mesmo era dizer sair com o Max no nosso famigerado encontro.

Confesso que estava um pouquinho nervosa, porque nós nunca, realmente, passamos tempo juntos apenas para aproveitar a companhia um do outro. Sempre tinha algum motivo impertinente por trás, então minha cabeça nunca esteve 100% focada nele. Éramos sempre nós dois e seu pai, ou Hector, ou Cormac ou Rosie e *todos os problemas do mundo*.

Estava nervosa porque não sabia se a falta de problemas seria algo bom ou ruim. Será que minha atração por ele estava relacionada ao fato de não poder tê-lo? Inicialmente, eu diria que sim. Depois, acho que sua parceria nos momentos difíceis fez com que a gente se aproximasse ainda mais, mas apenas porque compartilhamos os mesmos problemas e talvez a intensidade do que vivemos estivesse ligada aos eventos externos que aconteciam em nossas vidas.

Eu sempre acreditei que as pessoas que vivem situações extremas juntas criam um laço de compreensão e afeto especialmente forte, justamente por terem dividido momentos tão turbulentos. Por isso, eu sentia que ele *estava comigo* desde quando nos conhecemos, meses atrás. Era como se minha noção de tempo fosse diferente quando se tratava de nós dois.

Na segunda-feira de noite, quando voltei da aula – que agora estava sendo ministrada por um professor substituto –, demorei mais tempo do que o necessário debaixo do chuveiro. A água quente que caía em meus ombros era a única coisa capaz de me ajudar a relaxar, então deixei que ela fizesse seu trabalho até meus dedos enrugarem e o banheiro estar completamente preenchido por vapor.

Limpei o espelho com a mão e encarei meu reflexo borrado, reparando em como minhas olheiras estavam aparentes. Acho que é esse o resultado das noites mal dormidas e estresse contínuo. Felizmente, um pouco de corretivo faria um milagre e as marcas arroxeadas passariam despercebidas.

Depois que Murray foi encontrado, meus pais aproveitaram a falsa sensação de segurança para ir visitar minha avó no interior, então não precisei explicar o vestido rosa que eu só usava em ocasiões muito especiais, ou o salto, também reservado para eventos importantes. Eu até gostaria de ter participado da visita, mas depois das aulas que perdi, acabei ficando assombrosamente atrasada nos trabalhos e precisei usar o pouco tempo livre para adiantar o que podia. Se eu não entregasse minha dissertação até o final do semestre, atrasaria minha formatura em seis meses e isso era a última coisa que queria.

Eu não via a hora de me livrar desse curso. Queria me desprender de tudo – ou melhor, quase tudo – que aconteceu nos últimos meses.

Quando desci as escadas, após Max me mandar uma mensagem avisando que estava na porta, senti minhas palmas suarem frio. Chegava ser um pouco cômico que eu realmente estivesse tão nervosa. Quero dizer, não era como se nós fôssemos dois estranhos ou algo do tipo, pelo contrário.

Ele estava encostado na porta de seu carro quando eu saí. A luz da lua iluminava seu rosto e eu mordi o lábio com a cena. Mais uma vez, ele parecia um modelo esperando para ser fotografado. Era até um pouco ofensivo.

— Oi, estranho.

Max sorriu e deu um passo em minha direção, seus olhos passeando pelo meu corpo de cima a baixo.

— Oi, estranha — cumprimentou de volta, colocando uma mecha do meu cabelo atrás da minha orelha. — Achei que fosse desistir de vir.

— Por que eu faria isso? — perguntei como se fosse óbvio.

Ele se aproximou um pouquinho mais, desceu a mão até meu pescoço, causando alguns arrepios, e sussurrou em meu ouvido:

— Achei que sua agenda fosse mais concorrida.

— Ha-ha, que engraçadinho — rolei os olhos um pouco brava com a provocação a troco de nada. — Vamos logo antes que eu desista.

Ele sorriu e abriu a porta do passageiro, oferecendo sua mão para me ajudar a entrar no carro.

— Então, quer ouvir alguma coisa? — perguntou ao ligar o motor.

Balancei a cabeça. Tinha impressão de que todas as vezes que Max colocou alguma música para tocar era sempre algo muito triste e eu não estava no clima para uma trilha sonora sofrida e dramática.

Queria mesmo era escutar sua voz, falar sobre besteiras e tentar controlar minha vontade de beijar sua boca toda vez que ele sorrisse para mim.

— Como foi seu fim de semana?

Ele franziu a testa como se essa fosse uma pergunta complicada.

— Normal — disse por fim. — E o seu? Trabalhou?

Pensei em questionar sua resposta, porque duvidava muito que ele não tivesse feito nada de interessante, mas resolvi deixar passar. Afinal, a noite só estava começando.

— Sim, foi especialmente chato. Tirei pó de quadros que nunca serão vendidos e atendi uma senhora um tanto mal-educada que, no fim, não comprou nada — reclamei. — E seu pai, como está?

Seus dedos apertaram o volante com mais força que o necessário, demonstrando um pouquinho de desconforto.

— Fomos ao médico hoje e ele está bem, tirando a memória perdida... Acho que a cabeça dele ainda está um pouco atormentada. Ele não quer falar sobre o sequestro ou sobre a pesquisa de vocês. Aquele dia lá em casa, era sobre isso que estavam conversando, não é?

Assenti.

— Ele também não estava muito animado em conversar comigo, para dizer a verdade. Mas acho que é normal, se levarmos em consideração o que aconteceu... Eu sei que você não queria que eu falasse com ele sobre isso, mas juro que foi seu pai quem me pediu para buscar umas coisas e o assunto acabou surgindo, sabe?

— Posso te pedir uma coisa? — Max me interrompeu, colocando sua mão sobre a minha e a apertando gentilmente. — Não vamos falar sobre meu pai hoje, ok? Quero estar com você, só com você. É a primeira vez que estamos juntos sem precisar pensar em quadrilhas internacionais ou sobre sequestros e tiroteios. Vamos aproveitar o momento.

Um sorriso tímido estampou meus lábios e eu concordei, afinal, também queria a mesma coisa. E eu não tinha ideia de quanto tempo essa calmaria iria durar.

Max estacionou o carro próximo ao Temple Bar e nós dois descemos as ruas lotadas com um pouco de dificuldade. Não importava se era dia ou noite, fim de semana ou não, a região estava sempre lotada de turistas curiosos e residentes que saíam para jantar ou beber com os amigos. Um músico de rua dedilhava seu violão ali perto e as luzes dos *pubs* iluminavam o caminho de paralelepípedo.

— Então, qual foi o restaurante escolhido? — perguntei curiosa.

Ele segurou minha mão e abriu um sorriso misterioso enquanto me guiava pelas ruas coloridas.

— Você vai ver.

Quando paramos em frente a uma porta branca e uma enorme janela de vidro, que eu imediatamente reconheci, precisei conter minha felicidade. Aquele era um dos meus lugares favoritos na cidade inteira.

Ele falou seu sobrenome para a recepcionista, que nos indicou uma mesa ao fundo do restaurante. Nossa garçonete nos levou até lá e entregou dois menus, mas a verdade é que eu já sabia o que iria pedir.

— Panquecas com mirtilo, certo? Você disse que era sua comida favorita — Max perguntou, confirmando algo que já sabia. — E aqui é o melhor lugar para comer panquecas em Dublin, inclusive no jantar.

— Uau, Max! — exclamei com um tom de provocação, escondendo minha satisfação por ele ter se lembrado. — Você *realmente* quer me agradar.

Ele riu alto.

— Você acha? — retrucou com ironia.

Acho que nunca abri um sorriso tão sincero em minha vida toda.

Durante o jantar, nós só paramos de falar para mastigar. Confesso que fiquei um tanto surpresa com a nossa facilidade em conversar sobre as coisas mais diversas. Era como se tivéssemos ultrapassado uma barreira de intimidade, e agora tudo fluía de uma maneira mais transparente e fácil. Se naquele dia ao telefone descobrimos nossos gostos e desgostos, hoje, discutimos nossos medos e frustrações, sonhos e desejos. E se o restaurante não precisasse fechar, acho que teríamos passado a noite toda ali.

Pela primeira vez, expressei em voz alta a minha preocupação com o futuro ou com o fato de que ainda não tinha certeza sobre o que queria fazer na vida. Uma coisa era certa: eu definitivamente não queria ficar presa em uma galeria pequena tentando vender quadros de uma artista que mal se importava com o seu trabalho.

— Sinto muito, mas fechamos em quinze minutos — nossa garçonete se desculpou, deixando a conta na mesa.

Só então me dei conta do tempo que havia passado. Acho que ficamos ali por quase cinco horas, o que era um recorde para mim. Nunca tive muita paciência para encontros e conversa furada, mas eu estava excepcionalmente interessada em tudo que Max falava.

Até ele me contar que iria voltar para Paris em dois dias. Ele havia comentado que amava seu trabalho — o que definitivamente me fez pensar que ele voltaria em breve, mas não imaginei que fosse tão cedo.

— Dois dias? — repeti um tanto incrédula.

Enquanto ele colocava o dinheiro e a gorjeta em cima da conta, seus olhos me encararam com tristeza, mesmo que um sorriso ainda estivesse em seu rosto.

— Amanda, você vai sobreviver sem mim. — Ele repetiu a frase que falou no hospital quando entrou na cirurgia, e eu fiquei com uma vontade repentina de chorar.

Naquele dia, eu ainda não sabia se queria sobreviver sem ele, hoje, eu tinha certeza que não. Era simples assim. A verdade é que não é difícil se acostumar com a presença de uma pessoa, o difícil é lidar com a ausência dela.

— Claro que vou — resmunguei, irritada.

Eu definitivamente iria sobreviver, não tinha dúvidas. Sempre fui uma pessoa inteira e não acho que preciso de alguém para me completar, mas eu queria estar perto dele. Não para me sentir completa, mas para somar.

— Eu trabalho lá, você sabe disso...

Lógico que sabia, e também não achei que ele fosse voltar para Dublin, mas a frustração era difícil de esconder, mesmo que, no fundo, eu soubesse que esse momento ia chegar.

Levantamos da mesa e Max segurou minha mão assim que saímos do restaurante. Estava brava, mas não o suficiente para afastá-lo. E se algum dia eu já estranhei o calor da sua pele contra a minha, não me lembrava.

— Eu venho todos os meses — acrescentou, tentando me tranquilizar. — E você pode ir ficar comigo, se quiser.

Era uma boa promessa.

No caminho de volta para o carro, as ruas já estavam um pouco mais vazias e silenciosas, mas ainda era possível escutar os burburinhos vindo de dentro dos bares. A porta de um dos *pubs* se abriu para que dois homens saíssem um pouco alterados, seus copos de cerveja na mão. O calor do local era convidativo, assim como a música que vinha lá de dentro.

— Quer entrar? — Max perguntou quando viu que meus olhos estavam perdidos no interior do bar. Dei de ombros, porque não fazia questão, mas também não me importaria de passar lá antes de irmos embora para melhorar o clima de enterro que havia se instaurado. — Acho que você quer.

Ele me puxou para dentro, guiando-me entre os clientes que tumultuavam o salão central, onde ficava o bar. Pegamos duas cervejas quando finalmente abrimos o caminho até o balcão e andamos até a frente do palco. Uma banda pouco conhecida fazia um show acústico, como era costume por ali.

Poucas pessoas dançavam ao som das canções originais do grupo, mas o clima estava tão gostoso e leve que resolvemos continuar por ali, aproveitando a calmaria.

Já estávamos na terceira *pint* quando o vocalista anunciou a próxima música, um *cover* favorito dos clientes: *What's Up?* da 4 Non Blondes. Um grupo de amigos ao nosso lado gritou em comemoração e eu também bati palmas, porque realmente amava essa música e já estava na hora deles cantarem algo mais animado. *What's Up?* era aquela faixa clássica de fim de festa, perfeita para ser acompanhada por pessoas meio bêbadas, alegres e desafinadas. E, atualmente, eu me encaixava perfeitamente nessa descrição.

Meu corpo se movia no ritmo da canção e, acompanhada por quase todas as pessoas do bar, cantava com toda a força que tinha em meus pulmões, fazendo toda uma encenação dramática. Max apenas me olhava e ria, achando graça da empolgação, mas se recusava a cantar. Puxei suas mãos e o balancei de um lado para o outro enquanto recitava a letra para ele.

> *I try, oh my god do I try*
> *I try all the time, in this institution*
> *And I pray, oh my god do I pray*
> *I pray every single day*
> *For a revolution*[4]

Ele balançou a cabeça ainda sorrindo, e quando o último refrão chegou, ele finalmente se rendeu, sendo contagiado pela nossa cantoria desafinada. Max gritou a letra da música com o resto do bar, usando seu copo como microfone, e ganhou até alguns aplausos quando a música acabou. Minhas bochechas estavam doloridas de tanto sorrir e ele me deu um beijo rápido no rosto, antes de agradecer o seu público.

Seus olhos estavam brilhando e as bochechas levemente coradas, acho que eu nunca tinha o visto tão relaxado e feliz. E se eu não sabia dizer se estava me apaixonando por ele antes, agora eu tinha certeza que sim.

Quero estar com você, ele havia dito. Só com você.

Bom, eu também.

---

4 "E eu tento, oh, meu Deus, como eu tento
Eu tento o tempo todo
Nesta instituição
E eu rezo, oh, meu Deus, como eu rezo
Eu rezo todo santo dia
Por uma revolução".

CAPÍTULO 25
TENTANDO ENTENDER O QUE ACONTECEU

Dizem que existe um período de calma antes da tempestade.

Mas eu moro em um dos países mais chuvosos do mundo e, assim como Dublin, a minha vida também tinha se tornado uma sucessão de temporais inevitáveis. Então, nem sempre eu conseguia identificar a paz que antecedia o desastre.

Enquanto observava cada detalhe no rosto de Max que dormia profundamente ao meu lado, deitado em meu travesseiro favorito, nunca imaginei que passaria o dia chorando por causa dele. A vida conseguia ser muito irônica às vezes.

— Bom dia — murmurei com um sorriso quando ele finalmente abriu os olhos.

Já passava de duas da tarde, mas não quis acordá-lo antes. Nem lembrava a hora que fomos dormir, mas era tarde. Tão tarde que chegava a ser cedo.

Quando finalmente saímos do *pub*, Max precisou deixar seu carro estacionado no centro e pedir um táxi, porque nenhum de nós estava sóbrio o suficiente para dirigir. A decisão de vir para a minha casa foi fácil, afinal, meus pais não estavam na cidade e acho que nenhum de nós aguentava mais a tensão sexual que havia se acumulado nos últimos dias. Cada vez que ele encostava em mim, sentia como se fosse explodir.

— Não acredito que você estava me olhando dormir — provocou com a voz rouca.

Dei de ombros e ele abriu um sorriso, antes de esticar os braços para se espreguiçar. Depois, deitou-se em cima de mim, com cuidado para não me esmagar, e me deu um selinho rápido.

— Você é mais bonito quando está dormindo — falei, tentando manter a voz séria.

Era mentira, claro. Eu estava tão perdida que o acharia igualmente bonito até se estivesse coberto de lama ou com o rosto deformado por, sei lá, várias picadas de um enxame de abelhas. Mas, nesse caso, eu o acharia lindo e ficaria também estupidamente preocupada, porque picada de abelha é uma coisa séria.

Ele riu e depositou um beijo na minha bochecha, depois em meu nariz. Beijou cada centímetro do meu rosto e desceu para o meu pescoço, e depois, meu colo. Um suspiro escapou de meus lábios enquanto ele continuava com a carícia, deixando que sua boca passeasse pelo meu corpo sem restrições. Ele abriu minhas pernas e apertou minha coxa, próximo da virilha, e eu gemi baixinho.

Neste momento, pensei, *ficaria aqui para sempre.*

Um suspiro escapou dos meus lábios e eu fechei os olhos, aproveitando seu toque. Eu sentia como se pudesse explodir com todo o desejo que havia se acumulado nos últimos meses e agora que tudo parecia estar mais calmo, eu finalmente podia me libertar.

— Nós precisamos sair da cama. — Ele sussurrou algumas horas depois enquanto fazia cafuné no meu cabelo. Resmunguei qualquer coisa e enterrei a cara em seu pescoço. — Amanda, você precisa comer alguma coisa, não vou te deixar passar fome.

Rolei os olhos ainda com o rosto escondido.

— *Tá*, tanto faz — falei com a voz abafada.

Escutei Max rindo ao se levantar, antes de deixar um buraco ao meu lado. Segurei sua mão, puxando-o de volta, mas ele riu e me soltou. Então senti um arrepio correr minha espinha, como se fosse meu corpo reagindo à distância dele, com medo de que nunca mais fosse voltar e preencher aquele vazio novamente. Mas era besteira, certo?

Ergui a cabeça e me sentei na cama, puxando o lençol para cobrir meu corpo. Max pegou sua cueca no chão e a vestiu, antes de ir ao banheiro. As roupas espalhadas pelo chão, misturadas com as minhas, pareciam pertencer ao tapete do meu quarto e eram uma memória vívida das últimas horas. Senti meu rosto esquentar involuntariamente e mordi os lábios para esconder o sorriso que queria aparecer.

Ainda cheia de preguiça, continuei sentada, mexendo no celular, até ele abrir a porta e me encarar com a sobrancelha arqueada.

— Vai ficar na cama o dia inteiro? — Dei de ombros e abri um sorriso inocente. — Não acredito que vou precisar trazer seu almoço aqui em cima.

Meu sorriso se alargou e ele riu do outro lado do quarto.

Max analisou minhas paredes e seus olhos pousaram naquele quadro que eu havia feito tantos anos atrás. Vi sua expressão curiosa analisar os traços amadores, principalmente se comparado com os seus desenhos – que pareciam obras de arte fora de um museu –, mas então ele tocou o vidro, passando os dedos pelo contorno do lápis com delicadeza e... ternura.

— É feio, eu sei, mas tem valor emocional — murmurei envergonhada e, por algum motivo, tentando justificar o porquê do quadro estar ali.

Ele sacudiu a cabeça, virando os olhos na minha direção.

— É perfeito.

Então, o alarme do meu celular tocou, assustando nós dois. Era hora de tomar minhas vitaminas. Há alguns meses, eu descobri que estava com deficiência de vitamina D, algo comum para os cidadãos de uma cidade onde quase nao faz sol. Por isso, todos os dias, eu precisava engolir algumas cápsulas até que meus níveis voltassem ao normal — o que eu não acreditava que seria tão cedo.

— Você pode pegar meu remédio? — pedi para Max, já que ele estava ao lado da minha escrivaninha, apontando para o móvel. — É uma embalagem laranja, deve estar aí no meio.

Ele assentiu e procurou pela caixinha dentro da bagunça organizada na minha gaveta. O barulho de canetas e papéis se mexendo preencheram o ambiente até que Max finalmente levantou a cartela de vitaminas com a mão. Todavia, seus olhos continuaram presos no conteúdo da gaveta, observando algo atentamente.

Franzi a testa, confusa, mas não demorei em perceber o que ele havia encontrado.

Não, não, não.

Meu corpo gelou quando vi ele levantando um papel, que eu reconheci imediatamente.

Era meu mapa de suspeitos. Aquele que havia feito depois de falar com o pai dele, aquele em que o nome *Murray* estava em vermelho, ligado ao de Darren por uma linha nada lisonjeira.

— Max — chamei, preocupada. Ele não se virou em minha direção, então levantei da cama e coloquei meu roupão que estava pendurado atrás da porta. — Max?

— O que é isso? — perguntou ainda sem me olhar. Sua voz era dura e cheia de julgamentos. — Se você não me falar, vou tirar minhas próprias conclusões.

Ele analisava cada detalhe do papel, os dedos passeando pelas minhas anotações com desgosto. Senti minha pressão baixar.

— Não é o que você está pensando — falei simplesmente, ainda grudada ao pé da porta, sem coragem para chegar perto dele.

— Então você não fez uma lista de suspeitos e colocou o nome do meu pai no meio? Como se ele tivesse forjado seu próprio sequestro? Como se ele, deliberadamente, tivesse feito minha mãe passar pelos piores dias da vida dela? Como se meu pai tivesse nos deixado acreditar que ele poderia estar morto? — questionou, exasperado. — Não é isso que você fez?

Fiquei em silêncio.

Não sabia o que responder, porque era exatamente isso que eu havia feito. Mas quando eu fiz a lista, não pensei dessa forma. Não achava que Murray fosse uma pessoa má, não era nada disso. Eu apenas achei estranha a forma como ele se comportou comigo naquela tarde em que conversamos. Além do mais, a lista não significava nada. Eu só estava tentando colocar meus pensamentos em ordem, dar sentido a tudo que aconteceu.

— Isso não é nada, eu juro — expliquei com a voz trêmula. — Eu só estava refletindo sobre algumas coisas que ele me falou, não é como se eu realmente achasse que está envolvido.

Certo, talvez fosse. Mas Max nunca entenderia isso.

Quero dizer, como eu poderia explicar que seu pai estava agindo de maneira suspeita? Ou que eu passei os últimos dias pensando em todas as vezes em que ele me pediu para pesquisar e anotar todos os itens que sumiram e seus valores, além dos funcionários das galerias que estavam trabalhando nos dias dos roubos. E que Murray nunca me deixou passar essas informações para a polícia quando seria a coisa mais simples e correta de se fazer.

Talvez eu estivesse um pouco paranoica, admito. Não queria estar sequer pensando nessa possibilidade, mas era inevitável. Era impossível controlar meus pensamentos, eles simplesmente estavam ali e pronto.

— Se você não achasse que ele estivesse envolvido, não teria colocado o nome aqui, é muito simples, Amanda. — Max sacudiu a cabeça e respirou fundo, olhando mais uma vez a folha e depois erguendo seus olhos em minha direção. — Você está ficando completamente obcecada! Eu não sei mais como lidar com você, com essa situação. Parece que nada te satisfaz, resposta nenhuma vai te deixar feliz se não for muito excitante, não é mesmo? Não basta meu pai estar vivo, você quer *mais*.

Eu não consegui responder à acusação, porque, no fundo, eu temia que fosse verdade. Meus pensamentos eram consumidos constantemente por uma curiosidade fora do normal e estava se tornando cada vez mais difícil me distrair com outras coisas. Mas não era uma questão de ficar satisfeita ou não, eu apenas estava tentando entender o que aconteceu. Mesmo que isso usasse toda a minha energia.

Era realmente algo tão ruim assim querer saber a verdade?

Quando não respondi, Max assentiu com um ar decepcionado e colocou o papel de volta na gaveta. Depois, pegou suas roupas do chão e as vestiu em silêncio, enquanto eu o encarava ainda sem saber o que dizer. Ele sempre foi melhor com as palavras do que eu.

— Você não pode ir embora — falei quando ele ameaçou sair do quarto, soando um pouco desesperada. — Não por *isso*.

— Amanda, minha paciência para esse assunto já se esgotou. Eu te ajudei, deixei você fazer coisas absurdas e continuar essa investigação idiota sem falar nada, mesmo que fosse completamente irracional, mesmo que me incomodasse e me preocupasse. Deixei, porque eu gosto *pra* caralho de você, porque eu deixei me convencer que, talvez, você tivesse razão. Mas já deu. Eu não consigo mais lidar com tanta desconfiança e obsessão. Com essa necessidade inconsequente de saber tudo, quando as coisas que realmente importam estão na sua frente.

Cada palavra que saía da sua boca me cortava como um caco de vidro invadindo a minha pele. Seus olhos estavam frios e sua decepção transbordava, me sufocando lentamente. Eu nunca me senti tão exposta e julgada.

— Mas eu sou assim — respondi num sussurro, meus olhos começando a ficar marejados.

Ele me olhou por alguns segundos antes de murmurar com a voz falha e magoada:

— Eu sei.

E com esse *"eu sei"* eu entendi que, na verdade, ele quis dizer "eu sei e não espero que você mude por mim, mas também não estou disposto a mudar por você". O que, em minha opinião, doeu muito mais do que escutar qualquer outro tipo de rejeição.

Max colocou a cartela de comprimidos na minha mesa de cabeceira e saiu do quarto sem olhar em minha direção uma última vez. E, naquele momento, meu coração se partiu em tantos pedaços que eu não conseguia imaginar o dia em que ele estará inteiro novamente.

Eu queria ter segurado seu braço e pedido que não fosse embora. Queria dizer que eu não iria mais brincar de detetive ou procurar qualquer coisa relacionada aos roubos ou ao sequestro. Mas a única coisa que saiu de minha boca foi seu nome, numa súplica falha e silenciosa que não foi atendida.

CAPÍTULO 26
EU VOU TE CONTAR TUDO

Eu não sabia que era possível sofrer tanto por um relacionamento que durou tão pouco, mas pelo visto era. Meu coração realmente doía como se estivesse fisicamente machucado e eu não sabia o que fazer para minimizar a angústia que me apertava o peito. Queria entrar num carro com Max, escutar as músicas tristes que ele deveria colocar para tocar, e ficar do seu lado em silêncio. Queria que ele me ligasse e pedisse desculpas, mesmo que não achasse que ele fosse culpado de coisa alguma. Eu não sabia dizer quem tinha mais razão, se era ele ou eu.

Possivelmente nenhum de nós.

Quanto mais pensava em nossa briga, mais eu me via obrigada a admitir que ele estivesse certo em ficar bravo, mas não em me deixar. No fim, acho que nossas personalidades eram realmente muito diferentes para passarmos tanto tempo juntos sem brigar. O fim era inevitável, eu deveria saber. Só era difícil deixar de lamentar pela forma com que ele foi embora. Pela decepção em seu olhar.

Meus pais, como nunca nem souberam que eu estava *desse jeito* com Max, não estranharam meu comportamento e associaram minha falta de energia e constante olheiras ao fato de que eu ainda devia estar traumatizada com o que aconteceu com Murray.

Meu professor, inclusive, havia mantido sua promessa. Nossa investigação realmente tinha acabado e ele entrava em contato comigo agora somente por telefone ou *e-mail* para corrigir minha tese e fazer apontamentos nos trechos em que eu deveria melhorar. Era estranho falar com ele sobre minha pesquisa sem que realmente estivéssemos pesquisando. Sentia como se estivesse escrevendo um livro de ficção, já que precisei cortar as partes que eram verdades e trocar por hipóteses e ideias relacionadas ao tema. Era um grande texto de especulação e eu já não me reconhecia nele.

Rosie também entrou em contato, perguntando se eu estava pronta para conversar com ela novamente. Tive vontade de rir quando ela me ligou. Conversar sobre o quê? Será que ela queria escutar minhas teorias mirabolantes ou será que ainda iria me tratar como suspeita?

Não sei. De qualquer forma, agradeci sua atenção e disse que não tinha nada para falar.

Era a verdade.

Enquanto arrumava a bagunça do meu quarto uns dias depois, encontrei o cachecol que Max usou na noite do nosso encontro. Estava jogado atrás da cama e ainda tinha o cheiro do seu perfume amadeirado. Peguei o pedaço de pano e inspirei fundo, fingindo que a peça ainda estava em seu pescoço e que ele ainda estava perto de mim. Fiquei agarrada no tecido cinza escuro por três dias até que Claire invadiu meu quarto e falou que aquilo era ridículo, pegando o cachecol e o colocando em sua mochila, provavelmente para jogá-lo no lixo assim que saísse da minha casa.

— Amanda, acho que você tem todo o direito no mundo de ficar chateada por ele ter ido embora, mas não vai se afundar num poço de tristeza por causa de homem nenhum. Eu não vou deixar! — Ela colocou as mãos na cintura, brava. — Eu sei que você realmente gostava dele e tenho certeza de que as coisas que vocês dois passaram juntos fez com que esse sentimento se intensificasse, mas se ele quis ir embora, é ele quem está perdendo.

— Eu não te falei o motivo — murmurei, envergonhada, encolhida no canto da cama.

Claire franziu a testa, confusa.

— Motivo de quê?

— De ele ter ido.

— Ele não voltou para Paris?

Fiz uma careta ao escutar o nome da cidade. Não acredito que agora, além de tudo, ainda iria associar um dos meus lugares favoritos no mundo a *ele*.

— Voltou, mas esse não foi o problema. Eu fiz uma coisa. — Claire suspirou e colocou a mão na testa como se já estivesse prevendo minhas próximas palavras. — Eu fiz um quadro de suspeitos do sequestro e dos roubos, e coloquei o nome do pai dele no meio.

Ela se sentou na cadeira da escrivaninha e balançou a cabeça.

— Eu queria dizer "não acredito", mas isso é a sua cara. Ficar doida tentando encontrar seu professor e depois cismar que ele mesmo forjou o próprio sequestro — rolei os olhos, mas sabia que estava certa.

Claire me conhecia bem demais. — Foi por isso que vocês brigaram então? Por que Max acha que você está doidinha da cabeça por pensar que o pai dele é um criminoso?

— É, algo do tipo.

Ela assentiu como se tudo fizesse sentido agora.

— Não sei se ele está errado. Acho que eu também ficaria puta se você acusasse minha família de algo parecido — ponderou. — Mas você teve um bom motivo pelo menos?

— Bom motivo *pra* quê? — perguntei confusa.

— Para tê-lo colocado na lista, claro. O que te levou a fazer isso? Porque te conhecendo como eu conheço, não acho que você teria feito isso se não fosse uma possibilidade.

Eu não soube responder de cara. Foram várias coisinhas, misturadas com uma intuição que nunca senti antes. Ele não se lembrar de nada, o fato de ter acabado com a pesquisa, Hector que estava nos espionando. Não sei, mas de repente as coisas não pareciam normais. Era como se eu estivesse me lembrando de pequenos detalhes que apenas não faziam mais sentido. Estávamos fazendo todo aquele levantamento por qual razão? Ele nunca me contou. E eu, uma estudante maravilhada com a oportunidade de trabalhar com o melhor professor da universidade, nunca questionei.

Ainda tinha o fato de ele ter me pedido para não falar com a polícia. Quero dizer, tem algo mais alarmante que isso? Tudo bem que, na época, eu concordei, mas apenas porque achei que eles estivessem envolvidos de alguma forma. O que realmente poderiam estar, quem sou eu para dizer que não, só acho que Murray estava preocupado demais com *isso*, e pouco preocupado com outras coisas.

Claire escutou tudo em silêncio e demorou um pouco para me responder. Enquanto contava tudo o que havia acontecido, com detalhes que antes não havia falado, ela olhava o mesmo papel que fez Max ir embora, que continuava no mesmo lugar em que ele deixou como uma lembrança constante da sua partida.

Então, depois de um tempo, ela finalmente deu sua opinião:

— Você está perdida.

— Caramba, obrigada por nada — resmunguei irritada.

Claire começou a gargalhar e deu de ombros. Acabei rindo também, um pouco por desespero e um pouco porque eu precisava da distração.

Eu realmente estava perdida.

Ao menos, a conversa com ela, apesar de não ter me ajudado a descobrir nada que já não soubesse, fez com que eu percebesse que chorar pelo leite derramado não me levaria a lugar algum. Se Max havia terminado comigo porque eu estava obcecada pela investigação, então eu poderia muito bem agir como tal.

Quero dizer, as coisas entre nós não tinham conserto e ele já deveria estar em Paris há alguns dias sem nem lembrar da minha existência, vivendo sua vidinha de advogado e saindo com garotas francesas que não usavam um pingo de maquiagem na cara e ainda assim pareciam ter saído de um editorial de moda.

E eu? Bem, eu era apenas a estudante de Artes que estava obcecada com o sequestro do pai dele.

Por isso, na noite de sábado, depois de fechar a galeria, liguei para Hector. Eu passei os últimos dias o ignorando, então ele pareceu genuinamente surpreso ao escutar minha voz, e ainda mais quando eu o chamei para um café. Mas o que posso dizer? O cara era o único que poderia me ajudar agora e iluminar minhas ideias mais obscuras.

Enquanto caminhava até o local que marcamos, perto do hotel dele, precisei conter a vontade de mandar uma mensagem para Max. Ele seria a pessoa que eu gostaria de ligar agora, mesmo sabendo que iria me dar uma bronca por estar indo sozinha. Queria escutar sua voz falando que eu era impossível, seguida de uma risada e a garantia de que estaria lá se fosse preciso. Mas, pelo visto, era justamente minha imprudência que fez com que ele fosse embora, então essa conversa nunca mais iria acontecer fora da minha cabeça.

O café estava vazio quando entrei e nem o calor do aquecedor ou o forte cheiro de brownie recém-assado conseguia tornar o ambiente um pouco mais aconchegante. Resolvi me sentar em uma mesa mais afastada e esperei por Hector enquanto olhava meu celular. Alguns colegas da faculdade me mandaram *links* de notícias relacionadas ao sequestro e nenhuma mencionava os possíveis suspeitos. Ao longo da semana, finalmente divulgaram que Murray fora encontrado, mas os textos eram apenas um apanhado de informações inúteis que terminavam com o aviso de que a polícia ainda estava conduzindo as investigações e nenhuma pessoa foi responsabilizada. Uma das matérias chegou a ligar o sequestro com o tiroteio no parque, só que não se aprofundou muito, então ninguém realmente se importava.

Estava prestes a entrar no Facebook do Max para ver se ele havia postado alguma coisa quando Hector entrou pela porta de madeira e vidro. O barulho do sininho que avisava a chegada de novos clientes me chamou a atenção e eu senti um arrepio correr minha espinha quando ele acenou em minha direção. Lindo e assustador, como sempre.

— Olá, Amanda. — Ele sorriu em minha direção e puxou uma cadeira para se sentar. — Como você está?

— Bem — respondi com cautela. — Sinto muito pelo sumiço...

Ele deu de ombros, parecendo um pouco ressentido, mas não fechou a expressão.

— Eu imagino que os últimos dias devem ter sido um tanto caóticos, porém não o suficiente para não conseguir responder uma mensagem, mas ainda assim. — Meus olhos se arregalaram um pouquinho com o comentário ácido, não esperava que ele fosse ser tão direto. Quero dizer, Hector era, acima de tudo, um poço de educação. — Eu vi que Max voltou para França.

Meu estômago se revirou ao escutar o nome dele. Se Hector tinha visto, então Max havia atualizado suas redes sociais como se nada tivesse acontecido, e isso me deixava enfurecida.

— Pois é, voltou — comentei, tentando não demonstrar interesse. Acho que falhei miseravelmente, pois minha voz continha tanta tristeza que eu senti pena de mim mesma. — E, você, quando volta para a Espanha?

— Na próxima semana, se tudo correr bem.

— Tudo o quê? A devolução do seu dinheiro? — Ele estreitou os olhos e concordou. — Achei que o seguro já tivesse sido aprovado.

— Foi, mas eu ainda não recebi o valor acordado, poderia ter te contado, mas você sumiu.

Suspirei.

— Eu realmente sinto muito por não ter respondido, ainda estou tentando entender o que aconteceu esse mês, sabe? Na verdade, é por isso que te chamei aqui. Acho que precisamos conversar.

Ele se mexeu desconfortavelmente na cadeira, mas também parecia saber que esse momento iria chegar.

— Sobre? — perguntou.

Pigarreei e dei uma olhada em volta para ter certeza de que ninguém estava nos escutando, e me aproximei dele ao notar que realmente éramos os únicos ali, além dos funcionários.

— Sobre as fotos que você guarda no topo do seu armário — falei baixinho, com o tom de voz mais sério e intimidador que consegui.

A verdade é que estava me tremendo por dentro, mas precisava que ele colaborasse comigo, afinal, ninguém mais parecia fazer isso. E eu também não achava que ele fosse capaz de me machucar, nem nada do tipo, só ficar muito bravo. O que, convenhamos, muitas pessoas ficam o tempo todo.

Hector não pareceu surpreso, ou pelo menos não demonstrou nenhuma reação. Seus olhos negros me encararam, sustentando meu olhar com intensidade.

— As fotos que você encontrou quando entrou no meu quarto sem a minha permissão? — perguntou no mesmo nível.

Acho que meu corpo inteiro entrou em choque. *Ele sabia?*

Abri a boca algumas vezes numa tentativa falha de encontrar palavras que pudessem justificar os meus atos, mas não achei nenhuma. Há quanto tempo ele sabia? E como?

— Hector...

— Eu não quero que você se explique, não importa mais. — Ele me cortou, um tanto impaciente. — E eu vou te contar tudo o que sei, desde que você me prometa uma coisa.

Meu coração batia tão rápido que achei que estivesse prestes a ter um ataque de nervos, mas eu não podia morrer justo agora, então rezei para que meu corpo se comportasse pelos próximos minutos. Ele iria me contar *tudo*.

— O quê? — perguntei rapidamente.

Hector cruzou as mãos em cima da mesa antes de dizer sua condição, sem parecer minimamente abalado. Era como se o fato de que esses nossos dois segredos já não existissem mais tivesse dado a liberdade para ele ser honesto pela primeira vez. Como se ele tivesse esperado por esse momento há algum tempo.

— Você vai manter meu nome fora disso.

— Eu prometo — respondi sem pensar.

Agora restava saber uma única coisa... Manter seu nome fora de quê?

CAPÍTULO 27
A COISA MAIS ESTÚPIDA QUE EU JÁ HAVIA ESCUTADO

Sempre fui uma pessoa bastante criativa, mas nunca, nem eu meus sonhos mais doidos, poderia ter inventado as coisas que Hector estava despejando em cima de mim.

Há mais de quarenta minutos ele falava sobre como havia sido enganado pelo Darren. Sobre como, num ato repleto de ganância, aceitou participar de uma exposição na Galeria Nacional, sabendo que um de seus quadros sumiria "misteriosamente" para que ele recebesse o dinheiro do seguro depois, e vendesse alguns dos quadros no mercado clandestino, golpe que Darren estava aplicando pela Europa inteira, mudando alguns detalhes, mas com sucesso absoluto.

Sua surpresa, porém, veio quando *todos* os seus quadros sumiram e Darren não soube explicar o que havia acontecido, garantindo que o roubo não fazia parte do plano, além de nunca ter repassado o valor do seguro – que havia ressarcido um número milionário para a galeria há poucos dias, coincidindo com a data em que Darren foi nomeado o novo diretor.

Hector até me mostrou alguns *e-mails* e mensagens impressas que, por ora, comprovavam a veracidade do que falava. Para ele, a vantagem não era grande, receberia algum valor a mais, que seria dividido com Darren, mas se comparado ao valor real da obra, não era muita coisa. Quando questionei o motivo de fazer isso, ele, relutantemente, explicou que precisava do dinheiro vivo. E vendendo a obra pelos caminhos tradicionais, implicaria em ter o valor taxado pelo governo.

Era a coisa mais estúpida que eu já havia escutado e eu teria vergonha de confessar algo do tipo, mas ele parecia mais desesperado do que incomodado.

Quando Darren sumiu com todos os quadros e com o dinheiro do seguro, ele se viu num prejuízo sem precedentes, financeiro e emocional. Aqueles quadros estavam agora perdidos para sempre. E isso eu conseguia entender, afinal, eram obras únicas que deveriam estar nas mãos de pessoas que realmente se importam com a história ou dentro de museus. Era ofensivo que um colecionador como ele fizesse algo desse cunho. Queria dar uns tapas em seu rosto de ator de Hollywood.

Hector também colocou data em certos eventos que eu já estava familiarizada: ele realmente contratou um advogado para investigar os roubos e ele não sabia o que havia acontecido com Murray naquele primeiro dia em que nos conhecemos em seu quarto de hotel.

Mas, de acordo com ele, poucas horas depois de termos ido embora, ele se encontrou com Francis, o detetive, que lhe entregou algumas fotos. Sim, as fotos que eu encontrei na noite do baile.

— Eu posso te garantir que Darren está envolvido nisso tudo. E que ele é a "mente brilhante" por trás dessa quadrilha. Mas o que vou te falar agora é apenas a minha opinião. Francis estava seguindo Darren naquela semana antes do sequestro e reparou que ele, por sua vez, também estava seguindo uma pessoa: Murray. Ele achou o comportamento estranho e tirou aquela foto que você encontrou para tentar entender qual era a relação entre vocês três. — Ele colocou as fotos na mesa. — Francis estava se passando por um aluno da universidade durante esses dias e, na noite antes do sequestro, ficou esperando Darren sair de sua sala. Quando ele finalmente saiu, foi para a porta da biblioteca e ali ficou, até uma pessoa em especial aparecer. Imagino que você saiba quem... Darren foi a última pessoa que Murray viu aquela noite antes de ser levado. O que, em meus olhos, é muito suspeito. Murray sabia de muita coisa, assim como você. E, pelo o que eu consegui descobrir sobre Darren nos últimos meses, ele não é uma pessoa equilibrada, longe disso.

— Você acha que Darren foi o responsável pelo sequestro? — perguntei, um pouco em choque

Eu passei os últimos dias jurando de pés juntos que Murray estava mentindo. Escutar a versão de Hector fez com que eu me sentisse enjoada. Se ele tivesse razão, eu nunca me perdoaria por ter duvidado do meu professor. Por ter feito aquele quadro estúpido de suspeitos com seu nome no meio. Por Max ter ido embora com raiva de mim.

— Darren é responsável por muitas coisas — disse simplesmente, sem se estender. — Essa poderia muito bem ser uma delas.

Senti um calafrio correr minha espinha com a revelação.

— Como você sabe tanto sobre ele?

— Amanda — disse meu nome com frieza —, quando alguém mexe com o seu dinheiro, você não deixa barato. Francis desenterrou todo o passado dele e, deixe-me te dizer, não é uma história bonita.

Franzi a testa.

— Acho que posso aguentar.

Ele relaxou o corpo na cadeira e seus olhos me fitaram com curiosidade.

— Não tenho dúvidas.

— Então me conte — pedi impaciente. Hector balançou a cabeça.

— Outro dia — bufei.

Seus olhos transpareceram interesse novamente quando ele voltou a falar:

— Você já ouviu falar sobre uma palavra grega usada para se referir ao grande erro de um herói? Uma decisão falha, que irá, inevitavelmente, levá-lo ao desastre?

Neguei com a cabeça automaticamente, me perguntando sobre que diabos ele estava falando, mas então me lembrei de uma aula de literatura na faculdade, ministrada há muitos anos.

— *Hamartia* — sussurrei e Hector concordou.

A palavra tinha sido atribuída a vários significados ao longo dos séculos, mas o mais comum estava ligado à interpretação de Aristóteles. Para ele, Hamartia representava um erro, geralmente cometido pela ignorância ou arrogância de um protagonista, que ilustraria seu "defeito" de personalidade. Algo que era capaz de destruir aquela noção do herói imaculado, afinal, ninguém é perfeito.

O motivo pelo qual Hector estava falando sobre isso, entretanto, ia além do meu conhecimento.

— O que isso tem a ver com Darren? — perguntei, por fim.

Hector deu de ombros.

— Não estava falando sobre ele.

Sua resposta evasiva me fez perceber que eu estava começando a me irritar com a conversa enigmática. Eu precisava de respostas, não de um caça-palavras ou charadas.

— E o quadro falso que encontrei em seu quarto? — indaguei, numa tentativa de finalmente extrair alguma informação que me ajudasse.

Ele fez uma careta.

— Eu tentei entregar uma cópia para ele, ao invés do original. Algo me dizia que não podia confiar nele.

Uma risada sombria escapou de meus lábios.

— Meu Deus, Hector! Se tudo isso que você está me falando for verdade, você realmente pensou que fosse enganá-lo? — Ele bufou claramente ofendido. Mas, caramba, ele realmente era tão burro assim? — Aquele dia no baile, Claire disse que vocês dois estavam brigando no banheiro. O que aconteceu?

Hector franziu a testa ao se lembrar do evento.

— Eu o questionei sobre os quadros, e ele continuou se fazendo de inocente enquanto bebia champanhe numa maldita festa que deve ter sido paga com o meu dinheiro, e que ele teve a audácia de me convidar como se eu fosse esquecer o que aconteceu.

Arregalei os olhos um pouco assustada com o tom de voz dele e pedi um copo de água para o garçom, que demorou alguns segundos para ver minha mão se agitando pelo ar. Quando ele finalmente entregou a bebida, tomei tudo sem nem respirar, como se dependesse daquele líquido para viver.

Minha garganta estava seca e meu coração batia freneticamente no meu peito. Eu estava tão confusa com a enxurrada de informações que era difícil concentrar. Se Darren fosse mesmo o idealizador dessa quadrilha, então significava que ele sempre esteve do nosso lado. Quero dizer, ele trabalhava no mesmo prédio em que eu passava a maior parte dos meus dias. Ele estava logo ali, o tempo todo. E nós nunca desconfiamos de nada.

E, apesar de tê-lo colocado em meu radar nos últimos dias, era estranho escutar outra pessoa expondo seus pensamentos em voz alta. Tornava tudo ainda mais real.

Ao finalmente esvaziar o copo, perguntei:

— Por que você está me contando tudo isso?

Hector franziu a testa, confuso. Ele não estava esperando que minha curiosidade fosse justamente essa. Quero dizer, perto de tantas outras revelações, parecia uma dúvida insignificante.

Mas como eu poderia acreditar nele se não sabia o motivo de estar contando tudo para mim? O que eu iria fazer com todas aquelas informações? Será que ele esperava que eu fosse até a polícia? Será que queria vingança?

Talvez fosse apenas louco.

— Não sei — respondeu após alguns segundos de ponderação. — Eu agi com ganância, Amanda, admito, mas não como Darren. E não acho que você mereça ficar no escuro. Não acho que você mereça nada do que aconteceu. Ser arrastada para o meio dessa loucura toda não foi justo com você. *Você é uma boa pessoa.*

A realidade chocou-se contra mim como um banho gelado.

— Você está com pena de mim — declarei com a voz falha. Ele não negou e eu balancei a cabeça. A humilhação que estava sentindo ultrapassava todos os outros sentimentos que habitavam os meus pensamentos. Ele tinha pena de mim e, francamente, eu também. Maldito seja o dia em que eu resolvi que seria uma boa ideia me enfiar no meio de uma investigação. — E você quer que eu conte tudo para a polícia.

Mais uma vez, Hector continuou em silêncio por alguns segundos, mas ele sabia que não precisava responder para que eu soubesse que sim. Se eu contasse para a polícia, mantendo seu nome de fora, ele teria sua vingança garantida. Veria a pessoa que roubou seus quadros ser presa e, de quebra, não teria nenhum envolvimento com o espetáculo, sendo pintado como uma das vítimas ao lado de Murray.

Era um ótimo plano, afinal, eu tinha prometido deixar seu nome de fora. E eu costumava cumprir as minhas promessas.

Mas apenas se tudo o que ele tivesse falado fosse verdade.

Porque, caso não fosse, eu seria taxada de louca pela polícia. E não acho que a detetive Rosie seria tão compreensiva quanto Max, que apenas me olhou com decepção e balançou a cabeça. Ela iria desconfiar ainda mais de mim, tenho certeza. Sem falar em Cormac que, provavelmente, me tacaria dentro de uma cela da prisão, sem nem perguntar nada.

— Eu não sei se posso fazer isso — avisei.

— Por que não? — perguntou sem esconder a revolta de sua voz.

— Como eu posso ter certeza de que você não está mentindo? — perguntei elevando meu tom de voz. Ele não iria conduzir essa conversa. — Até onde sei, você pode ter inventado tudo o que falou até agora.

Apesar da minha seriedade ao falar, no fundo, precisava admitir que queria muito acreditar na sua versão. Porque nela, Murray era inocente. E, apesar de isso me tornar uma paranoica de carteirinha, eu não precisaria lidar com a decepção.

Hector bufou como se não acreditasse na minha dúvida. Ele continuou me encarando, esperando que eu cedesse.

— Sinto muito, não vou falar com a polícia — declarei por fim, levantando da cadeira bruscamente.

E ele tinha razão. Eu estava ficando cada vez mais tentada em acreditar nas palavras que saíram da sua boca, mas não podia me deixar convencer com tanta facilidade.

Eu precisava de provas.

— Amanda. — Ele disse meu nome em tom de advertência quando ameacei ir embora.

Coloquei as mãos na cintura.

— Se você quer que eu te ajude, vai precisar de um pouco mais que conversa furada e especulações vazias.

— Assim como as suas? — debochou, batendo o punho na mesa de metal que tremeu com o impacto. Os dois funcionários da loja nos olharam com cautela e curiosidade. — Eu te mostrei os *e-mails*, o que mais você precisa? Que Darren te ligue, convide para um chá e conte tudo enquanto vocês dois comem biscoitos amanteigados?

Dei de ombros.

— Não seria uma má ideia.

Uma risada arrogante escapou de seus lábios e foi a minha vez de rolar os olhos. Se ele achava que estava em posição de ignorar os meus pedidos, problema dele. Não fui eu quem, supostamente, forjou o roubo do próprio quadro para fugir de impostos. Ele era patético.

— Adeus, Hector. Boa sorte fazendo com que a polícia acredite em você sem te prender no meio da conversa — acenei enquanto caminhava até a porta.

A imagem de seus olhos faiscando com ódio em minha direção foi a última coisa que vi antes de sair do café.

Achei que ele fosse correr atrás de mim e implorar para que eu o ajudasse, mas ele não veio. Fiquei me perguntando se isso era um sinal de que ele estava mentido, já que não tinha outras provas além de mensagens que poderiam muito bem ter sido feitas no *photoshop*. Ou se talvez ele tivesse um plano B, outra pessoa que pudesse ajudá-lo a contar tudo para a polícia. Mas eu duvidava.

Ele não tinha contado tudo aquilo para mim apenas por pena, Hector sabia que eu tinha informações sobre os roubos, mais dados do que qualquer outra pessoa. Se fosse eu contando para a polícia, a história não teria buracos. Além disso, eu e Murray estávamos investigando a quadrilha há tanto tempo que ninguém questionaria a fonte das minhas informações. Seria fácil justificar a história dele com documentos que eu mesma tinha.

Se fosse Hector fazendo a denúncia, porém, a polícia iria questionar o motivo dele não ter se pronunciado antes. Hector fora tão inocente que deu até entrevistas, provavelmente quando ainda acreditava que Darren iria, de fato, lhe entregar o dinheiro e os outros quadros. Agora, tempo demais havia passado. O risco que ele corria indo até a polícia, simplesmente, não valia a pena.

No carro, acabei fazendo algo por impulso. Peguei meu telefone e liguei para Max, mesmo sabendo que não poderia falar nada do que o Hector havia me contato para ele. Eu liguei, sabendo que ele, provavelmente, não queria escutar minha voz ou qualquer coisa que eu tinha para dizer. Foi um impulso inevitável, assim como meus sentimentos. A verdade é que não havia outra pessoa no mundo com quem eu quisesse conversar agora além dele.

Mas ele nunca atendeu.

Alguns dias acabaram passando e eu ainda não conseguia acreditar em tudo que Hector tinha falado. Sem ter com quem discutir, restava montar listas mentais em minha cabeça que me ajudassem a dar sentido àquela história. Parte de mim não queria acreditar em nada, porque parecia fácil demais, e a outra estava aliviada em saber, porque fazia sentido. Pensei no que Max falou antes de ir embora, sobre eu não estar satisfeita com o final feliz. Sobre querer *mais*. Ele não estava errado, minha frustração estava, sim, ligada, pelo menos em parte, com o fato de não me conformar com a facilidade que as coisas se resolveram. E com a facilidade do Murray em deixar para lá.

Talvez fosse o momento de olhar as coisas por outra perspectiva, já que a minha não parecia estar me levando a lugar algum. Por isso, quando Hector finalmente se rendeu e me ligou, pedindo que eu fosse encontrá-lo num endereço em Bray para ter a "minha maldita prova", eu concordei.

CAPÍTULO 28
QUE DIABOS EU ESTAVA FAZENDO ALI?

Bray não era exatamente perto do centro, pelo contrário. Eu dirigi por quase uma hora até chegar à localização enviada por Hector. Quando estacionei o carro, próximo da praia, reconheci de imediato o lugar que era frequentado em peso durante os meses de verão por pais, crianças e cachorros, que não perdiam uma oportunidade de sair de casa quando o clima estava um pouquinho mais agradável – e não necessariamente bom.

Agora a região estava tão deserta que fiquei com medo de sair do carro sozinha. Então liguei para Hector, querendo saber se ele já havia chegado, mas a ligação foi direto para a caixa postal. Por curiosidade, tentei o número outras três vezes, mas nada dele atender. Franzi a testa, procurando algum outro veículo e encontrei apenas espaços vazios no estacionamento.

Quando me ligou, há algumas horas, Hector parecia agitado e não deu muitas explicações. Ele falou que conseguiu as provas e que se eu quisesse vê-las, devia encontrá-lo naquele lugar. Como sempre, minha irresponsabilidade falou infinitamente mais alto que a sanidade, e eu não pensei duas vezes antes de responder "*ok, eu vou*", sem nem fazer outra pergunta.

Honestamente, às vezes eu me questionava como eu ainda estava viva. Quero dizer, todo bom fã de filmes de terror sabe que a garota intrometida que vai atrás do perigo, ao invés de correr dele, acaba morta. E, neste mês, correr atrás de ameaças era tudo o que eu havia feito.

Após alguns minutos sem notícias de Hector, nem por mensagem de texto, tremi de ódio, com medo de que ele tivesse me feito vir até aqui à toa. Então avistei uma sombra andando apressadamente alguns metros na frente.

Cormac.

O detetive tinha as mãos dentro do bolso e se movia como um fantasma, foi uma sorte tê-lo reconhecido no meio da escuridão. Mas o que ele estava fazendo aqui?

Algo me dizia que a sua presença não era nenhuma coincidência. Será que ele era a prova que Hector queria me mostrar? Será que ele estava envolvido nos roubos?

Enquanto me perguntava tudo isso, ponderei se deveria ou não esperar Hector me contatar antes de sair do carro, mas se eu fizesse isso, com certeza perderia Cormac de vista. Meus olhos se prenderam no relógio que piscava na tela: já passava de dez da noite. Quanto tempo mais ele iria demorar? Talvez seu celular tivesse ficado sem bateria e ele já tivesse me esperando no lugar combinado. Bom, só havia uma maneira de descobrir.

Saí do carro em silêncio e encostei a porta, evitando trancá-la com medo de chamar a atenção do detetive. Até agora, ele parecia alheio a minha presença, e eu esperava que continuasse assim.

Quando comecei andar atrás dele em passos cuidadosos e quietos, reparei que curiosamente eu coloquei uma roupa semelhante à dele, como se nós dois tivéssemos nos vestido para uma perseguição. A calça preta e moletom da mesma cor, acompanhados por um tênis de corrida, que mal fazia barulho ao encostar no chão. A única diferença era o boné escuro que ele usava, especialmente útil para esconder seu rosto, enquanto ele deslizava pela calçada com pressa. E enquanto eu andava atrás do detetive, ainda não sabia quem era a pessoa que ele estava seguindo. Hector ou Darren? Ou os dois?

Continuei acompanhando seu trajeto, sentindo meu coração na boca. Eu nunca tinha seguido alguém e a adrenalina envolvida era algo inimaginável. Fiquei imaginando o que ele faria caso virasse para trás e me encontrasse há poucos metros, claramente andando atrás da sua sombra. Acho que ele pegaria um revólver e atiraria em minha direção, num ato de autodefesa. Afinal, ele era policial e *alguma arma* deveria estar escondida debaixo de toda aquela roupa suspeita.

Ele atravessou a rua, mudando para a faixa mais próxima ao mar, e continuou sua caminhada. Em breve, o calçadão iria acabar, dando espaço apenas para uma rua estreita de poucas casas, que seguia até uma trilha nas montanhas. Antes dela, havia somente um hotel abandonado na beira do mar, com janelas de vidro quebradas, ervas daninhas crescendo desenfreadamente no jardim de entrada, e uma constante neblina que pairava em cima do prédio. Sempre que passava por ali, pensava que seria o cenário perfeito para um filme de terror.

Ah, a ironia.

Era lá que Hector pediu para me encontrar e quando Cormac empurrou o portão de ferro enferrujado e se esgueirou para dentro do imóvel, meus olhos se arregalaram levemente. Ele *realmente* estava envolvido nisso tudo, de uma forma ou de outra.

Prendi a respiração, ainda alguns metros atrás, escondendo-me atrás de uma lixeira e observei o detetive seguir até uma das portas, fechada apenas com a ajuda de um velho pedaço de madeira. Um único poste na rua produzia iluminação suficiente no local para que eu pudesse identificar a sua sombra finalmente entrando no hotel.

Busquei meu celular no bolso da calça, porque repentinamente pensei que seria uma boa ideia avisar alguém da minha localização, mas não o encontrei em lugar algum. Tateei o casaco em vão, finalmente me lembrando que ele ficou jogado no banco do carro. Um suspiro frustrado escapou de meus lábios enquanto avaliava se valia a pena voltar até lá antes de entrar no hotel.

Valia, claro que valia, pensei comigo mesma. Eu seria estúpida de entrar naquele lugar sem o telefone.

Francamente, eu era estúpida de estar aqui em primeiro lugar.

Corri até o carro e peguei o aparelho, fechando a porta logo em seguida, e voltando rapidamente ao hotel. As ruas continuavam escuras e vazias enquanto eu digitava uma mensagem para Claire, compartilhando minha localização em tempo real.

Meus olhos pairaram no nome de Max que continuava salvo nas mensagens favoritas, e eu precisei segurar a vontade de escrever para ele também. Mas o que eu poderia falar? "Oi, sei que você me odeia, mas estou prestes a entrar num hotel abandonado, onde Hector pediu para que eu fosse. Cormac está aqui também. Algo não cheira bem e talvez uma merda aconteça. Ah, também tenho quase certeza de que estou apaixonada por você, sinto muito por ter desconfiado do seu pai. Não me odeie para sempre, por favor."

Era patético.

Balancei a cabeça e guardei o aparelho no bolso, voltando a minha atenção para coisas mais urgentes que o motivo do meu coração partido, e encarei o portão semiaberto que parecia lançar um sorriso macabro em minha direção.

Empurrei o ferro pesado apenas alguns centímetros para que eu conseguisse entrar, e assim que pisei dentro da propriedade, um arrepio correu minha espinha. Algumas urtigas grudaram em minha calça enquanto eu andava até a mesma porta que Cormac havia escolhido para entrar e eu podia sentir minha pele coçando debaixo do tecido que definitivamente fora perfurado pelos espinhos. Que ótimo, além de tudo, as ervas eram venenosas e eu provavelmente teria uma reação alérgica. Era tudo o que eu precisava.

Mordi a língua, segurando o suspiro irritado, e continuei meu caminho até chegar à porta. A madeira que Cormac havia retirado para conseguir entrar repousava no chão e observei o vazio escuro que estava do lado de dentro.

Minha boca estava seca e o único barulho que eu conseguia escutar era o canto melancólico de alguns grilos que deviam se esconder no meio daquele matagal. Acho que nunca na minha vida eu senti tanto medo.

Que diabos eu estava fazendo ali?

Não sei de onde veio a coragem, mas meus pés deram um passo para frente, finalmente entrando no hotel. Estiquei as mãos, buscando alguma parede que pudesse tatear, mas não encostei em nada por uns bons metros. Então, como uma faísca de fogo que se acendia, literalmente, do nada, vi uma luz no final do corredor, acompanhada de sussurros.

Prendi a respiração e parei de me mexer imediatamente, tentando reconhecer as vozes, mas ainda estava muito longe para fazer qualquer distinção. Continuei a andar com ainda mais cuidado e percebi o volume do barulho aumentar a cada passo.

Uma risada cínica preencheu o ambiente e eu levei um susto com o som.

— Você só pode estar brincando se acha que vai sair dessa como inocente. — Hector falou à distância.

Apesar do tom de deboche, sua voz estava trêmula como se ele estivesse escondendo o medo.

— Cala a boca, cala a boca! — escutei Darren gritar de volta.

Ao contrário de Hector, ele soava como uma pessoa desequilibrada e eu dei um passo para trás, instintivamente. Hector nunca terminou de me contar o que descobriu sobre a personalidade de Darren, mas eu estava começando a acreditar que não podia ser coisa boa. Um barulho de madeira rangendo ecoou ao meu redor e eu mordi a língua, segurando o ar dentro dos pulmões, rezando para que não tivessem me escutado.

Era isso que Hector queria que eu presenciasse? Ele obrigando Darren a confessar? A loucura do homem que o enganou?

Após alguns segundos em silêncio, resolvi continuar a andar, já que as vozes estavam mais baixas e difíceis de escutar. Quando estava quase vendo a porta da sala por onde a luz escapava, senti alguém me puxar, imediatamente tapando minha boca, impedindo o grito desesperado que ficou preso na minha garganta.

Cormac me empurrou contra a parede e me encarou com olhos raivosos.

— O que você está fazendo aqui? — perguntou num sussurro.

Ele ainda não tinha tirado a mão do meu rosto, então apenas sacudi a cabeça. Meu coração estava disparado pelo susto e eu achei que pudesse desfalecer a qualquer momento, mas ele pressionava meu corpo, impedindo que eu me movesse um centímetro sequer.

— Garota, você é completamente maluca! — exclamou em voz baixa com ódio, mas ao mesmo tempo tentando manter a calma.

Ele respirou fundo algumas vezes antes de finalmente me soltar, mas avisando que eu deveria ficar calada. Eu estava tão apavorada que não teria falado nada mesmo se ele não tivesse mandado. Acho que eu estava finalmente entendendo a gravidade da situação em que havia me metido. E se arrependimento matasse...

Cormac tirou o celular do bolso, ligando para alguém logo em seguida. Além do telefone, reparei que ele tinha um rádio na cintura, que provavelmente não estava usando, numa tentativa de evitar o barulho.

— Sim — falou para a pessoa que o atendeu. — Eles estão aqui. Ainda não, mas tenho certeza de que vai confessar. — Cormac fez uma pausa e me encarou com desdém. — Temos um problema, a garota está aqui. É, a Moretti. Olha, isso vai sair de controle. Vocês precisam chamar a detetive. Sim, eu sei o que eu disse antes. É, Gunn, é uma ordem, caralho.

Ele massageou a têmpora, claramente irritado, tentando manter o tom de voz controlado e desligou o telefone.

— Você vai ficar paradinha aqui, sem fazer um *piu*, entendeu?

Assenti, tendo consciência de que meu rosto estava lívido de pânico e ele mordeu os lábios, parecendo agitado e um pouco arrependido. Então acrescentou:

— Vai ficar tudo bem, vou tirar você daqui.

Todo o ódio que eu nutri por Cormac nos últimos meses desapareceu naquele momento. A promessa era sincera e eu teria me acalmado se não fosse o barulho profundo que preencheu o ambiente, seguido de um grito repleto de angústia e um baque forte no chão.

Alguém tinha levado um tiro.

Os olhos de Cormac se arregalaram e ele tirou uma arma da jaqueta e correu até a sala, gritando para que colocassem as mãos para o alto.

Então, outro disparo.

E mais um.

Tapei os ouvidos, sentindo meu rosto molhado pelas lágrimas que eu nem reparei que estavam caindo.

Um clarão iluminou o corredor em que eu estava e eu estreitei os olhos, tentando enxergar Cormac andando em minha direção. Quando minha vista se acostumou com a claridade, não era ele quem vinha me salvar.

Darren tombou a cabeça ao me ver encolhida no canto da parede e um sorriso sádico estampou seus lábios. A roupa que ele usava estava manchada de sangue e alguns respingos cobriam seu rosto também. O revólver sendo segurado desleixadamente na mão esquerda, enquanto a outra foi usada para segurar meu braço com força.

— Você é a pessoa mais inconveniente que eu já tive o desprazer de conhecer — rosnou enquanto me arrastava em direção à sala.

Queria ter respondido que, na verdade, ele era essa pessoa, mas, pelo meu próprio bem, continuei calada, tentando não chorar ainda mais.

Quando chegamos à sala, ele me jogou no chão, fazendo com que meu corpo se chocasse contra a madeira velha. Precisei morder a língua para conter o grito de dor, sem saber que o pior ainda estava por vir. Cormac estava deitado ali perto, segurando sua perna com força, o sangue escorrendo pelos seus dedos. Seu braço também estava machucado. Ele olhou em minha direção com pânico, e Darren riu.

Do outro lado, avistei Hector deitado no chão, imóvel como uma estátua. Sua pele, normalmente bronzeada e saudável, estava pálida como um cadáver. E somente quando estreitei os olhos, reparando na poça de sangue envolvendo seu corpo e o par de olhos negros arregalados, encarando o vazio, que entendi: ele parecia um cadáver porque era um.

Hector estava morto.

E, em breve, eu também estaria.

CAPÍTULO 29
EM QUE MERDA VOCÊ SE METEU?

MAX MURRAY

Eu demorei alguns dias para aceitar que o mau-humor constante não estava minimamente relacionado com o fato de que eu havia voltado para Paris e precisava vir ao escritório todos os dias, fazer um trabalho que era facilmente possível de se terminar em casa.

Quando meus colegas questionaram o motivo de tanto estresse e patadas que não tinham fundamento, visto que meu pai estava seguro e saudável depois de passar por um sequestro, eu resmunguei qualquer coisa e mudei de assunto.

Eu mudei de assunto por dias, evitando a verdade quando, no fundo, eu sempre soube.

Eu sentia falta dela.

Amanda.

O mero fato de pensar em seu nome me fez revirar os olhos, mas não sei quem eu estava querendo enganar. Era ridiculamente óbvio.

Eu sentia falta do seu cheiro, do seu perfume de baunilha que ficava impregnado em meu carro, mesmo horas depois dela ir embora. Sentia falta da sua língua afiada, dos olhos cor de mel e das bochechas rosadas sempre que eu fazia um comentário que a deixava sem graça.

Porra, sentia falta até mesmo das loucuras, como se, em seu mundo, nada tivesse consequências e tudo fosse terminar bem. Era exasperante e adorável de alguma forma que eu não sabia explicar.

Ir embora, ainda mais depois de ter brigado com ela, foi uma das coisas mais difíceis que eu fiz. Porque eu não queria que aquilo que havíamos começado, seja lá o que fosse, acabasse daquela forma tão estúpida. Mas, sempre que pensava nisso, também me lembrava que ela estava perdendo as estribeiras e ter colocado o nome do meu pai, o homem mais honesto e bondoso que eu já conheci, numa lista de suspeitos quando ele, na verdade era uma vítima. Foi uma ofensa que eu não conseguia deixar passar. E talvez eu devesse ter dado uma chance dela se explicar melhor, só que não sei se seria o suficiente.

Ela é quem ela é, eu sempre soube disso. E se a Amanda queria desconfiar dele, não havia nenhuma pessoa nesse mundo que fosse capaz de mudar sua cabeça. Além disso, sendo muito honesto, eu não queria trocar nada sobre ela, mesmo que fosse algo que eu não concordasse. No fim, acho que nos apaixonamos por todas as partes de uma pessoa.

Mas, infelizmente, não consegui conter minha raiva e decepção.

Como ela podia desconfiar dele?

Como ela podia desconfiar dele e também não confiar em mim?

Bufei irritado e desliguei o computador sem me importar em salvar os documentos em que estava trabalhando. Eu tinha a minha própria sala, então não precisava me explicar para ninguém quando tinha esses pequenos momentos de raiva, em que o trabalho parecia não ter importância alguma.

Escutei uma batida na porta e um suspiro impaciente escapou de meus lábios, mas ainda assim murmurei um *"pode entrar"* mal-humorado.

A cabeça de Bran, meu melhor amigo, apareceu e ele arqueou a sobrancelha.

— Posso mesmo? Porque, pela sua cara, diria que está prestes a matar alguém.

Nós nos conhecemos na universidade ainda em Dublin, quando ainda não tínhamos ideia de que, em alguns anos, mudaríamos de país para trabalhar num escritório renomado de advocacia. Eu cheguei uns meses antes para iniciar uma pós-graduação, e Bran veio depois, quando eu já estava empregado e o ajudei a conseguir uma vaga na mesma empresa.

— Engraçado, Bran — resmunguei, tentando conter a irritação na minha voz.

— Ainda de coração partido, cara? — perguntou após entrar na sala e se sentar na cadeira em frente à minha mesa.

— Se eu soubesse que você iria encher meu saco a cada dez minutos, eu não teria te contado porra nenhuma.

Ele riu.

— Acho que você me conhece há bastante tempo para saber que era exatamente isso que eu iria fazer — retrucou com um sorriso afiado no rosto. — Vamos lá, Max, não é a primeira vez que você termina um relacionamento. Além do mais, você ficou com essa garota por, sei lá, cinco segundos. Não estou entendendo todo esse drama.

Nem eu, meu amigo.

— Você acha que estou me divertindo? Que estou triste de propósito? — Ele deu de ombros e eu rolei os olhos. — Ela é diferente.

É, podem me chamar de um clichê ambulante. Eu realmente havia extrapolado todos os limites.

— *Ela é diferente*. Que porra é essa? — Ele riu. — Eu realmente subestimei seus sentimentos, hein?

Não respondi, porque ele já tinha sua resposta.

Eu mesmo havia subestimado meus sentimentos, desde o início. E agora estava apenas colhendo os frutos.

No sábado, meus colegas combinaram de se encontrar num café próximo ao Louvre que já costumávamos frequentar há alguns anos. Pensei seriamente em recusar o convite, porque não estava no clima para escutar as reclamações usuais sobre o trabalho, mas acabei cedendo após a insistência de Bran, claro.

— Você passou mais de um mês longe. Seja um pouquinho menos irritante e saia para beber com os seus amigos, cara.

Era verdade. Eu passei tempo demais na Irlanda, muito mais do que o esperado. Para começar, já tinha quase uma semana que estava lá quando meu pai foi sequestrado. Quando eu pensava que o objetivo era passar apenas as férias da Páscoa e voltar... O tempo pareceu parar depois das celebrações.

Primeiro, de uma maneira ruim e, depois, da melhor forma possível. Chegava a ser irônico que eu tivesse vivido os piores dias da minha vida ao mesmo tempo em que descobria meus sentimentos por Amanda.

Dentro de casa, o tédio me consumia rapidamente, então me vi obrigado a aceitar o convite de Bran. Eu não era uma pessoa antissocial, pelo contrário, apenas não estava no clima para sair. Contudo, quando a opção era ficar mofando na cama enquanto assistia aos programas estúpidos de televisão, encontrar os amigos era minha melhor e mais saudável alternativa.

O calor que fazia aqui nem se comparava ao de Dublin, então, como meu apartamento não ficava tão longe, aproveitei para caminhar até o café, num passo tranquilo, enquanto tentava botar a cabeça em ordem. As ruas estavam fervendo com turistas e o sol queimava minha pele, mas era um calor agradável.

Só não tão agradável quanto ao calor que sentia sempre que encostava em uma certa garota.

Porra, eu realmente estava perdido.

Era como se todos os meses que eu passei reprimindo a vontade de beijá-la tivessem me alcançado com juros. E agora eu havia chegado a um nível insuportável de adoração.

— Não acredito que você realmente nos honrou com a sua presença — Bran debochou quando finalmente avistei o grupo descontraído no café. — Max Murray finalmente está de volta.

Estavam todos sentados nas mesas da rua, também aproveitando a temperatura. Puxei uma cadeira e acenei para o garçom, pedindo o mesmo vinho que meus amigos bebiam, e dei de ombros.

— Aproveitem.

Passamos algumas horas reclamando de clientes e jogando baralho que já era um clássico nos nossos encontros, e eu realmente consegui me divertir. Mas, como já deveria imaginar, essa felicidade não iria durar muito.

Estava na terceira taça de vinho e na segunda rodada do jogo quando meu telefone tocou.

O nome *dela* piscou na tela, ao lado de uma foto que ela nem sabia que eu havia tirado na noite do bendito baile. Porque sim, se já não estava óbvio antes, agora era claro: eu atingi *este* nível de romantismo, tirando fotos da garota, enquanto ela conversava com outro cara.

Amanda sustentava seu rosto na mão, parecendo especialmente entediada enquanto escutava Hector falar, mas, ao mesmo tempo, linda. A distração a deixava, de alguma forma, ainda mais atraente e eu precisava me policiar para não ficar encarando o tempo inteiro, principalmente nos primeiros meses em que nos conhecemos.

Na época, eu achei que não seria uma boa ideia ter um relacionamento com ela, levando em conta toda a história sobre ela trabalhar com o meu pai e o fato de que eu não queria causar nenhum problema entre os dois, caso as coisas terminassem mal. Mas logo eu vi que era impossível ficar longe. Eu simplesmente amava provocá-la e cada reação debochada dela tornava-se um incentivo para que eu continuasse. Então, no último mês, meu autocontrole foi oficialmente para o lixo. E vejam só como tudo terminou.

Peguei o celular e encarei a imagem, ponderando se deveria atender ou não. Não foi uma decisão difícil: eu não podia falar com ela, porque se o fizesse, eu era capaz de entrar no próximo avião para Dublin e nunca mais voltar para cá.

A demora em desligar o telefone, no entanto, não passou despercebida por Bran.

— Então é essa a garota? — perguntou num tom provocativo.

Ignorei o comentário e rejeitei a chamada, colocando o telefone no silencioso, antes de tomar mais um longo gole da bebida.

No fim, foi bom ter saído de casa. A distração foi bem-vinda e realmente fez com que eu me esquecesse de outros problemas, por algumas horas, pelo menos. Eu nutria uma relação de amor e ódio com Paris. Por um lado, amava morar numa cidade que transbordava história e cultura e, por outro, sentia falta da falsa sensação de estar numa cidade pequena, com as mesmas regalias de uma metrópole. Acho que não ficaria 100% satisfeito em nenhum lugar.

Quando cheguei ao meu apartamento algumas horas mais tarde, o efeito do álcool ainda corria pelo meu corpo, e eu estava curioso depois de uma conversa com meus amigos. Mas não curioso como quem quer sanar uma questão besta, eu estava verdadeiramente curioso, disposto a fazer de tudo para descobrir o que queria. Acho que era assim que Amanda se sentia o tempo inteiro.

E minhas dúvidas estavam relacionadas com ela, claro. Ou melhor, com algo que ela colocou em minha cabeça e, agora, eu já não conseguia ignorar.

Eu queria saber por que ela estava tão desconfiada do meu pai. E queria saber por que eu não conseguia tirar isso da minha cabeça. Queria saber o motivo de ficar remoendo, incansavelmente, tudo o que aconteceu nas últimas semanas, como o fato de que ele ainda não conseguia se lembrar de nada do sequestro, mas também não parecia, minimamente, traumatizado com a experiência. Ou como ele insistiu para que eu voltasse para Paris, porque não havia motivo para me preocupar mais.

O que ele quis dizer com isso?

Como eu não questionei essas coisas antes? Porque foram as primeiras perguntas que meus amigos fizeram no momento em que fiquei um pouco mais alegre para respondê-las sem reclamar da falta de privacidade. Mas, para a decepção deles, eu não tinha respostas. Nenhuma delas, para ser mais específico.

Eu passei os últimos dias tão grato pelo fato de que meu pai estava em casa, vivo e saudável, que não me preocupei em querer saber como isso aconteceu.

— Seu pai parece traumatizado? — Jules, minha chefe, perguntou com curiosidade.

Franzi a testa.

—Ele foi sequestrado, claro que está abalado com a situação — respondi um pouco ríspido.

— Sim, mas ele parece chocado? Ele tem problemas para dormir ou algo do tipo? — insistiu. — Acho que se fosse eu no lugar dele, não teria coragem de voltar para casa até o sequestrador estar preso. Talvez eu ficasse traumatizada pelo resto da minha vida, sem brincadeira. Admiro muito a força da sua família.

A grande verdade é que meu pai estava ótimo. Fui embora por insistência dele, que garantiu que não precisava que eu continuasse em casa, o observando com olhos de águia. Mas, por algum motivo, essa não parecia ser uma reação que merecesse ser compartilhada. Parecia uma reação que causaria suspeita.

Jules tinha razão. Qualquer pessoa normal teria ficado um pouco mais assustada com o episódio e meu pai parecia tranquilo, impassível demais.

Então, para sanar minhas dúvidas e aproveitando que estava um pouco bêbado, portanto, livre de qualquer sentimento de culpa por estar desconfiando do meu próprio pai, entrei no meu *e-mail* e comecei a buscar pelas mensagens enviadas por ele sobre os roubos. Eu havia organizado uma pasta exclusivamente para isso, então não foi muito difícil encontrar os resultados que queria.

Havia alguns *e-mails* da Amanda escondidos no meio, principalmente porque era ela que costumava me enviar as planilhas com datas e peças sumidas. Eu amava o quanto ela era organizada e desorganizada ao mesmo tempo. A primeira vez que abri o arquivo, nada fazia sentido. Precisei pegar o telefone e ligar para ela, usando o meu melhor tom de voz bravo que consegui encontrar.

A memória da sua voz ofendida com a minha falta de capacidade de entender o seu sistema de organização ainda estava fresca em meus pensamentos. Acho que me apaixonei naquele dia, enquanto ela explicava como ler a sua planilha no Excel.

E seu sistema, de fato, funcionava perfeitamente bem. Bagunçado, mas perfeito em sua desordem. Um pouco como ela era, não pude deixar de notar.

Meus olhos vagaram por um arquivo antigo que eu já nem me lembrava de ter aberto algum dia. Era um dos primeiros balanços de datas, de obras e de locais. No meio, uma mensagem do meu pai, pedindo para que eu acessasse os processos abertos sobre aquele roubo.

Separei todos os *e-mails* que ele ou Amanda me enviaram parecidos com esse primeiro, procurando por qualquer coisa que pudesse me fazer duvidar dele, e não o contrário.

Será que ele tinha forjado seu próprio sequestro? Ou será que estava envolvido nos roubos? Talvez os dois? Me perguntei se ele teria coragem para fazer qualquer uma dessas coisas e a resposta nunca veio. Eu queria acreditar que não, mas fui consumido por um medo repentino de não conhecê-lo o suficiente.

Sempre considerei meus pais duas figuras praticamente sagradas. Minha vida foi absolutamente extraordinária e seria até um pecado dizer o contrário. Eu não tinha uma reclamação para fazer sobre qualquer um dos dois, então não era fácil imaginar um cenário em que meu pai tivesse coragem de se envolver em algo tão baixo.

Mas, infelizmente, eu não demorei para encontrar algo. Algo que parecia estar debaixo do meu nariz por todo esse tempo, mas eu estava cego demais para ver.

Aposto que o universo estava rindo da minha cara neste momento, porque Amanda tinha razão. *Ela sempre tem razão.*

Não me lembro de pegar o telefone e discar o número que sabia de cor desde adolescente, mas, quando a voz conhecida atendeu com um tom preocupado, já que era o meio da madrugada e ligações neste horário só podiam significar alguma coisa muito ruim, meu coração afundou em meu peito.

Nada nunca mais será igual.

— Pai, em que merda você se meteu?!

CAPÍTULO 30
DESPEDIDA NUM MOMENTO DE DESESPERO

MAX MURRAY

Eu entrei no primeiro voo para Dublin disponível, na tarde de segunda-feira. Por mim, teria viajado no domingo assim que acordei, mas os voos estavam lotados e eu não consegui comprar nenhuma passagem. Meu pai havia se recusado a falar muita coisa por telefone, alegando que não queria que eu tivesse conclusões precipitadas. O que, na verdade, apenas confirmou tudo de pior que estava pensando sobre ele. Por isso, a discussão que estava prestes a acontecer não poderia nunca ser pelo telefone. Eu precisava olhar em seus olhos, enquanto ele confessava seu crime. Precisava ver a verdade transbordando em sua fala e em seus gestos para que eu realmente conseguisse acreditar nos absurdos que ele cometeu.

Se fosse inocente, não teria trabalho nenhum em se explicar. Agora, para se defender, precisava de tempo.

Quando apareci na porta de casa carregando apenas uma mochila, na noite de segunda-feira, minha mãe arregalou os olhos.

Ela estava já de pijama e roupão, provavelmente preparando um chá antes de dormir.

— Aconteceu alguma coisa? — perguntou prontamente com a voz preocupada enquanto me deixava entrar.

— Não... — menti para não deixá-la nervosa.

Caminhamos até a cozinha em silêncio e ela desligou o fogo que esquentava a água. O barulho da chaleira soava como um grito desesperado, que poderia muito bem estar preso no fundo da minha garganta.

Minha mãe me ofereceu uma xícara e eu aceitei, por educação, enquanto jogava minha mochila no canto da parede.

Eu havia pensado nela a noite toda, em minha mãe. Em como iria reagir ao saber o que meu pai havia feito. Será que pediria o divórcio? Eu esperava que sim, apesar de saber o tamanho da adoração que ela nutria por ele. Meu pai era o amor da sua vida e não sei se ela seria capaz de abandoná-lo algum dia, mesmo com motivos.

Mexi no cabelo e balancei a cabeça, me sentindo um pouco agitado.

— Preciso falar com meu pai.

Ela me encarou e não falou nada por alguns segundos, me analisando.

— Ele está no escritório — finalmente respondeu, acrescentando logo — desde ontem. O que está acontecendo, filho?

Então, ela sabia que tinha algo errado. Meu pai passou os últimos dois dias enfurnado naquela sala, provavelmente escondendo seus próprios rastros. Queria saber também se ela sabia das atividades ilícitas que o marido praticava no tempo livre. Ou que passamos as últimas semanas preocupados sem motivo algum.

— Eu preciso falar com ele antes.

Ela franziu a testa.

— Não, Max, é comigo que você precisa falar. Eu sou a sua mãe e você não vai entrar dentro dessa casa com essa cara de quem acabou de ver um defunto e não me contar o que está acontecendo!

Fiquei em silêncio, ponderando minhas opções. Eu podia ignorá-la e ir falar com meu pai, mas eu não teria coragem de ser tão desrespeitoso com a mulher. E ela também merecia saber a verdade sobre o homem com quem era casada há mais de trinta anos.

Pigarreei e puxei uma cadeira para me sentar e ela fez o mesmo.

— Eu descobri algo sobre o meu pai — murmurei apreensivo. Ela acenou para que eu continuasse. — Sobre o sequestro.

Fiz uma pausa, esperando que ela fosse esboçar alguma reação, mas minha mãe continuou impassível, enquanto eu estava tão nervoso quanto aquela vez, aos quinze anos, quando precisei contar para ela que fui pego com maconha na escola e seria suspenso por uma semana.

— O que você descobriu? — perguntou com impaciência quando viu que eu não ia falar nada.

Quando estava prestes a responder, escutei a voz do meu pai atrás de mim:

— É, filho, o que você descobriu?

Meu corpo inteiro se arrepiou ao vê-lo entrar na cozinha e se sentar ao lado da minha mãe, passando o braço pelos ombros dela.

Então, era essa a jogada dele, entrar aqui e fingir que nada tinha acontecido, pagando de inocente perto da esposa.

Ele não estava de pijama. Parecia estar me aguardando, pelo visto, desde quando nos falamos, no sábado.

— Você sabe o que fez — declarei com a voz firme. Minha mãe olhou nós dois, esperando por uma explicação, e eu finalmente explodi. — Ele não foi sequestrado porra nenhuma! Meu pai armou isso tudo, ele roubou os quadros, pediu *pra* Amanda ajudar a limpar seus rastros, enquanto ela achava que estava ajudando a encontrar o culpado. Você pediu ajuda *pro* seu próprio filho! Eu botei minha carreira em risco *pra* te ajudar, porra. Como você teve coragem?!

Os olhos da minha mãe finalmente demonstraram alguma reação e ela abriu a boca, em choque. Mas não foi para o meu pai que ela olhou, foi para mim.

— Max, o quê... — Ela soltou um suspiro descrente. — De onde você tirou essas ideias?

Bufei, irritado, e apontei para o meu pai.

— Vamos, pai, conta para ela — pedi com ironia.

Ele balançou a cabeça, os óculos escorregando pelo seu nariz.

— Você está nervoso, não sabe o que está falando. Vamos conversar no meu escritório com calma — disse simplesmente, preparando para levantar-se.

Mas, dessa vez, minha mãe puxou seu braço e falou com firmeza:

— Não, Seamus. Vocês vão conversar aqui e me explicar que história é essa!

Meu pai pareceu abalado pela primeira vez, e deu de ombros, fazendo com que eu bufasse. Ele só podia estar brincando.

— Meu pai passou os últimos meses roubando obras de arte e, com o pretexto de estar ajudando nas investigações dos roubos, pediu para que eu e a Amanda encobríssemos seus rastros.

Ela balançou a cabeça.

— Seamus, isso é verdade?

Meu pai segurou as mãos dela num gesto tranquilizador e eu fiquei enjoado com a mentira que estava prestes a sair da sua boca.

— Claro que não, querida.

— Porra, pai. Não é possível que você tenha coragem de mentir na cara da minha mãe!

— Você está passando dos limites, Max. — Ele avisou, levantando a voz. — Esse *e-mail* que você diz ter encontrado não significa nada.

Rolei os olhos.

— Não foi só um *e-mail*, pai. Eu vi os quadros roubados. Você os espalhou pela casa, como se eu não fosse perceber. Como se eu e a minha mãe fôssemos idiotas.

Pois é. Era tão óbvio assim.

E, de fato, era um bom plano. Nós temos tantos quadros espalhados em casa que eles se misturam facilmente entre si. Foi somente quando vi uma planilha que fazia a relação dos títulos com as imagens das obras que eu reconheci algumas. Três, para ser mais específico. Não eram as mais caras ou conhecidas, mas ainda assim tinham renome. E agora estavam expostas dentro dessa maldita casa.

— Seamus… — murmurou minha mãe, massageando a têmpora.

Meu pai não abriu a boca e eu bati a mão na mesa com raiva. Minha mãe estremeceu com o susto.

— Vamos, pai. Estamos esperando uma explicação.

Ele pareceu pensar um pouco, escolhendo com cuidado as palavras que iria proferir. Não que fizesse diferença. O discurso mais engenhoso que saísse de sua boca não seria capaz de apagar o crime.

— Era uma oportunidade única — falou, dando de ombros. — Eu passei a minha vida inteira estudando e dando aula sobre essas obras, é um absurdo que eu nunca tenha tido a oportunidade de sequer vê-las. Não é justo. E, antes que vocês me condenem, tem muito mais pessoas envolvidas.

— Eu aposto que sim — resmunguei com vergonha.

— Max, você não entenderia. — Ele sacudiu a cabeça. *Não mesmo*, pensei. — Eu recebi uma mensagem anônima, alguns meses atrás. Explicando como as coisas iriam funcionar.

— Com coisas, você quer dizer roubos, pai. Seja verdadeiro pelo menos uma vez na vida — disse com desgosto.

Minha mãe cobriu a boca e secou uma lágrima solitária que escorreu pelo seu rosto. Meu pai iria pagar caro por isso.

— Roubos, que seja, se são assim que você enxerga... Francamente, filho, eu e outros profissionais vemos isso como reparação. Como uma oportunidade de estar perto daquilo que tanto idolatramos.

— E os museus servem para quê?!

Uma risada amarga escapou de seus lábios.

— A maior parte das pessoas que frequentam galerias e museus não tem o mínimo de respeito pelo trabalho ali exposto. Você acha que eles realmente se importam com a história por trás dos quadros? Ou que passaram a vida inteira estudando cada pincelada e traço já feito? Não, Max. Mas eu me importo. E não me arrependo. Faria de novo se tivesse a oportunidade. O contrato que me foi apresentado deixava bem claro que eles nunca repetiam os "compradores". Era uma lista em movimento circular que nunca parava na mesma pessoa duas vezes. E impossível de contatá-los, a não ser que eles queiram ser encontrados.

— Meu Deus, Seamus... — Minha mãe repreendeu, soando chocada e decepcionada. — Você não precisava disso.

Ele rolou os olhos atrás dos óculos e eu não reconheci o homem sentado na minha frente. Quanta arrogância ele escondeu de nós dois.

— Por isso você pediu a ajuda da Amanda? Para tentar descobrir como roubar mais?

— Garanto que os quadros estão sendo muito mais apreciados dentro da minha casa do que em uma galeria falida qualquer — retrucou com desprezo. — A Amanda foi um erro.

Franzi o cenho, quase ofendido pelo jeito que ele falou dela.

— O que você quer dizer com isso?

— Ela não deveria ter se envolvido tanto... Muito menos você *com ela*. Era para ser um trabalho simples, o que aconteceu ultrapassou todos os limites. E eu nunca quis colocar a vida de vocês dois em risco, nunca. Como eu poderia imaginar que Darren se mostraria uma pessoa completamente desequilibrada?

— Darren? — minha mãe perguntou e eu suspirei.

Até nisso a Amanda tinha razão.

— Eu descobri que ele era a pessoa responsável pela quadrilha, a "mente brilhante", se assim vocês preferem. Eu não forjei sequestro nenhum, foi esse filho da puta. — Minha mãe arregalou os olhos, desacostumada a escutar meu pai falando um palavrão. — Ele me largou por uma semana, passando fome e dormindo no chão *pra* depois ver a merda que tinha feito e pedir que eu não abrisse minha boca. Ele é louco.

— E você não pensou em contar a verdade? — comentei com rancor.

Os olhos verdes me encararam com curiosidade.

— O que você queria que eu falasse? Qualquer coisa me incriminaria, Max.

— Talvez você devesse ser incriminado — respondi, a voz cheia de amargura.

Minha mãe então se levantou, respirou fundo, e disse:

— Essa conversa acabou.

Levantei também, com ódio.

— Não acabou coisa nenhuma. Mãe, você escutou o que ele disse? — perguntei, exasperado. — Eu levei um tiro por culpa dele! A Amanda foi perseguida na rua da casa dela. Ela quase foi presa, porra, tudo para acobertar o meu pai! Você prestou atenção ou estava só fingindo?

Assim que as palavras saíram da minha boca, me arrependi amargamente. Os olhos claros dela se encheram de lágrimas que começaram a cair uma a uma por sua face. Eu estava repleto de ódio e não devia ter descontado nela, mas não consegui evitar.

Meu pai observava tudo em silêncio e se levantou também para tentar abraçar minha mãe que o empurrou com repulsa. Ele fechou a cara e se virou para mim.

— Max, o seu julgamento não é justo — afirmou.

Passei a mão em meu cabelo, completamente aborrecido. Era insano que ele não entendesse a dimensão daquilo que havia feito, que parecesse tão insignificante.

— A vida não é justa, pai. *Para ninguém.* Queria saber em qual momento você decidiu que deveria ser mais privilegiado que qualquer outro professor de Artes por aí. Em qual momento achou que arriscar a sua família e uma aluna inocente era um bom preço a se pagar. — Meu pai engoliu em seco e minha mãe limpou algumas lágrimas que escorriam pelo seu rosto. Eu queria abraçá-la, ela não merecia nada disso. — Vou te dar um dia. Amanhã à noite, vamos até a delegacia e você vai se entregar.

Saí da cozinha sem olhar para trás, pegando minha mochila e subindo as escadas em passos duros, como um adolescente rebelde. Bati minha porta com força e me tranquei em meu quarto, onde finalmente me permiti fazer algo que não costumava acontecer nunca.

Chorar.

No dia seguinte, não tive coragem de ligar para a Amanda e contar tudo o que havia acontecido. Apesar de estar devendo um pedido de desculpas colossal para ela, principalmente em nome de meu pai, eu ainda não me sentia pronto para proferir nada daquilo em voz alta.

Fiquei em meu quarto o dia inteiro, resolvendo coisas do trabalho e, no fim da tarde, liguei para a detetive Rosie, que havia me dado seu cartão naquele dia no hospital. A surpresa em sua voz ao atender ao telefone era evidente e ela não me interrompeu em nenhum momento, deixando que eu explicasse tudo o que havia acontecido, antes de perguntar se poderíamos encontrar com ela na delegacia mais tarde para discutir com mais privacidade.

Ela concordou, satisfeita com a oportunidade de conversar conosco, e desligou o telefone.

Não foi fácil convencer a minha mãe do que precisava ser feito. Ela ainda estava abalada, sem acreditar no que tinha acontecido, e se recusando a culpar meu pai. Ele, por outro lado, não discutiu comigo, mas a raiva estampava seu rosto.

Era curioso que ele estivesse tão surpreso com a minha reação, como se não esperasse que eu fosse achar aquilo o maior dos absurdos. Mas também não me contradisse, aceitando ir até a delegacia, porque sabia que se não o fizesse por contra própria, eu acabaria trazendo a polícia até aqui.

Na hora de sair de casa, ele apelou uma última vez:

— Filho, tente entender o meu lado da história.

Suspirei, exausto. Não havia nada para entender.

— Entender que você é um criminoso? Que você mentiu *pra* mim todo esse tempo por ganância?

Ele bufou.

— Você não pode fazer isso comigo, sou seu pai!

Olhei em seus olhos sem entender como a figura que eu mais admirava no mundo se transformou em um completo estranho.

— Como meu pai, você deveria saber o tipo de homem que criou.

— O tipo que tem coragem de mandar o pai para a cadeia?

Franzi a testa, decepcionado.

— Não, o tipo que não pode deixar um crime impune. O tipo que não coloca a vida da família em risco. O tipo que não deixa uma garota de 23 anos quase ir presa por *sua* causa. Você criou um filho responsável, que não foge das consequências causadas pelos meus próprios erros e más escolhas.

Meu pai me encarou com os olhos marejados e eu precisei de toda a força do mundo para não desistir do que estava prestes a fazer.

Porque eu o amava.

Acho que nunca vou me esquecer dos olhos vermelhos e cheios de lágrimas da minha mãe nos observando na porta de casa, enquanto meu pai finalmente entrava no carro para irmos até a delegacia.

Ele não falou nenhuma palavra e o silêncio foi bem-vindo. Se eu escutasse a sua voz, seria capaz de virar o carro e fugir com o homem para o México. Eu nunca precisei lidar com sentimentos tão conflitantes na minha vida.

Na delegacia, Rosie me recebeu com surpresa. Apesar de ter ligado avisando que estava indo e explicando por alto a situação, ela ainda não parecia ter acreditado até me ver sentado na sua sala, bebendo um copo de água, antes de cuspir tudo o que sabia. Depois, pediu para falar com meu pai sozinha e eu fui até o estacionamento, respirar um pouco de ar fresco.

Eu era advogado. Eu sabia as consequências que meu pai iria enfrentar, e também sabia que a lei seria fraca com ele, não passaria mais que um ano preso, isso se não conseguisse um acordo ainda melhor ao expor Darren. A confissão era uma questão de honra, de verdade. Era em respeito às pessoas que ele machucou e colocou em risco, principalmente em respeito à uma certa aluna.

Meu celular vibrou em meu bolso e eu suspirei, achando que seria minha mãe pedindo notícias. Para minha surpresa, o nome da Amanda piscou na dela, ao lado de uma mensagem que parecia incompleta, como se ela tivesse desistido de digitar no meio do caminho.

> Oi, sei que você me odeia, mas estou prestes a entrar

Franzi a testa e comecei a discar seu número, mas Rosie me chamou na porta da delegacia.

Amanda podia esperar alguns minutos, certo?

Lá dentro, Rosie me chamou para outra sala, provavelmente para me separar do meu pai.

— Max — disse meu nome com cautela, quase como se estivesse falando com uma criança, quando nos sentamos em um sofá preto de couro. — Nós sempre soubemos dos roubos. Seu pai, desde o início, era um suspeito. Quando ele foi sequestrado, Amanda simplesmente se recusava a cooperar. E você também, para falar a verdade. Então...

— Nós viramos suspeitos também.

Ela assentiu.

Uma risada amarga escapou dos meus lábios. Era óbvio agora. A relutância dela em contar para a polícia sobre os roubos, sua necessidade inexplicável de manter tudo debaixo dos panos.

— Cormac estava tentando achar alguma evidência de que vocês dois estivessem envolvidos, de que vocês sabiam o que estava acontecendo e que estavam ajudando seu pai.

— Nós estávamos ajudando — resmunguei com raiva —, mas porque achávamos que ele era inocente.

Rosie deu um sorriso triste, mas compreensivo.

— Depois de um tempo, não foi difícil ver que vocês estavam protegendo o crime errado. E a Amanda... Ela é extremamente leal. A ponto de quase complicar sua própria vida.

Pela primeira vez nos últimos dias, um sorriso discreto surgiu em meus lábios.

Ela era leal. Amanda protegeu meu pai colocando sua própria vida em risco. Ela nunca hesitou em mentir por ele e eu tinha vontade de vomitar ao pensar que fez tudo isso por uma pessoa que não vale nada. Uma pessoa que a usou como se fosse uma ferramenta descartável.

Um policial bateu na porta e entrou, sem esperar que Rosie o convidasse. Ele a encarou com urgência e deu um breve olhar em minha direção.

Ela franziu o cenho e se levantou para falar com ele, que sussurrou algo em seu ouvido. Rosie endureceu. Seu rosto ficou pálido e ela me olhou com pesar.

— O que foi agora? — perguntei em pânico, já esperando a notícia ruim.

A reação dela não poderia significar algo além de uma tragédia.

— Cormac foi atrás de Darren sozinho, mas algo aconteceu. — Sua voz era seca e revelava um pouco de raiva, eu ousaria dizer que Rosie esperava que isso fosse acontecer. Como se Cormac agisse como uma criança que não pudesse ser confiada, sempre fazendo merdas por aí. — Eu preciso lidar com isso, com licença, Max.

Franzi a testa e me levantei bruscamente da cadeira para me aproximar.

— O que aconteceu? — perguntei.

Ela suspirou e trocou olhares com o policial mensageiro que parecia ainda mais incomodado que a detetive. Repeti:

— Rosie, o que está acontecendo?

— Max. — Ela falou com cuidado. — Amanda está lá.

Pisquei algumas vezes enquanto digeria a informação.

Queria dizer que estava surpreso, mas não estava. O pânico que começava a me consumir lentamente era justamente porque, no fundo, eu sabia disso. Desde a hora em que vi aquela mensagem pela metade como uma despedida num momento de desespero.

É claro que ela estava lá.

CAPÍTULO 31
ACHEI QUE FOSSE MAIS ESPERTA QUE ISSO

Eu realmente achei que fosse morrer.

Quero dizer, quando você está presa num hotel abandonado com um louco que acabou de matar uma pessoa e atirar em outra, não tem muito espaço na sua cabeça para pensamentos positivos. Pelo menos, não na minha.

Ainda estava jogada no chão, sem força alguma para me mover, quando Darren começou a murmurar coisas desconexas. Ele claramente estava desequilibrado e a arma ainda repousava em sua mão, pronta para ser usada. Por isso, continuei calada, com medo de que qualquer coisa que eu falasse pudesse irritar seu lado assassino.

Cormac, por outro lado, não parecia se preocupar com isso. Mesmo mordendo os lábios para reprimir a dor do tiro e sem sua arma, que agora estava jogada do outro lado da sala com as balas todas espalhadas por aí, ele provocou Darren:

— Você não vai sair impune, sabe disso, né?

Darren soltou uma risada debochada que fez com que eu me arrepiasse de medo. Caramba, meus Deus, se eu sair viva dessa, prometo que nunca mais vou me envolver com nenhum tipo de negócio arriscado. Nada envolvendo roubos, sequestros ou quadrilhas. Juro de dedinho!

— Acho engraçado a sua confiança, mesmo jogado no chão, deitado em uma poça do seu próprio sangue.

Cormac permaneceu impassível e eu sabia o porquê. Ele tinha avisado a polícia que estávamos aqui, há poucos minutos. Assim como eu havia avisado Claire. *Alguém estava vindo, tenho certeza*. E essa era minha única esperança. Se conseguíssemos enrolar Darren por bastante tempo, talvez saíssemos daqui com vida.

— Murray será o próximo — Cormac avisou no mesmo tom provocativo.

Franzi a testa enquanto erguia meu corpo lentamente para me sentar.

O que ele quis dizer com isso?

Darren pareceu se interessar pela afirmação e tombou a cabeça para o lado, com curiosidade.

— Próximo? — perguntei sem conseguir evitar o interesse.

Cormac me fitou com um pouco de raiva, provavelmente bravo por eu ter falado e chamado atenção de Darren, ao invés de parecer invisível, e respondeu:

— A pagar pelos seus crimes.

— Ah, eu *adoraria* ver isso. — Darren respondeu, rolando os olhos.

— Talvez você veja. — Cormac deu de ombros.

Ele apertou o torniquete improvisado que havia feito em sua perna e Darren fez uma careta ao ver o sangue escorrendo. Então, se virou para mim.

— Está surpresa, Amanda? Vendo seu admirado professor envolvido num crime escandaloso?

Não respondi. Em parte, porque o aviso silencioso de Cormac fora bem claro e eu deveria ficar quieta, mas também porque não estava entendendo nada dessa conversa.

Quando Hector me contou sobre os roubos, não citou o nome de Murray nenhuma vez como um cúmplice, então, automaticamente, eu interpretei que ele não estava envolvido. Talvez porque eu não queria que ele estivesse, e não porque *não* fazia sentido.

Mas então me lembrei com amargura que Hector tinha, sim, falado sobre isso.

"Você já ouviu falar sobre uma palavra grega usada para se referir ao grande erro de um herói? Uma decisão falha, que irá, inevitavelmente, levá-lo ao desastre?".

Com raiva pulsando em meu sangue, fiquei me perguntando como eu pude ser tão cega. "Os olhos veem o que a mente quer ver", não é esse o provérbio popular?

— Vai me dizer que você não sabia? — questionou com um sorriso debochado. — Você não é toda justiceira? Não vive correndo atrás da verdade e se metendo em assuntos que não são da sua conta? A Amanda que me seguiu na universidade ou que fugiu de mim na rua escura não parece nem um pouco com essa garota com cara de quem acabou de encontrar a cura para o câncer. Achei que fosse mais esperta que isso, afinal, *você me descobriu*.

Cormac me observou em silêncio e balançou a cabeça, claramente me implorando para não responder. Ele parecia cada vez mais fraco e esse foi o único motivo pelo qual eu não falei nada. Cormac não podia morrer antes de a polícia chegar aqui. Ou depois, para falar a verdade. Ele não podia morrer de forma alguma.

Pensar em morte fez com que meus olhos procurassem o corpo sem vida de Hector que permanecia imóvel no meio da sala, com sangue o rodeando como uma mancha amaldiçoada.

Ele falou a verdade. De alguma forma, Hector foi a única pessoa que confiou em mim e foi completamente honesto, mesmo que tivesse seus motivos para isso. E agora ele estava morto, por minha culpa. Ele estava aqui apenas para conseguir uma confissão de Darren, para me mostrar a "prova" que pedi. Se eu tivesse acreditado nele desde o começo, nada disso teria acontecido.

O pensamento fez com que eu me sentisse enjoada. A náusea tomou conta do meu corpo, misturada com uma vontade arrebatadora de chorar.

Darren seguiu meu olhar e abriu um sorriso intimidante.

— É curioso o que a ganância faz com as pessoas, não acha? — falou, olhando para o corpo estirado no chão. — A ambição exagerada... Hector e Murray eram muito parecidos nesse sentido. Você quer saber o que ele fez, Amanda? Está curiosa? — continuei em silêncio, evitando seu olhar. — Acho que está. Vou te contar uma história, depois vamos ver se o detetive ainda está respirando ou se vai precisar de ajuda para *finalmente descansar*. Deve ser exaustivo ser um policial tão incompetente.

Continuei sentada em silêncio, o que pareceu incomodar Darren, já que ele andou com raiva em minha direção, a arma apontada para o meu rosto. Meu coração disparou dentro do meu peito quando se agachou, ficando perigosamente perto, colocando o revólver em minha garganta. O metal gelado apertou minha pele e eu senti meus olhos se encherem de lágrimas.

O que ele tanto queria de mim?

— Conte para ela. — Cormac pediu, sua voz mais fraca dessa vez. — Sobre Murray.

Achei que Darren não fosse cair na distração, mas seus olhos observaram Cormac e depois voltaram para mim.

— Está certo. — Ele afrouxou o contato da arma, mas ainda apontava em minha direção. — Murray foi o meu maior problema, se você quer saber. Maior ainda que o retardado do Hector.

Então ele começou a contar tudo o que havia acontecido no último ano. Desde o momento em que decidiu começar a roubar quadros, até quando passou a envolver diferentes pessoas em cada roubo, sempre trocando sua "equipe" para não atrair suspeitas. Ele selecionava os participantes a dedo, mas dois causaram mais problemas do que ele poderia prever.

Murray e Hector

O primeiro foi sequestrado. E Hector, morto.

Pelo o que ele disse, o único motivo pelo qual Murray pediu para que eu o ajudasse era para descobrir quem era o responsável pelos roubos, mas não por um objetivo nobre, como denunciar Darren à polícia. Era para que pudesse roubar de novo.

Cada palavra que saía da boca dele me atravessava como uma lâmina afiada. Eu queria muito não acreditar, mas o silêncio de Cormac e a própria presença dele aqui me diziam que Darren realmente havia feito tudo isso.

E Murray também.

De repente, senti como se eu fosse uma peça de um quebra-cabeça, mas não daquelas realmente necessárias. Era como se eu fosse a peça do cantinho, que não tem desenho nenhum ou um significado relevante para o entendimento do quadro completo, *eu era apenas cor.* Um detalhe inútil, mas que ainda assim estava na caixa ao lado de outras 499 pedacinhos.

E Darren parecia ter escolhido a imagem final.

Quando ele finalmente terminou seu monólogo, eu vomitei.

Não me lembro da última vez em que algo parecido aconteceu, mas talvez tenha sido quando meu avô morreu, cinco anos atrás. Eram meus últimos dias de férias antes de, finalmente, começar a faculdade, e eu estava no meu quarto escutando música, pintando minhas unhas e falando com a Claire pelo viva-voz enquanto assistíamos um episódio de *Law & Order*. Meu pai bateu na porta do meu quarto e a empurrou com cautela quando eu falei para ele entrar. Eu soube o que tinha acontecido assim que olhei para o seu rosto, que apesar de não estar coberto de lágrimas, transparecia a maior tristeza do mundo.

Meu avô estava doente há algum tempo, então sua morte não deveria ser uma surpresa para nenhum de nós, mas foi. Acho que nunca estamos realmente preparados para dizer adeus. E quando as palavras finalmente saíram da boca do meu pai, eu derrubei o vidro de esmalte vermelho no chão e precisei correr para o banheiro para não vomitar em meu tapete. Eu amava meu avô e escutar aquela notícia fez com que meu corpo inteiro reagisse como se eu estivesse doente, como se algo estivesse faltando. E agora faltaria para sempre.

Era perturbador que o fato de ter escutado Darren naquela noite causasse em mim a mesma reação que tive ao escutar que uma pessoa que eu amava incondicionalmente tinha morrido.

Infelizmente, a incapacidade do meu corpo em absorver notícias ruins não causou piedade nele, pelo contrário. Seu rosto se contorceu em nojo ao ver a poça de vômito ao meu lado e ele andou em minha direção com passos duros.

Então, ele me mataria por ter vomitado. Esse era o meu destino, no fim das contas. Uma risada meio desesperada escapou de meus lábios ao pensar na possibilidade e isso apenas serviu para irritá-lo ainda mais.

Darren semicerrou os olhos e me encarou com tanto ódio que eu senti minha pele queimar, ou talvez a sensação fosse resultado do chute que ele deu em meu estômago, fazendo com que, além da risada, um gemido agoniado saísse da minha garganta. Eu realmente já não conseguia mais enxergar um cenário em que saíssemos daqui com vida. A dor que eu estava sentido nas costelas era tão excruciante que eu tinha quase certeza de que ia morrer, mesmo que Darren não atirasse em mim.

— Você vai aprender a se comportar — ameaçou, dando outro chute. Dessa vez, senti o ar sumir de meus pulmões e meus olhos arderam com a dor. — *Por bem ou por mal.*

Darren estava tão distraído comigo que não reparou em Cormac se arrastando sorrateiramente atrás de nós enquanto pegava sua arma e caçava uma bala que pudesse usar. Ele ainda sangrava muito e sua pele estava cada vez mais pálida, então seus movimentos pareciam estar em câmera lenta, o que me causou uma agonia gigante. Depois daquilo que pareceu uma eternidade, Cormac finalmente conseguiu colocar a bala no revólver e mirou para as costas de Darren.

Infelizmente, ele não foi muito rápido.

Darren acompanhou meu olhar, se virou lentamente e franziu a testa ao encarar Cormac, que atirou em sua direção. A única bala passou de raspão no braço de Darren, que ainda tinha seus reflexos 100% intactos. Cormac, por outro lado, estava prestes a desfalecer.

Darren andou até ele e chutou a arma para longe, dando um soco no rosto do detetive, que cuspiu um bocado de sangue. Darren repetiu a violência mais algumas vezes e eu precisei fechar os olhos, incapaz de ver aquilo. O barulho do seu punho encontrando o rosto de Cormac repetidamente era lancinante e eu quase podia sentir a dor em minha própria pele. Quando se deu por satisfeito, Darren se virou novamente em minha direção, andando em passos rápidos e, num piscar de olhos, senti sua mão suada e melada de sangue apertando meu pescoço enquanto me levantava do chão.

— Você não vai ter paz, Amanda. Não era emoção que queria? Você não estava tão confiante alguns dias atrás? Toda vez que andava despreocupada para sua casa, você não sabia que eu estava logo ali, pronto para acabar com a sua vida — rosnou, jogando meu corpo contra a parede antiga. Minha cabeça bateu com tanta força no concreto que pensei que meu crânio tivesse partido ao meio. — Eu odeio o Murray por muitos motivos, mas o maior é por você. Ele te envolveu nisso. E você é incapaz de largar o osso, não é mesmo?

O aperto na minha garganta era tão forte que eu fui incapaz de responder, mesmo que quisesse questioná-lo. O ódio que ele nutria por mim era realmente tão grande?

— Você é louco — consegui cuspir com dificuldade.

Seus olhos escureceram com fúria e ele me pressionou ainda mais contra a parede, batendo minhas costas e minha cabeça repetidamente ali.

— Sim, eu sou.

Meu nível de oxigênio já estava tão baixo que eu não conseguia enxergar direito ou escutar nada ao meu redor. Por isso, quando alguém puxou Darren para longe de mim, o jogando no chão, eu demorei alguns segundos para assimilar o que estava acontecendo.

A sala se encheu de pessoas, mas meus olhos só conseguiram focar em um único rosto, que corria em minha direção, sem se preocupar com o caos que parecia estar se instaurando no local.

Max.

CAPÍTULO 32
ELE ESTAVA POR TODOS OS LADOS

Assim que os braços de Max me alcançaram, senti meu corpo desfalecer.

Foi como se, pela primeira vez nesta noite, eu finalmente tivesse me sentido segura o suficiente para ficar vulnerável e deixar todo o medo, toda a dor e toda a ansiedade do mundo tomar conta de mim.

Ele me abraçou e um gemido de dor escapou de meus lábios ao sentir o toque na minha costela, fazendo com que Max afrouxasse o aperto. Achei que ele fosse me soltar, mas, ao perceber que eu simplesmente não tinha mais forças para ficar em pé sozinha, continuou me segurando com cuidado.

Deixei que minha cabeça tombasse em seu peito e fechei os olhos, respirando fundo seu perfume para ter certeza de que não estava sonhando.

Não, ele era *bem* real.

— O que você está fazendo aqui? — perguntei com a voz fraca.

Ele colocou a mão em meus cabelos, massageando minha cabeça com carinho, e um suspiro escapou dos meus lábios. Quem diria que tudo o que eu precisava para esquecer do mundo ao meu redor era o Max me fazendo cafuné.

— O que *você* está fazendo aqui? — retrucou.

Touché.

— Amanda, você está bem? — escutei uma voz diferente perguntar, fazendo com que eu abrisse os olhos.

Era a detetive Rosie. Ela me encarava com preocupação e eu finalmente notei meus arredores. A sala estava cheia e muito mais iluminada. Pelo menos dez policiais estavam lá dentro, além de paramédicos que rodeavam os corpos de Cormac e Hector. Será que o detetive ainda estava vivo? Eu esperava que sim. Cormac tinha me surpreendido e arriscado sua vida por minha culpa, então meu coração estava sofrendo por ele. Não consegui enxergar seu rosto, mas o sangue estava por todos os lados e isso não poderia ser um bom sinal.

No canto mais afastado, dois policiais terminavam de algemar Darren. Ele continuava com a expressão impassível, sem parecer incomodado por ter sido preso em flagrante tentando me matar. Eu estava realmente surpresa com esse surto dele, porque, apesar de sempre ter desconfiado do homem, não diria nunca que era um psicopata.

— A cabeça dela está sangrando. — Max respondeu, vendo que eu não estava prestando atenção. — E acho que tem alguns ossos quebrados.

Como ainda estava encostada em seu peito, não consegui ver seus olhos, mas o tom de voz sério foi o bastante para me deixar nervosa. Ele tirou os dedos do meu cabelo e Rosie seguiu o movimento, assentindo. Só então percebi que ele estava mostrando o líquido gosmento, que, pelo visto, estava vindo da minha cabeça.

Ótimo.

Ela fez sinal para um policial ali perto, que pegou o rádio e chamou mais uma ambulância.

— Não deixe que ela se mexa. — Rosie orientou Max. — Pode ir até o hospital com ela, seu pai pode esperar até amanhã.

Queria perguntar o que Murray poderia esperar, mas a verdade é que meu corpo doía tanto que eu mal conseguia pensar em algo além da dor aguda. Achei que nunca mais fosse capaz de me mexer e se Max não estivesse me segurando, provavelmente eu estaria espatifada no chão numa poça feita das minhas próprias lágrimas.

— Eu vou morrer — declarei.

Quase senti Max revirar os olhos.

— Você não vai morrer, só está dolorida.

Dois paramédicos chegaram numa rapidez e eficiência impressionante, e me tiraram dos braços do Max, deitando meu corpo numa maca amarela. Eles também colocaram um daquele horroroso colar cervical para o imobilizar o pescoço e eu só não reclamei porque achava que realmente precisava daquilo. E admitir isso era a comprovação do tamanho da minha dor.

Um deles fez um exame rápido, procurando os ferimentos mais urgentes, e então me carregaram para fora do hotel. Os cômodos agora estavam iluminados por lanternas e eu pude observar cada detalhe do prédio. Eu realmente era doida por ter entrado ali sozinha.

Do lado de fora, as lanternas dos carros de polícia eram a fonte de luz e alguns vizinhos curiosos haviam colocado suas caras para fora das janelas, observando a aglomeração com interesse. Eu tenho certeza de que seria a principal matéria no jornal amanhã, mesmo que eles tivessem sido incompetentes ao longo de toda essa saga. Era irônico e irritante.

— Você vai com ela? — escutei o paramédico perguntar ao Max depois de me colocar dentro da ambulância.

Não escutei sua resposta, mas, alguns segundos depois, ele entrou no carro e se sentou ao meu lado. Fui preenchida pela sensação de *déjà-vu*, lembrando-me de quando o acompanhei depois do episódio no parque. Parecia que uma eternidade havia passado desde então. Quando o carro começou a andar, meu corpo reclamou.

— Eu realmente vou morrer — repeti, fazendo uma careta. Max arqueou a sobrancelha e o paramédico que me acompanhava franziu a testa. — Tenho certeza de que minhas tripas estão todas para fora, igualzinho um episódio de *Grey's Anatomy*. Sem falar na minha cabeça, que deve ter uma rachadura bem no meio.

Max suspirou e riu baixinho, levantando minha blusa com cuidado. Apesar do toque leve, me contorci um pouco. Não era brincadeira, eu estava sofrendo. Senti seus dedos em minha barriga e ele franziu a testa ao observar o estrago.

— Bom, suas tripas estão todas guardadinhas — falou, abaixando a blusa. — Mas tenho quase certeza de que tem alguma costela quebrada.

Foi só ele dizer a palavra "quebrada" que senti uma onda lancinante de dor correr pelo meu corpo inteiro.

— Tem mesmo — o paramédico concordou.

— Caramba, vocês podiam ter mentido *pra* mim — resmunguei e Max riu. O paramédico, pelo visto, não entendeu nada. — Max, o que foi? Minhas tripas estão mesmo *pra* fora, né? Você está com medo de me contar — perguntei quando seu semblante fechou.

Ele balançou a cabeça e suspirou.

— Não, você está bem — garantiu. — E eu só estou aliviado. Por alguns minutos, achei que nunca mais fosse escutar a sua voz, muito menos te ver sendo dramática de novo. Eu senti sua falta. *Senti falta de tudo sobre você.*

Um sorriso surgiu em meus lábios e dessa vez eu fiquei com vontade de chorar.

— Sentiu, é?

Ele abriu um sorriso.

— Eu sinto muito por ter brigado com você — falou. — Sinto muito por ter duvidado e falado que você estava obcecada, quando, na verdade, você tinha razão sobre meu pai. E se eu não tivesse sido tão cego, nada disso teria acontecido. Você não estaria machucada.

— É verdade — respondi. — Espera, como você sabe sobre o seu pai?

Dessa vez, o paramédico pareceu ainda mais confuso.

Max mordeu o lábio e pegou minha mão, depositando um beijo na palma dela. O toque bastou para me anestesiar por alguns segundos.

Meu Deus, como eu senti falta dele.

— *Você* — respondeu e eu franzi a testa. Então ele acrescentou: — Depois conversamos, agora é melhor descansar.

— Nisso nós concordamos — o paramédico disse e fui obrigada a aceitar a recomendação, até porque meus olhos estavam quase se fechando.

— Obrigada por ter vindo — sussurrei para Max, apertando sua mão.

— Desculpe pela demora.

Seus olhos estavam brilhando enquanto ele me observava com carinho.

— Não importa — respondi. — Você está aqui agora.

Então eu apaguei.

Acordei algum tempo depois já num quarto de hospital, com minha mãe grudada na cama. Vi meu pai perto da porta falando com alguém, provavelmente um médico ou enfermeira, mas ele logo se virou em minha direção ao perceber que eu havia acordado.

Ele e minha mãe abriram um sorriso ao me ver com os olhos abertos, e eu me senti completamente culpada por nem ter pensado neles quando resolvi seguir Cormac para dentro daquele maldito hotel.

— Oi — murmurei com a voz rouca, reparando que minha garganta estava completamente seca. Minha mãe antecipou a necessidade e me estendeu um copo de água. — Tudo bem?

— Ah, filha... — suspirou, sacudindo a cabeça. — Quando Claire nos ligou, eu sabia que algo tinha acontecido. Você anda completamente sem juízo, está pior do que quando adolescente.

Então Claire tinha recebido minha mensagem. Pelo menos uma coisa certa eu havia feito no meio dessa confusão.

— Só estamos felizes por você estar bem — meu pai a cortou, segurando minha mão.

Seu semblante transmitia toda a preocupação que devia ter sentido nas últimas horas, mas também continha um pouquinho de alívio.

— É, mas também estou brava — disse, mordendo o lábio. — A polícia nos contou tudo o que você fez nos últimos meses. Amanda, onde você estava com a cabeça, filha?

— Poxa, mãe. Estou tão cansada, precisamos falar sobre isso agora? — perguntei, tentando mudar de assunto. Explicar para eles tudo o que tinha acontecido demandaria tempo e eu não estava no clima para reviver os últimos meses mais turbulentos da minha vida.

Ela concordou, parecendo um pouco culpada, e acariciou minha bochecha.

— Achei que você fosse morrer. Quando chegamos ao quarto, Max estava chorando e eu pensei no pior.

Calma, Max... chorando?

— O que você disse? — perguntei.

— Por que você não nos contou que estava namorando? — meu pai falou dessa vez e eu senti meu rosto esquentar.

— Porque não estou. Max é filho do Murray e, sei lá, andamos juntos esses tempos.

Minha mãe arqueou a sobrancelha.

— Ele disse que era seu namorado. Quando chegamos ao hospital, ele veio explicar o que tinha acontecido, estava muito abalado.

Apesar de parte de mim ter ficado satisfeita com a informação, também quis brigar com ele. Ele não podia simplesmente jogar essa informação por aí, como se não fosse nada. Afinal, ele voltou, mas por quanto tempo? Será que estava aqui apenas pelo pai? Até agora eu não sabia como ele chegou lá no hotel ou o porquê de ter voltado, em primeiro lugar.

Eu estava, sim, radiante por ter sido ele a me encontrar, mas também não queria me iludir novamente. Era melhor baixar as expectativas, antes que chegassem a níveis irreversíveis.

— Não importa, filha — meu pai falou, quebrando o silêncio constrangedor. — Ele parece ser uma boa pessoa, estava muito triste com o que aconteceu com você e com o pai dele.

— Caramba, eu também estou — resmunguei, olhando para baixo e finalmente observando a faixa na minha costela e os vários curativos espalhados pelo meu corpo. — Qual é o veredito, afinal?

Minha mãe fez uma careta. Quando ela fazia essa cara, eu quase conseguia me ver no rosto dela. Era uma expressão que tínhamos em comum.

— Podia ter sido pior — respondeu. — Acho que amanhã já pode ir para casa, mas vai precisar ficar quieta na cama por alguns dias. Está com duas costelas trincadas e precisamos ficar de olho na sua cabeça, já que bateu com muita força. Espero que o tempo de recuperação sirva para você sossegar um pouco...

— Mãe, eu sinto muito. Sério mesmo. Prometo que não vou mais me meter em investigações...

— Ou qualquer coisa que possa ser considerada um risco para a sua vida. — completou.

— Aí já é mais difícil, porque muitas coisas podem ser um risco — ponderei. — Ir ao mercado, por exemplo. Eu posso bater o carro no caminho, ou uma prateleira de latas de feijão pode cair em cima de mim.

— Amanda — meu pai repreendeu.

Ergui as mãos.

— *Tá*, certo. Eu prometo.

Conversamos por mais um tempo, até que o efeito do remédio para dor, que um enfermeiro colocou na minha veia alguns minutos atrás, começou a fazer efeito. Alguém bateu na porta, mas meus olhos já haviam fechado e minha mente não assimilava muitas coisas.

Hora de dormir de novo.

Quando abri meus olhos algumas horas depois, era Max quem estava sentado numa cadeira ao lado da cama. Ele segurava minha mão e seus dedos faziam um carinho delicado em minha pele.

Ele sorriu ao me ver acordada.

— Oi, estranha.

Ainda meio sonolenta, respondi:

— Oi, você. Cadê meus pais?

— Estão falando com a polícia. Sua amiga, Claire, ela está lá fora também.

Meu coração deu uns pulinhos felizes ao saber que minha amiga estava aqui. Nossa, não via a hora de falar com ela e contar tudo o que tinha acontecido. Claire seria a única pessoa que apreciaria a minha versão da história, sem julgamentos. Conseguia imaginar sua reação empolgada com uma clareza absurda e um sorriso surgiu em meus lábios com o pensamento.

— O que foi? — Max perguntou com curiosidade.

— Nada, só estou pensando em como a Claire vai ser a única pessoa que vai me dar valor quando eu contar o que aconteceu, além de realmente respeitar os detalhes da história, sem me encher o saco por ter sido irresponsável. — Fiz duas aspas com os dedos na última palavra. — Nosso senso de humor é muito parecido.

— Eu posso imaginar. — Ele riu.

Passamos alguns minutos conversando sobre bobagens e vendo vários programas terríveis de televisão. Depois de um tempo, reparei que Max não prestava mais atenção na tela. Seu olhar estava preso em mim, analisando cada centímetro do meu corpo: meus dedos mexendo no controle remoto inquietamente, passando por todos os canais em poucos segundos, o peito subindo e descendo com a minha respiração acelerada e minha boca, que não parava de se mexer e falar asneiras. Quando percebi que ele não parecia ligar para nada que eu falava, finalmente me calei.

O que ele tanto estava olhando?

O estranho é que não demorei para descobrir: ele estava olhando para mim. Mas não olhando de um jeito banal, como quem olha para você o dia todo, ele me olhava como se pudesse ver dentro da minha cabeça. Meus medos, sonhos, ambições. Por um momento, consegui me enxergar exatamente como ele me via: a pessoa mais incrível do mundo. Então, em poucos segundos, senti um bocado de amor me consumindo por inteira, como nunca havia sentido na minha vida, e quase sufoquei.

Ele estava por todos os lados. O sentimento transbordava e me enchia de felicidade, de medo e de ansiedade, tudo na mesma proporção.

— Caramba — murmurei atônita, cobrindo a boca com a mão.

— O que foi? — Max perguntou curioso.

A confissão que saiu da minha boca no segundo seguinte foi provavelmente a coisa mais honesta e espontânea que eu já falei em toda a minha vida, mesmo que tivesse saído sem filtro nenhum.

— Eu *tô* apaixonada por você — admiti num susto. — Tipo, realmente apaixonada. *Não-quero-que-você-vá-embora-nunca-mais.*

Max arqueou a sobrancelha e abriu um sorriso convencido, como se, de alguma forma, estivesse esperando exatamente aquelas palavras, mesmo que tivessem sido proferidas num momento tão aleatório.

— Que bom. Porque eu estou apaixonado por você há algum tempo.

CAPÍTULO 33
SABIA QUE ENCONTRARIA O QUE EU PRECISAVA

A semana seguinte foi absolutamente exaustiva.

Nos primeiros dias em casa, eu ainda estava tomando todos os remédios para dor que existiam e, mesmo de repouso na minha cama, nada parecia fazer efeito. Talvez porque eu precisasse descansar a minha cabeça e, infelizmente, era muito difícil desligar meus pensamentos e não analisar tudo o que havia acontecido nos últimos dias.

Max me contou sobre seu pai, assim como a polícia, confirmando tudo o que Darren falou naquela noite. Foi como se Murray tivesse morrido duas vezes para mim. Sempre que escutava a história, demorava a acreditar que aquilo fosse possível ou que ele realmente tivesse me usado por um motivo tão sujo.

Eu estava me sentindo confusa, sem perspectiva e um tanto frustrada. Era como se tudo o que tivesse feito na faculdade não tivesse mais significado. Quando achei que Murray tinha me escolhido por me achar inteligente ou ver algum potencial em mim, na verdade, ele apenas queria alguém que não fosse perceber o que ele estava fazendo. Alguém que não apresentasse risco nenhum para ele. Era um tanto humilhante saber que eu fui a pessoa escolhida.

Também foi difícil explicar para os meus pais o motivo da polícia continuar batendo na nossa porta, pedindo inúmeros depoimentos. Ao mesmo tempo, acho que eles não ficaram muito surpresos. Era quase como se esperassem que eu fosse dar um jeito de me meter em alguma confusão durante o mestrado. *Era inevitável*. Pelo menos, foi o que a minha mãe disse na última noite enquanto fazia minha comida favorita.

A verdade é que foi bom contar a verdade e não precisar mais esconder nada dos dois. Até sobre Max eu falei, afinal, ele veio aqui para casa todos os dias e não tive como evitar esse assunto. Sempre que ele batia na porta do meu quarto e perguntava se podia entrar, eu precisava segurar o sorriso besta que começava a surgir. Eu não quis perguntar até quando ele iria ficar. Decidi que a única coisa que poderia fazer agora era aproveitar o momento. A dor física era muita e eu não queria pensar no estado em que meu coração ficaria quando ele decidisse ir embora de novo.

Estava olhando-o trabalhar na minha escrivaninha e não pude deixar de pensar em Murray. Max não queria falar dele, mas eu sabia que estava sofrendo.

Ajudar a colocar o próprio pai na cadeia devia ser uma das coisas mais difíceis do mundo, ainda mais quando ele o amava tanto. E sua mãe, meu Deus, eu só poderia imaginar o que ela estava passando agora. Francamente, devia ser ainda pior do que o que ela sentiu na semana do sequestro. E passar por essas duas situações, uma atrás da outra...

— Sabe, eu estava pensando?

— Ela pensa? — murmurou num tom debochado, sem tirar os olhos do computador.

Dei uma risada falsa, e continuei:

— Engraçado, Max. Muito engraçado... — Ele riu de verdade, mas não por muito tempo. — Queria falar com seu pai.

Max parou de digitar imediatamente e seu corpo congelou. Como estava de costas, não consegui ver seu rosto, mas não era difícil imaginar sua expressão. Ele ficou em silêncio alguns segundos, então se virou para mim.

Sabia que ele não tinha gostado da ideia assim que encontrei seus olhos, que estavam confusos e até um pouco curiosos, só que, imediatamente, eu entendi que não havia curiosidade no mundo suficiente para mudar sua resposta.

— Não.

— Por quê?

Ele bufou e voltou a encarar o documento que estava lendo.

— Porque sim. E nem adianta dizer "porque sim não é resposta" — completou, sabendo o que eu estava prestes a falar.

Rolei os olhos.

— Eu acho que tenho o direito de falar com ele. Sabe como é, escutar a versão dele sobre os acontecimentos.

— Eu já te contei. A polícia te contou. Até do Darren você já ouviu. Posso te garantir que é a mesma versão. — Max resmungou.

— Bom, eu duvido.

— Qual diferença vai fazer, Amanda? Ele já confessou. Já fodeu com a minha vida. O que foi feito, está feito.

Balancei a cabeça.

— Você sabe que isso não é verdade — falei.

Com dificuldade, tentei sair da cama, fazendo com que um gemido de dor escapasse de meus lábios. Caramba, é realmente terrível machucar as costelas, só queria deixar isso bem claro, caso alguém tivesse alguma dúvida.

Max se levantou num pulo e me colocou de volta no lugar, sentando-se ao meu lado.

— Toda vez que você se mexe desse jeito, adiciona um dia no seu tempo de recuperação — alertou cheio de sarcasmo enquanto ajeitava os travesseiros.

— Bom, não dá *pra* falar com você quando tem todo esse espaço entre nós.

Ele arqueou a sobrancelha.

— Amanda...

— O quê? É verdade! — Dei de ombros. — Olha, ele está em casa, não está? Quero dizer, até o julgamento.

Max não falou nada, mas eu já sabia a resposta. Murray estava em casa sim. Claire havia me contado, porque, de alguma forma, ela sempre sabia de tudo. Sempre me ligava no fim da noite para dizer quais eram as fofocas do dia, já que eu me recusava a ler o jornal. Para ser honesta, eu tinha um pouco de medo do que poderia encontrar, caso começasse a ver as notícias sobre os últimos dias. Não queria saber a versão das outras pessoas, então Claire estava agindo como meu filtro.

Ela sabia o que eu estava pronta para ouvir e eu gostava de escutar pela boca dela. De alguma forma, parecia um pouco menos intimidador.

Além disso, mesmo que Claire não tivesse falado nada, Max passava mais tempo aqui do que em qualquer outro lugar, e eu estava dormindo umas quinze horas por dia, então isso dizia muita coisa. Ele não queria ir para casa nunca.

— Eu não quero que você fale com ele, Amanda. E não quero brigar com você por causa disso.

Franzi a testa.

— Nós não estamos brigando — falei. — Estamos conversando. Sabe como é, quando duas pessoas trocam ideias sobre alguma coisa de maneira civilizada.

Max bufou e desviou o olhar. Estava perdendo a paciência, eu tinha certeza.

— Eu odeio ter sido a pessoa que o denunciou — desabafou depois de alguns segundos em silêncio. — Odeio que a vida dele estava em minhas mãos e que eu precisei fazer o que fiz. Mas não sei como poderia deixá-lo impune. Não sendo quem eu sou.

— Porque você é uma boa pessoa — afirmei. Ele balançou a cabeça e seu segurei seu rosto, fazendo com que ele olhasse em meus olhos. — *Você é*. O que seu pai fez não tem desculpa, Max. E você não pode carregar esse peso pelo resto da sua vida. Ele está lidando com as consequências das escolhas que ele mesmo fez, e isso é um fardo que não te pertence.

Seus olhos estavam tristes e ele não parecia concordar com o que eu disse. Na sua cabeça, seria sempre o filho responsável por colocar o pai na cadeia e isso partia meu coração.

— O que você precisa escutar da boca dele? — Max perguntou.

— Eu só queria entender o que aconteceu. Preciso escutar da boca dele, porque não parece real. Acho que nunca vou conseguir seguir em frente se não falar com ele antes.

Ele se levantou da cama e bufou.

Seus dedos bagunçaram o cabelo, coisa que eu sabia que ele fazia quando estava nervoso, mas então Max olhou em minha direção.

— Cinco minutos, amanhã — avisou, fazendo o número com a mão. — Depois, você precisa deixar isso *pra* trás. E eu também.

Concordei rapidamente, sabendo que se demorasse um segundo a mais, ele poderia mudar de opinião.

No dia seguinte, acordei mais agitada que o normal. Nem o sono que eu estava sentindo por conta dos remédios foi capaz de me manter de olhos fechados depois que meu despertador tocou.

Com certa dificuldade, coloquei uma roupa diferente dos pijamas que estava usando pelos últimos dias, e até passei uma maquiagem para parecer um pouco mais saudável. Mas não sei quem eu queria enganar... Murray deveria me ver em meu pior estado, para saber que foi o responsável por isso. Pelas costelas machucadas, pelos roxos espalhados em todo o meu corpo e pelos problemas de confiança que agora me perseguiriam para sempre.

A única coisa que eu não podia reclamar era que a universidade não me obrigou a começar um novo trabalho do zero. Eles aceitaram a tese que eu havia feito e deixaram por isso mesmo, provavelmente querendo evitar ao máximo a vergonha de ter um professor como Murray em seu corpo docente. Além disso, acho que também ficaram com medo de que eu abrisse um processo, coisa que meu pai queria muito fazer.

No fim das contas, meu diploma era tudo o que eu queria. E, quando ele chegasse, seria hora de começar um novo capítulo em minha vida.

— Você está pronta? — minha mãe perguntou ao entrar no meu quarto. — Max está lá embaixo.

Ela não tinha gostado muito da ideia de me deixar conversar com Murray, mas também me conhecia o suficiente para saber que não havia muito que fazer. Eu iria de um jeito ou de outro.

— Só preciso de ajuda com o sapato — falei, apontando o calçado branco dentro do armário.

Minha mãe me ajudou a calçar o tênis e depois a descer as escadas. Ela me lançou um último olhar preocupado quando Max segurou minha mão.

— Espero que você escute o que precisa ouvir — disse antes de depositar um beijo em minha bochecha.

— Eu também... — Max murmurou.

O trajeto de carro foi tão silencioso e desconfortável que, por alguns segundos, eu considerei pedir para Max dar meia volta e deixar essa história para lá. Mas se eu não falasse com Murray agora, sabia que nunca mais teria coragem.

Quando estacionou o carro, Max suspirou. Segurei sua mão e ele me olhou com os olhos tristes.

— Se isso for te machucar, podemos ir embora — falei um pouco relutante, porque não queria ir.

Ele olhou pela janela, observando sua casa com pesar.

— Acho que você precisa disso... E eu também.

Concordei e ele saiu do carro, vindo até a minha porta em seguida para me ajudar a sair.

Era estranho estar de volta nessa casa depois de tudo. Se em algum momento me senti bem-vinda, agora parecia um lugar em que eu não deveria entrar. Parecia uma invasão.

— Minha mãe está no quarto... Ela não tem saído muito esses dias — Max explicou quando viu que eu procurava por Katie dentro da casa.

Meu coração apertou com pena dela, sabendo que não poderia fazer nada para diminuir sua dor.

Andamos até o escritório de Murray, que estava com a porta fechada. Max deu duas batidas e a voz de seu pai pediu que entrássemos. Quando girei a maçaneta, Max colocou sua mão sobre a minha e falou:

— Eu vou esperar aqui fora. Qualquer coisa, me chama. Não consigo olhar para ele.

Assenti e entrei no cômodo, fechando a porta atrás de mim.

Murray estava sentado na poltrona, um livro antigo em suas mãos. Seus olhos ergueram-se das páginas amareladas para me encarar com curiosidade. Será que ele não estava me esperando?

— Max disse que você queria falar comigo — disse, lendo meus pensamentos. — Mas não achei que realmente fosse deixar você vir.

Ergui a sobrancelha.

— Ele não tem que me deixar ou não, quem toma essa decisão sou eu.

— Ninguém manda em você, Amanda. Isso é um fato atestado. Apenas achei que ele não iria se sentir confortável com essa conversa.

— Ele não está, mas sabe que precisava acontecer. Ele me respeita, sabia? Pelo menos você criou um bom filho. Porque se fosse depender dos seus exemplos...

Uma risada amarga escapou dos lábios dele. Murray fechou o livro e o colocou na estante ao seu lado, cruzando os braços em seguida.

— Eu serei julgado pelo resto da minha vida por algo tão estúpido — falou. — Se eu tivesse matado alguém, acho que a reação das pessoas seria um pouco mais justificável.

— Hector está morto.

O nome dele ainda me causava arrepios e a imagem do corpo pálido estirado no chão ainda estavam muito vivas em minha memória. Murray agia como se suas atitudes não tivessem consequências, mas não era verdade.

— Ora, veja bem, isso não foi minha culpa. Foi *sua*. Pelo o que fiquei sabendo, você foi responsável por atrapalhar a investigação. E, conhecendo o Darren, não me surpreende que ele tenha perdido as estribeiras. O homem é completamente louco, passou anos escondido naquela maldita pele de cordeiro. Ele não gosta de ser provocado, Amanda. E isso é o que faz de melhor.

Senti meu rosto esquentar e algumas lágrimas se formaram em meus olhos.

Não achei que falar com ele fosse ser tão triste, mas estava sendo pior do que poderia imaginar. Murray tinha mesmo morrido e, em seu lugar, estava um homem que eu não reconhecia. Um completo estranho.

— Por que eu? Por que você me escolheu no meio de tantos alunos? Você realmente achou que eu não fosse descobrir? — perguntei com a voz falha.

Ele ajeitou a armação dos óculos no rosto e deu de ombros.

— Francamente, não achei. Eu te escolhi porque sabia que encontraria o que eu precisava e que confiaria em mim. Estava errado?

Não estava.

Eu havia feito exatamente isso. Confiado cegamente nele.

— Valeu a pena? — questionei. — Perder a sua família por isso?

Murray franziu a testa e me encarou com desprezo, sem me responder. Ele pegou o livro que havia guardado e ignorou minha presença, deixando claro de que a conversa havia acabado.

Não sei se, no fundo, eu estava esperando um pedido de desculpas, mas o fato de que ele mal se dispôs a falar comigo foi um choque de realidade. Saí do quarto segurando as lágrimas que estavam guardadas desde que voltei do hospital. Eu não costumava chorar com muita frequência, mas também não era de segurar minhas emoções.

Passar os últimos dias fingindo que estava bem, quando na verdade me sentia um lixo, foi um desafio e tanto, e eu só estava percebendo isso agora.

Quando Max me encontrou no corredor, não aguentei mais segurar o choro e desabei. Ele franziu a testa, preocupado, e me abraçou com relutância, com medo de me machucar. Perto dele, eu sentia todo o peso do mundo saindo das minhas costas, como se a sua presença fosse capaz de tirar isso de mim. De me libertar.

Max perguntou o que tinha acontecido, mas eu apenas balancei a cabeça, segurando os soluços, o apertando com força. Ele acariciou meus cabelos, tentando me acalmar.

Depois de alguns minutos naquela posição, eu me afastei e murmurei com a voz falha:

— Vamos embora.

— O que aconteceu, Amanda? Meu pai fez alguma coisa? — A preocupação em sua voz era palpável e eu me senti mal por ter ficado tão desesperada. — Por favor, fala comigo.

— Ele não fez nada — garanti, secando as lágrimas que escorriam pela minha bochecha. — Acho que falar com ele fez com que a minha ficha caísse, só isso.

Max segurou meu rosto com as mãos e analisou meus olhos, procurando a verdade dentro deles. Eu demorei mais tempo do que ele para aceitar o que Murray tinha feito, mesmo que tivesse descoberto primeiro. Mesmo quando achei que ele pudesse estar envolvido nos roubos ou no sequestro, parte de mim, nunca acreditou que fosse verdade.

Agora tinha finalmente entendido.

— Certo. — Max disse enfim. — Vamos embora, então.

Ele segurou minha mão e me guiou até a porta da sala. Sair daquela casa foi como deixar para trás um pedaço quebrado da minha vida. E só então eu percebi que não via a hora de me livrar dele.

CAPÍTULO 34
VIVA FELIZ E COMPLETAMENTE FORA DE PERIGO

É engraçado como os dias parecem se arrastar quando você está de cama.

Mas, mesmo assim, eu não iria reclamar. Foi muito legal assistir à Netflix o dia inteiro sem precisar me sentir culpada por não estar fazendo nada realmente importante. Agora eu já estava praticamente inteira novamente, curada de todos os roxos e lesões, e pronta para voltar a sair de casa e investigar sequestros por aí.

Brincadeirinha!

Estava pronta mesmo para sair de casa e voltar a correr, mas, de preferência, sem nenhum psicopata atrás de mim. Acho que agora não era mais um sonho tão distante.

Nas semanas que se passaram, muita coisa aconteceu, além do fato de ter me atualizado em todas as temporadas de todas as séries já gravadas nesse mundo. Darren foi julgado e estava *presinho da Silva*, cumprindo uma pena que, provavelmente, duraria até o fim da sua vida. Ele passou por uma avaliação psicológica e o homem realmente era completamente desequilibrado. Eu queria muito saber mais, doida para descobrir suas motivações mais sombrias, porém, era difícil conseguir esse tipo de informação sem estar dentro da polícia. E, infelizmente, eu não havia feito muitos contatos amigos lá dentro. Então, por ora, precisava me contentar com as matérias sensacionalistas que saíram nos jornais.

Cormac passou algumas semanas no hospital e, pelo o que fiquei sabendo, já estava muito melhor. Fiquei aliviada quando recebi a notícia, feliz por não colocar outra morte em minha bagagem emocional. A memória de Hector ainda me assombrava, fazendo com que meu coração se apertasse dentro do peito, repleto de culpa. Para amenizar o sentimento, acabei enviando um cartão de melhoras para Cormac, acompanhado de um pedido de desculpas por quase ter destruído sua investigação. Mas, em minha defesa, se ele tivesse sido um pouquinho menos intragável, eu nunca teria desconfiado dele. No fim, era tudo uma questão de perspectiva... Ele me odiava pelos motivos errados e eu, o mesmo.

Agora, o escândalo em torno do assassinato de Hector – que, na verdade, quase não foi noticiado pela imprensa – e da prisão de Darren e de Murray finalmente estava se dissipando. Após uma declaração da galeria e da universidade, repudiando os eventos que aconteceram, e alguns *posts* maldosos na internet, o assunto morreu. Eu me impressionava com a facilidade que as pessoas parecem se esquecer de certas coisas; era realmente invejável. Enquanto eu, provavelmente, carregaria esse fardo pelo resto da minha vida, outros nunca nem lembrariam os nomes envolvidos.

E falando em nomes, Murray também seria julgado daqui alguns dias, mas Max havia conseguido um ótimo advogado para o pai e, pelo o que andei escutando por aí – já que Max não queria me contar muita coisa –, sua pena vai acabar sendo algo bastante ridículo perto do que ele realmente merecia.

Ao mesmo tempo em que me sentia frustrada, eu também entendia a decisão de Max em ajudá-lo. A culpa que ele sentia já era muito sufocante. Ele tentou respeitar o pai da maneira como podia, e eu estava longe de ser a pessoa capaz de julgá-lo por isso. Sua mãe também estava um pouco melhor e decidiu ir passar uns tempos no interior, com a família, decisão que era bastante compreensiva. Sei que eu não gostaria de morar na mesma casa de um mentiroso patológico, ainda mais enquanto ele se transformava em um completo estranho. Para não ficar sozinho com o pai, Max tinha praticamente se mudado para cá. Meus pais o adoravam e, bom, eu também. Então não foi problema algum, pelo contrário, só serviu para ficarmos ainda mais próximos.

Até agora. Porque amanhã ele voltará para Paris.

— Você está pronta? — perguntou impaciente.

Estava na minha penteadeira, passando filtro solar quando ele bateu na porta e colocou a cabeça para dentro.

Para comemorar que eu já podia fazer exercícios novamente, além do fato de que fazia um dia lindo lá fora, estávamos indo passar à tarde em Howth, uma vila de pescadores aqui perto, que tinha uma das trilhas mais bonitas da Irlanda. O passeio também seria nossa despedida.

— Quase, só preciso colocar o tênis — avisei.

Howth era um dos lugares mais incríveis aqui na cidade, e eu estava genuinamente animada de ir até lá. Era possivelmente minha caminhada favorita, cheia de verdes e pequenas flores amarelas, além de abrigar uma das vistas mais impressionantes do país – e não estou sendo exagerada, é apenas a verdade. Depois de um mês trancada dentro de casa, a expectativa de ir até lá estava nas alturas.

O passeio de carro não foi muito demorado, e eu deixei as janelas abertas, permitindo que o vento bagunçasse meu cabelo.

— Eu escolho a música hoje! — avisei quando Max esticou os dedos para ligar o rádio. Ele costumava escutar as *playlists* e os artistas mais melancólicos do mundo, e eu não estava no clima para entrar nessa bolha de energia ruim.

— Você sempre escolhe — murmurou, rapidamente voltando a mão para o volante. — Eu só estava ligando o som.

Conectei meu celular e selecionei *Dancing Around* para tocar, feliz com a minha escolha. Acho que ela refletia muito bem o meu estado de espírito e não havia nada que me alegrasse mais do que uma música animada.

> *I can't wait*
> *I've been longing to be dancing around again*
> *I can't wait*
> *I've been longing to be dancing around again*[5]

Quando avistei o mar pela janela do carro no estacionamento, bati algumas palmas de felicidade e Max riu ao meu lado. Eu mal podia esperar para andar por ali novamente, rodeada pela natureza e pela brisa do mar.

Começamos a caminhada no ponto mais alto e fomos descendo pela trilha, esbarrando em algumas pessoas e cachorros pelo caminho, que também aproveitavam o calor que fazia. Apesar do movimento em certos pedaços, a maior parte da trilha continuava vazia. Os arbustos estavam enormes, então era preciso se esgueirar entre eles para descer até o penhasco, mas nada muito desafiador. Talvez eu ficasse com algumas alergias, mas pouco podia me importar. Era maravilhoso estar do lado de fora, respirando ar puro.

---

[5] "Eu não posso esperar
Eu tenho ansiado para dançar
por aí de novo
Eu não posso esperar
Eu tenho ansiado para dançar
por aí de novo".

Max me entregava uma garrafa de água a cada cinco minutos, porque eu "precisava me manter hidratada" e eu já estava ficando com vontade de fazer xixi. Quando falei isso em voz alta, ele gargalhou.

— Engraçado, né? — resmunguei com a voz brava.

Ele parou e se virou para mim com um sorriso no rosto.

— Só estou seguindo as recomendações do seu médico — disse com a sobrancelha arqueada.

Nem respondi, aproveitei para passar na sua frente e finalmente apreciar a vista.

Caramba, quem diria que depois de tudo o que eu passei e todas as loucuras que eu fiz, estaria aqui viva.

Viva, feliz e completamente fora de perigo.

Max colocou as mãos em meus ombros e nós dois ficamos ali por alguns minutos, curtindo a paisagem. O azul do céu criava um contraste perfeito com o verde da montanha e o amarelo das flores e, por fim, com o azul esverdeado do mar. Era o cenário perfeito.

Quando eu era mais nova, era aqui que eu e meus amigos do colégio costumávamos vir depois das aulas ou no verão, mas nenhuma tarde feliz que passei com eles se comparava com o sentimento que me preenchia agora. Eu estava me sentindo completa, tão completa que poderia transbordar.

Os dedos de Max subiram para o meu pescoço e ele colocou meu cabelo para o lado, depositando um beijo na pele recém-descoberta.

Uma corrente elétrica correu meu corpo, como da primeira vez em que ele encostou em mim. E eu desejei secretamente que essas sensações ficassem para sempre, mesmo quando não aguentássemos olhar para cara um do outro, bem velhinhos e ranzinzas.

Na última noite, combinamos que, mesmo ele voltando para Paris, vamos tentar fazer esse relacionamento funcionar. Afinal, o que são duas horas de avião perto de tudo o que já passamos, certo? Ele gostava de acreditar que éramos mais fortes do que isso. Eu *sabia* que éramos.

Max virou meu corpo, fazendo com que ficássemos de frente um para o outro. A luz dourada do fim da tarde iluminava seus olhos e eles estavam mais verdes do que nunca. Era uma missão impossível desviar o olhar.

— Eu vou sentir sua falta — confessei.

Ele abriu um sorriso debochado.

— Vai, é? — provocou, passando os dedos pela minha bochecha.

— Se você quiser, posso dizer que não vou sentir saudade nenhuma, pelo contrário, vai ser um alívio ver você longe. Mal posso esperar. Na verdade, podemos ir para o aeroporto agora mesmo.

Seu sorriso alargou.

— Não, prefiro que diga que vai sentir falta — decidiu. — Eu também vou sentir a sua.

Balancei a cabeça e passei meus braços pelo seu pescoço. Ele apertou minha cintura e aproximou nossos corpos. Seus lábios roçaram nos meus num movimento leve e delicado, tornando o beijo que viria a seguir ainda mais antecipado.

Arranhei sua nuca e ele suspirou, apertando ainda mais meu corpo contra o seu e finalmente me beijando. E, como todas as vezes em que nossos lábios se encostavam, eu me perguntei se seria sempre assim, tão eletrizante. Eu esperava que sim.

Ele era o meu encaixe perfeito.

Passamos a tarde andando pelas trilhas e tirando fotos – coisa que recentemente descobri que Max amava, ao lado de desenhar – e quando o sol já estava se pondo, quase sumindo no horizonte, nos sentamos na grama perto de um dos penhascos. A brisa gelada balançava meu cabelo e a luz dourada deixava tudo mais bonito e eu não conseguia parar de encarar Max. Em momentos como esse, eu me pegava pensando em como dei sorte com ele. *Ganhei-na-loteria* tipo de sorte.

Tinha acabado de abrir uma latinha de vinho, casualmente escondida em um saco de papel, quando ele me perguntou:

— Você não gostaria de ir morar em Paris?

Franzi a testa, confusa.

— Fazer o que lá?

— Qualquer coisa. — Ele falou. — Na sua área, encontrar um emprego não seria difícil. Aqui, por outro lado...

Arqueei a sobrancelha.

— Você acha que não vou ter oportunidades aqui?

Ele balançou a cabeça e colocou uma mecha do meu cabelo, que voava no ritmo do vento, atrás da minha orelha. Seus olhos pregados nos meus.

— Não foi o que disse. Eu só acho que você deveria expandir seus horizontes — explicou ele. Mordi os lábios para esconder o sorriso, finalmente ciente do caminho que a conversa estava tomando.

— Na sua direção, de preferência — completei com um pouco de ironia.

Max deu de ombros e um brilho inocente iluminou seus olhos.

— Se for o que você quiser.

Bom, por um lado, ele tinha razão. Eu teria um leque de opções infinitamente maior se fosse para lá, mas será que era isso que eu queria?

Ainda não sabia bem.

E não achava que estávamos prontos para dar um pulo tão grande em nosso relacionamento. Talvez em alguns meses, mas não agora. Muita coisa ainda estava recente e, pela primeira vez em minha vida, eu estava com medo de tomar decisões rápidas demais.

Ao mesmo tempo, não posso mentir e dizer que não conseguia enxergar um futuro lá, ao lado dele e trabalhando em algum museu ou galeria, muito mais interessantes dos que existiam aqui. Era uma visão bastante promissora, mas também cheia de dúvidas.

— Eu não sei mais o que quero — confessei depois de alguns segundos pensando.

Max me olhou com compreensão

— A maioria das pessoas não sabem.

— E como elas tomam decisões? — perguntei realmente curiosa.

Como podemos decidir o que fazer se nenhum caminho tem garantias?

Ele tocou meus dedos e segurou meu pulso, sentindo meus batimentos.

— Acho que existe uma ideia internalizada dentro de nós de que somos obrigados a saber o que queremos da vida muito cedo e de que as nossas decisões são permanentes. Isso não é verdade, Amanda. Faça o que você quiser fazer, quando você quiser. E se seu coração diz para você ficar aqui, tudo bem. Você precisa arriscar para se encontrar. E não tem nada de errado nisso. É *assim* que as pessoas fazem.

Ele tinha razão. E as suas palavras foram o maior conforto que eu poderia ter pedido.

Eu tinha tempo. Tempo para testar e errar, de novo e de novo, até descobrir onde devo estar.

EPÍLOGO

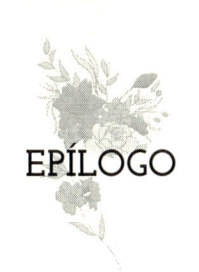

SEIS MESES DEPOIS

Eu estava em casa.

Quero dizer, estava em um lugar que me fazia sentir em casa.

Demorei alguns dias para me sentir assim, bem-vinda, mas porque acho que qualquer mudança é um choque. Até nos acostumarmos com a nossa nova realidade, nada parece estar em seu lugar. Como um quebra-cabeça desmontado, recém-saído da embalagem.

Mas, felizmente, aqui, não demorei muito para estar à vontade.

Era como se Paris estivesse esperando por mim.

As luzes do fim da tarde atravessavam o vidro da pirâmide principal do Louvre, formando sombras no chão que pareciam uma obra de arte do próprio museu. Enquanto observava o dançar dourado no piso, minha nova supervisora terminava de assinar meu contrato de trabalho.

Sim, um contrato de trabalho no Louvre.

Parece mentira quando conto para as pessoas, mas é a mais pura e extasiante verdade. Acontece que nem só de notícias perturbadoras vive a minha reputação. No meio da enxurrada de matérias terríveis contando sobre a quadrilha de Darren e a participação de Murray, algum jornal incluiu um parágrafo sobre como eu havia ajudado a solucionar o mistério, chamando-me de Nancy Drew irlandesa ou qualquer coisa do tipo. No fundo, eu sabia que a notinha tinha um dedo da Claire, que conhecia muitos jornalistas por aí e com certeza pediu um favor para algum deles.

De qualquer forma, alguns meses atrás recebi uma ligação de uma diretora do museu, perguntando se eu gostaria de comparecer em uma entrevista para participar do treinamento de curadoria que eles promovem. O estágio é um dos mais concorridos do mundo e eu sequer tinha pensado que teria alguma chance. Mas, alguém lá dentro leu a minha dissertação e também a bendita notícia que deu um destaque muito generoso sobre a minha irresponsabilidade, chamando-a carinhosamente de perspicácia e coragem. Foi algo realmente incrível para a minha autoestima. E, pelo visto, também para a minha vida profissional. Eu ainda estava um pouco surpresa. Certo, *bastante* surpresa.

Quando contei sobre a entrevista para os meus pais, os dois me deram o maior apoio, mas não sei se realmente acreditaram que daria certo. Parecia um sonho tão distante, até mesmo para mim — que tenho expectativas muito irreais. Participei de todas as etapas do processo meio descrente e, quando finalmente recebi o *e-mail* avisando que passei, eu fiquei um pouco atônita.

Então veio a felicidade, misturada com o choque. É engraçado como muitas vezes nem percebemos que queremos tanto algo, até conseguirmos.

— Eu sabia! — Claire gritou quando viu o *e-mail*, mês passado.

Estávamos no nosso restaurante favorito, comendo um café da manhã irlandês — torradas, ovos, bacon, salsicha, batata e feijão. Escolhi o prato já em clima de despedida.

Ela segurava meu celular com os olhos brilhando e um sorriso no rosto.

— Eu sabia, sabia, sabia! — repetiu, animada.

— *Tá* bom, vidente...

— Você está feliz? O que seus pais falaram? E o Max? — perguntou ela, sem pausas.

Enfiei uma garfada de ovos mexidos na boca e dei de ombros enquanto mastigava. Ela mal havia tocado em seu prato e me fitava com expectativa.

Quando engoli a comida, voltei a falar.

— Estou — respondi com sinceridade. — Eu nem sabia que queria tanto esse emprego até ver o *e-mail*, juro. Senti um alívio tão grande ao ver a mensagem, foi como se eu tivesse esperado minha vida toda por isso! — Seu sorriso se alargou. — Meus pais ainda estão se acostumando com a ideia...

— Eles são doidos em você — disse ela. — Vão sentir muita falta, eu também.

Fiz uma careta.

— Você vai me visitar sempre?

Ela colocou as mãos na cintura.

— Claro, né?! Vou poder ficar na sua casa?

— Vai, lógico. Não vou deixar você pagar um hotel, até parece, Claire.

Minha amiga abriu um sorriso satisfeito e finalmente começou a comer. E ajudando a encabeçar a lista de momentos que eu sentiria falta, estava esse aqui.

Meus pais me levaram até o aeroporto em uma sexta-feira. Acho que nunca vi os dois tão quietos em toda a minha vida, mas era compreensível. Não deve ser a coisa mais legal do mundo ver sua filha única mudando de país. Quero dizer, eu nunca nem tinha mudado de casa, caramba, nós *sempre* estivemos juntos. Com os preços do aluguel aqui, não fazia sentido sair de casa tão cedo. Era melhor continuar em casa e juntar dinheiro para o futuro — o que eu vinha fazendo há algum tempo.

— Você promete que vai tomar cuidado? — minha mãe implorou pela centésima vez.

Estávamos parados em frente ao portão de embarque, um pouco antes da checagem de passaportes.

— Sim, mãe — resmunguei, fingindo estar irritada com a pergunta, mas, na verdade, estava mesmo tentando segurar as lágrimas. — Eu *sempre* tomo cuidado.

Meu pai, por outro lado, não escondeu a tristeza; seu rosto estava molhado e ele mal conseguia olhar para mim sem desabar. Acho que o drama que corre nas minhas veias é uma herança deles também.

Passei as duas horas e meia de voo assistindo episódios antigos de *Castle*. Algumas vezes recebi olhares irritados da senhora sentada ao meu lado que obviamente estava se incomodando com as gargalhadas que eu não conseguia evitar.

Quando o avião finalmente tocou o solo, minha respiração acelerou. Então era isso, agora eu era oficialmente uma moradora de Paris.

Parecia refinado demais para ser verdade.

Felizmente meu francês enferrujado não me deixou na mão e eu entendi quase tudo que o piloto falou ao longo do voo. Sabia que o tempo estava aberto e a temperatura agradável — bem, agradável para mim, que vivia num constante frio.

— *Bonjour, ma chérie.*

Não sei se algum dia eu iria me acostumar com a visão de Max na saída do aeroporto. Eu tinha vindo visitá-lo algumas vezes e, ainda assim, quando ele me cumprimentou e abriu aquele sorriso que eu tanto amava, meu coração pareceu querer pular do meu peito.

Ele continuava o cara mais bonito que eu já tinha visto e era até um pouco desconcertante que estivesse ali, de braços abertos, esperando por mim.

— *Salut, mon amour!* — respondi alegre, pulando em seu pescoço.

Minhas malas caíram no chão, desajeitadas, enquanto Max me segurou pela cintura, erguendo meu corpo do chão.

Ele colou seus lábios nos meus com urgência e apertou meu corpo contra o seu.

É, eu definitivamente estava em casa.

E casa agora era o apartamento de dois quartos que Max já morava. Pensamos em escolher outro lugar, mas não fazia sentido. A localização era perfeita para o meu novo trabalho como curadora de arte do museu do Louvre. Certo, eu ainda não era uma curadora, mas fazia parte do grupo de treinamento que, em dezoito meses, ganharia o título oficial. E isso era muito mais do que eu poderia imaginar.

Caramba, quem diria. Eu mesma ainda estava um pouquinho em choque, sem acreditar que realmente estava aqui. Parecia um sonho distante, daqueles que você não quer nunca acordar.

Manon, minha supervisora, entregou o papel assinado com um sorriso caloroso e me desejou boa sorte, antes de se despedir. Observei o contrato com cuidado, meus olhos percorrendo todas as palavras, uma por uma, absorvendo tudo o que estava escrito ali. Isso era mesmo real. Amanhã seria oficialmente meu primeiro dia e eu não poderia estar mais animada.

Pelo visto, solucionar mistérios por aí realmente compensa... Mas não fui eu quem disse!

Antes de ir embora, aproveitei que já estava aqui e que agora tinha um crachá que me permitia andar pelo museu livremente para subir até o andar de Antiguidades Gregas. Era uma das minhas alas favoritas quando criança e sempre que visitávamos o museu precisava ser nossa primeira parada. Minha memória das tardes que passei aqui durante as férias com meus pais e com a minha turma de Artes invadiram minha mente e um calor gostoso aqueceu meu coração.

Não precisei andar muito para encontrar o que queria.

Observei a estátua de mármore com um sorriso no rosto, genuinamente feliz por estar aqui. Grata, até. Há alguns meses, eu mal conseguia colocar em palavras o que queria fazer com a minha vida, colecionando medos do futuro, e também apreensiva por ter desperdiçado meus anos acadêmicos ajudando um louco. Agora, as coisas finalmente pareciam fazer sentido. Pelo visto, tudo o que eu passei estava me trazendo até aqui.

A *Vênus de Milo* atraía muitos visitantes — só não mais que a Monalisa, claro —, então não fiquei muito tempo, apenas o suficiente para refletir e agradecer. Em poucos minutos, desapareci entre o mar de pessoas que se amontoavam em busca de um espaço vazio para conseguir uma boa foto, e desci as escadas, pronta para ir embora. Afinal, agora eu tinha todo o tempo do mundo para voltar e admirar todo esse acervo e os seus detalhes.

O fim do outono trouxe uma frente fria consigo, então me agasalhei antes de sair do museu. Lá fora, o vento carregava algumas folhas alaranjadas e recém-caídas, e os turistas se amontoavam em frente às pirâmides, comprando ingressos de cambistas e tirando *selfies* atrapalhadas. No meio deles, encontrei um rosto familiar e um sorriso involuntário surgiu em meus lábios.

Max acenou e eu andei em sua direção com passos ansiosos. Um dia inteiro longe era o bastante para me deixar com saudade e eu não conseguia acreditar que realmente sobrevivemos aos longos meses de relacionamento a distância. Hoje, parecia uma realidade impossível. Eu nunca mais queria estar longe dele.

— Oi, estranho — cumprimentei quando finalmente cheguei perto.

Roupas de outono e Max eram uma combinação absolutamente perfeita, porque ele estava ainda mais bonito, se é que isso era possível. As cores complementavam seus olhos e a bochecha corada de frio era a coisa mais linda desse mundo.

Ele abriu um sorriso esperto e me puxou para um beijo rápido, passando seus braços pelo meu ombro logo em seguida.

— Como foi? — perguntou curioso quando começamos a andar para longe da multidão. — Está oficialmente empregada? Em um trabalho que não envolve perseguir criminosos?

— Bom, estou empregada — respondi com um toque de suspense. Ele arqueou a sobrancelha. — Mas você por acaso já viu *O código Da Vinci*? Esse aqui é o trabalho perfeito para seguir minha segunda vocação.

— Detetive nas horas livres?

— Sim!

Ele gargalhou.

— Boa sorte então — desejou com sinceridade.

Os últimos meses foram essenciais para ele fazer as pazes com o pai. Bom, não exatamente fazer as pazes, mas parar de se culpar tanto pelo o que tinha acontecido. Por isso, eu sabia que piadas envolvendo o sequestro e nossa investigação improvisada estavam liberadas novamente, o que era ótimo, afinal, eu era mesmo *impossível*. Além do mais, agora que o caos tinha passado, eu adorava poder dizer que minha vida era como um filme ou uma série policial, porque ela realmente era — ou pelo menos foi por alguns minutos.

A luz já estava escassa e alguns postes começavam a acender, iluminando as ruas. Nosso apartamento não ficava muito longe, então a atividade física era agradável e bem-vinda, mesmo com o vento gelado que eventualmente causava arrepios. Observei Max de soslaio e acabei me lembrando daquele jantar esquisito na casa dele, quase um ano atrás. Mordi o lábio para esconder o sorriso que queria acompanhar a memória. Quem diria que depois daquele desastre estaríamos aqui.

— O que foi? — indagou ao notar minha atenção.

Dei de ombros.

— Nada demais. Só estava lembrando de quando você queria me impressionar e disse que tinha comprado um quadro caríssimo numa feirinha de rua.

Ele revirou os olhos, mas percebi que queria rir. Só não iria se dar por vencido.

— Funcionou, não funcionou? Pelo o que eu me lembro, você me chamou para ir até o jardim para falar mais sobre o "meu destino". —

Ele fez duas aspas com as mãos. — O que, na linguagem da Amanda, significa beijar estranhos perto de uma árvore.

Sacudi a cabeça e ri.

— Vou fingir que não escutei isso — respondi num falso tom de ofensa.

Ele sorriu e beijou minha mão com carinho.

Então, começamos a discutir sobre qual filme em cartaz no cinema poderíamos assistir no fim de semana enquanto caminhávamos de mãos dadas em direção ao pôr do sol, do jeito mais clichê que alguém possa imaginar.

Livro II

CAPÍTULO 1
PRINCÍPIO DE INSOLAÇÃO NO HORIZONTE

Sol. Praia. Caipirinhas.

Ah, eu nunca soube o que era vida boa até agora. Estava deitada em uma canga na praia de Copacabana, tomando uma caipirinha horrível enquanto via Max sair da água do mar. A qualidade da bebida era esperada, eu sabia bem que tudo comprado dos vendedores ambulantes era a maior furada, principalmente para turistas que obviamente não moravam aqui, como nós dois. Ainda assim, eu não conseguia recusar.

Eu estava de férias, o que mais eu deveria fazer?

Abaixei os óculos lentamente, apenas o suficiente para enxergar meu namorado melhor, e sorri com a visão.

O cabelo pingando, o corpo sarado e aquele sorriso de canto enquanto me fitava de volta. Caramba, eu realmente era sortuda. Escutei um grupo de amigos sentados há alguns metros de nós comentarem sobre a beleza de Max em português, claramente ignorantes do meu conhecimento da língua.

Era divertido escutar a conversa enquanto fingia estar completamente desatenta. Os comentários eram quase obscenos e eu precisei morder a língua para não rir em voz alta.

— Voltei! — Max avisou de maneira óbvia quando chegou até o nosso pequeno espaço composto por duas cangas, uma cadeira de sol e um guarda-sol alugados da barraquinha de um tal de Luís. Seu corpo fez uma sombra em cima de mim e eu resmunguei.

— Como está o mar?

Ele sacudiu a cabeça, jogando um pouco de água em cima de mim.

— Ótimo. — Max abriu um sorriso provocativo.

Claro que estava ótimo, a água aqui é sempre perfeita. A temperatura é algo extraordinário, absolutamente diferente do gelo do mar irlandês, e eu queria ficar nessa praia para sempre.

Max se sentou ao meu lado e eu reparei que seus ombros estavam preocupantemente queimados. Mas a verdade é que nenhum de nós tinha coragem de diminuir a frequência das visitas à praia: era um luxo que não podíamos recusar – mesmo com um princípio de insolação no horizonte. Quero dizer, o que era um pouquinho de sol para quem já lidou com uma quadrilha internacional, certo?

— Você precisa de mais filtro solar — avisei, já pegando a embalagem na bolsa.

Max fez uma careta, mas não falou nada. Ele devia estar sentindo a ardência, apesar de nunca reclamar.

Ele fechou os olhos e deixou que eu passasse o creme em sua pele. Suas bochechas estavam coradas. Minha pele também estava mais bronzeada que o normal e o cabelo adquirindo pontos mais claros. Neste momento, nós dois éramos o retrato perfeito das férias de verão.

Era uma visão que eu gostava e poderia facilmente me acostumar.

Se eu não precisasse voltar para Paris nas próximas semanas.

Após aplicar o filtro, Max aproximou seu rosto e me deu um beijo rápido de agradecimento; sua boca estava quente e tinha gosto de mar. Eu *definitivamente* gostava dessa nossa versão. Escutei as exclamações decepcionadas do grupo de jovens ao nosso lado e um pequeno sorriso satisfeito surgiu em meus lábios.

— O que foi? — perguntou ele ao perceber que eu estava me divertindo.

Dei de ombros.

— Só estou usufruindo do meu conhecimento poliglota. — Ele arqueou a sobrancelha e eu apontei discretamente para os dois garotos e três meninas que ainda nos observavam de forma descarada. Bem, observavam *ele*. — Parece que você tem um fã-clube.

Max estreitou os olhos e quando entendeu o que eu disse, deu uma risada gostosa, jogando a cabeça para trás. Parecia um maldito modelo de catálogo de moda praia.

— *Isso* não vai ajudar.

Ele alargou o sorriso, claramente se divertindo com a situação. Pousou as mãos em minhas pernas e o toque singelo foi o suficiente para me deixar ardendo de vontade por *mais*.

— Ciúmes?

Revirei os olhos, ofendida.

— Até parece — respondi com o tom mais cínico que consegui. — Vou entrar na água, olhe as nossas coisas. — Deixar nossos pertences abandonados era um erro turístico que eu já não cometia há muito tempo. Sem falar que os avisos constantes dos meus avós me apavoraram o suficiente.

Alguém sempre fica na barraca, essa era a regra.

Apesar da lotação da praia ser um pouco inconveniente, eu me espremi entre as pessoas e fiz meu caminho até a água.

Um ano e meio havia se passado desde que eu e Max ajudamos a desvendar uma quadrilha internacional. Nesse tempo muita coisa aconteceu, mas nada tão interessante quanto aqueles meses que passamos seguindo pistas de um sequestro, fugindo de tiros e brigando com a polícia — quando, na verdade, eles queriam apenas nos ajudar.

Depois que caímos na rotina em Paris, onde eu terminava meu período de treinamento no programa de curadoria do Louvre, a vida se aquietou. Bom, pelo menos para mim. Max decidiu abrir seu próprio escritório de advocacia, ao lado do amigo Bram, que eu absolutamente adorava. Tentamos convencer ele a vir passar uns dias aqui, mas ele já havia comprado uma viagem para um lugar frio e escuro. Um doido, claro.

E falando sobre amigos... Daqui poucos dias, Claire chegaria para passar algumas semanas conosco. Ela sim tinha bom julgamento. Preciso confessar que tentei fazer com que ela e Bram se tornassem um casal, mas nada nunca aconteceu entre os dois, embora eu realmente acredite que ele é um ótimo partido para minha melhor amiga. Claire, entretanto, pensa diferente. Ela o acha... bonzinho demais.

E, francamente, não posso deixar de dar um pouco de razão. O perigo também sempre me atraiu. Essas férias eram, na verdade, a coisa mais emocionante que tinham acontecido até agora. Eu sentia falta da adrenalina, então o Rio de Janeiro era tão atrativo quanto uma perseguição policial.

Apesar da nossa rotina aqui ser muito pacata, pelo menos era um lugar novo. E, não sei... Eu estava sentindo que algo importante iria acontecer aqui. Podem me chamar de louca, mas era como se eu pudesse ver o caos caminhando em minha direção. Lenta e tortuosamente. E indo contra todos os avisos de "perigo", eu estava pronta para abraçá-lo.

Caramba, eu *queria* abraçá-lo, mesmo sabendo que isso não era nada normal.

Comecei a sentir meus dedos enrugarem e soltei um suspiro. Max provavelmente estava entediado na areia e eu já sentia sua falta. Queria saber quando eu me tornei esse clichê ambulante, sentindo saudades mesmo quando ele estava logo ali.

Pode ter sido em qualquer momento dos últimos meses, quando me dei conta do quanto ele me permitia ser eu mesma. Ou melhor, o quanto *eu* me permitia ser eu mesma ao lado dele.

Quando voltei, Max estava sentado na cadeira, os olhos fechados por de trás dos óculos escuros – o maior perigo, claro. Quem dorme na praia quando deveria estar tomando conta das bolsas? Mas a visão era tão satisfatória, que eu não me importei o suficiente para dar uma bronca.

— Oi, estranho.

Ele abriu os olhos ao escutar minha voz e mordeu o lábio inferior ao analisar meu corpo de cima a baixo.

— Se tem alguém que merece um fã clube, Amanda, é *você* — provocou, colocando as mãos na parte de trás do meu joelho e me puxando para perto.

Uma risada fraca escapou de meus lábios e eu sacudi a cabeça.

— Acho melhor irmos embora — sugeri. Ele arqueou a sobrancelha. — Não pra *isso*. O sol já está muito alto e você está parecendo um camarão, sinto informar.

Max riu, mas concordou. Nós dois juntamos os apetrechos e fomos até a barraquinha do Luís para fechar nossa conta. As caipirinhas meio fajutas eram obra dele e Max fazia questão de entregar o dinheiro e agradecer o senhor com um português vergonhoso e fofo. Ele sabia falar poucas palavras e não tinha o melhor sotaque, mas, ainda assim, ganhava alguns pontos com os locais.

Ele puxou a bolsa das minhas mãos e a colocou no ombro, segurando um gemido quando o tecido encostou sua pele queimada. Fiz uma careta imaginando a dor.

— Melhor eu carregar hoje — falei.

— Não, eu estou bem. — Ele garantiu, segurando minha mão. — O que está acontecendo?

— Hum?

— Você está distraída — Max explicou, quando viu minha expressão de confusão. — Mais que o normal.

Neguei com a cabeça.

— Não estou, não — objetei, sabendo que a mentira provavelmente estava estampada na minha cara.

— Amanda.

— Max — revidei, teimosa.

Ele me olhou de soslaio e soltou um suspiro derrotado. Mas como eu poderia explicar que estava me preparando para receber de braços abertos uma tempestade de caos — que, na verdade, até onde eu sabia, poderia muito bem nem chegar até aqui.

Além do mais, morando na Irlanda pela minha vida toda, eu sabia muito bem que nem todo pensamento positivo do mundo era capaz de mudar a previsão do tempo.

Mas uma garota pode sonhar, certo?

— O que quer que esteja consumindo seus pensamentos, eu tenho certeza de que vou descobrir, cedo ou tarde.

Coloquei a mão no queixo, fingindo pensar sobre o que ele disse, então respondi:

— Eu escolho tarde.

Max abriu um sorriso recheado de ironia, que me arrepiou até os ossos, porque eu sabia o que ele significava. Se antes ele estava curioso, agora estava determinado. Perigosamente determinado.

— Boa sorte — desejou.

Assenti, sem olhar seus olhos, com medo do que ele poderia encontrar refletido nos meus, e continuamos a andar em silêncio.

— Que tal uma água de coco? — Max perguntou algum tempo depois, claramente pronto para mudar de assunto, oferecendo um pedido de paz.

E, bom, eu simplesmente não poderia falar não para uma água de coco geladinha.

Olhei para o vendedor que passava por ali, vendendo água de coco e milho verde, uma iguaria que havia me conquistado anos atrás e que Max também já amava profundamente.

— E milho, não esqueça o milho — lembrei, puxando sua mão como uma criança pidona.

Ele riu e pegou o dinheiro no bolso da bermuda e acenou para o vendedor.

— Que horas a Claire chega amanhã? — perguntei quando voltamos a andar.

— Ela não te falou?

— Eu já esqueci.

Ele estreitou os olhos na minha direção e eu apenas dei de ombros. Não tinha culpa que o sol meio que fritasse meus neurônios.

— Claro que esqueceu — sacudiu a cabeça com reprovação. — O voo chega às seis da manhã.

— Ah, coitada. Vai pegar um trânsito pra chegar aqui... — comentei já imaginando o caminho lotado de carros pela manhã. — Ainda mais no último dia do ano.

— E você já decidiu como vamos fazer à noite, por falar nisso?

Franzi a testa.

— Como assim?

— Nós vamos para a praia mesmo? — Ele perguntou, sem soar debochado nem nada do tipo. O que apenas tornou a pergunta ainda mais absurda.

Parei de andar bruscamente e quase derrubei a água de coco que ainda equilibrava em minha mão. Max se virou, procurando por mim e revirou os olhos quando previu a minha resposta.

— Se nós vamos à praia? Na noite de ano novo, em Copacabana? Que tipo de pergunta é essa? Acha que estamos no Rio de Janeiro para quê?

Ele levantou as sobrancelhas, um sorriso irônico começando a surgir em seus lábios.

— Para passar tempo com os seus avós, *meu amor*.

Abri a boca, ofendida.

— Claro — concordei —, mas *além* disso.

Max riu.

— Ok, então. — Ele se rendeu. — Só queria confirmar. São dois milhões de pessoas, afinal.

— Ah, está com medo?

Ele voltou a andar, ignorando a pergunta, e eu ri.

— Vou contar pro meu avô que você disse isso. Ele vai morrer de rir! *"Nós vamos para a praia mesmo?"* — imitei sua voz do jeito mais idiota que consegui. — Que doido!

— Amanda, Amanda... Você continua impossível — escutei ele murmurar com carinho escondido na voz.

Sorri.

— Ora, *obrigada*.

O apartamento dos meus avós não ficava longe e eu conhecia o caminho de cor. Falando a verdade, a essa altura, até Max já sabia como ir e voltar da praia de olhos fechados. De vez em quando caminhávamos um pouco mais até Ipanema, apenas para mudar um pouco a paisagem, mas a rotina era sempre a mesma. Correr de manhã cedinho, praia, casa, descanso e algum programa turístico que não envolvesse água nem areia. De noite, saíamos com os meus avós ou ficávamos em casa vendo algum filme e relaxando.

Entramos no prédio antigo e aproveitamos para lavar os pés na pequena área aberta próxima à portaria.

Era a vida perfeita.

Ou ao menos eu achei que fosse.

Porque o que poderia dar errado, não é mesmo? Quero dizer, além daquela sensação perigosamente consumidora de que algo nebuloso e inevitável estava prestes a nos alcançar.

AGRADECIMENTOS

Primeiramente, gostaria de agradecer você que comprou este livro e leu esta história até o fim. Escrever *Hamartia* foi um processo de profundo envolvimento, mas que me trouxe uma realização indescritível. Espero que você tenha gostado de ler essa história tanto quanto eu gostei de escrevê-la!

Aos meus leitores incríveis que já me acompanham há algum tempo... este livro não teria chegado até aqui se não fosse por vocês. Enquanto *Hamartia* ainda era apenas um rascunho pequeno e desconhecido, escondido no meio do mar de histórias disponíveis no Wattpad – e depois na Amazon –, vocês escolheram acompanhar a jornada da Amanda e me deixaram os comentários mais maravilhosos desse mundo durante o caminho, além de ajudarem a fazer com que esse livro chegasse em lugares que eu nem poderia imaginar. Caramba, obrigada! Vou guardar cada mensagem de incentivo que recebi no fundo do meu coração.

Aos meus amigos mais próximos – vocês sabem quem são –, que divulgaram *Hamartia* sem pensar duas vezes. Que me apoiaram, deram sugestões e aguentaram todas os surtos constantes. Obrigada pelo carinho e paciência. Amo vocês!

Miltinhas, já repeti muitas vezes, mas precisava deixar registrada aqui minha gratidão por todo o apoio e amizade. Vocês são maravilhosas!

Laura Brand e Giulia Staar, obrigada por terem apostado neste livro. E por terem feito toda a experiência desta publicação algo mágico e exatamente do jeito que eu havia sonhado. Essa versão não existiria sem vocês!

Por fim, agradeço minha família, meus maiores fãs. A emoção que eu sinto toda vez que vocês falam de *Hamartia* com tanto carinho e orgulho é inexplicável. Poder contar com o apoio de vocês significa tudo para mim.

Nos vemos nos próximos livros!

- editoraletramento
- editoraletramento
- grupoletramento
- editoraletramento.com.br
- company/grupoeditorialletramento
- contato@editoraletramento.com.br

- casadodireito.com
- casadodireitoed
- casadodireito

Grupo Editorial
LETRAMENTO